10
18

12, AVENUE D'ITALIE. PARIS XIIIe

Sur l'auteur

Née à Hong Kong, d'un père architecte et d'une mère maître verrier, partagée entre ses origines celtes et latines, nomade par goût, Viviane Moore devient photographe à dix-neuf ans, puis reporter free-lance. En 1997, elle délaisse son Leica pour se consacrer à plein temps à l'écriture. Elle est l'auteur de nombreux romans noirs médiévaux et contemporains. Ses livres, qu'ils concernent le Moyen Âge (les aventures du chevalier Galeran de Lesneven), les Celtes, le Japon ou le futur proche, explorent les marges et les limites du siècle, ses frontières, zones de non-droit, pentes et berges où vivent miséreux, assassins, parias et errants.

Site de l'auteur : www.vivianemoore.com

VIVIANE MOORE

LE HORS VENU

L'épopée des Normands de Sicile

Tome 4

INÉDIT

10
18

« Grands Détectives »

dirigé par Jean-Claude Zylberstein

Du même auteur
aux Éditions 10/18

LE PEUPLE DU VENT, n° 3890
LES GUERRIERS FAUVES, n° 3891
LA NEF DES DAMNÉS, n° 4008
► LE HORS VENU, n° 4084

ISBN-978-2-264-04532-4

« Si tu ne te connais pas, sors. »

Cantique des Cantiques, Cant. 1, 8.

LES PRISONS DE PALERME*

* Voir en fin d'ouvrage les Annexes, p. 297, comprenant un lexique, des notes sur les personnages historiques et une courte bibliographie.

PALERME
AU TEMPS DES NORMANDS

LES PORTES DE LA CITÉ

1 _ Porte Mazara
2 _ Bab al-Abna : Porte des Édifices
3 _ Bab al-Sudan : Porte des Noirs
4 _ Bab al-Hadid : Porte de fer
5 _ Bab al-Hadjdjarin : Porte des Tailleurs de Pierre
6 _ Bab al-Bahr : Porte de la Mer
7 _ Porta Termini
8 _ Bab al-Futuh : Porte des Victoires
9 _ Porta dei Greci
10 _ Porta San Giorgio
11 _ Bab Ayn al-Shifa : Porte de la fontaine Salutaire
12 _ Bab Shantagatah : Porte Sainte-Agathe
13 _ Porta Carini
14 _ Bab Rutah : Porte de Rutah

Cimetière
Eglise, cathédrale
Mosquée, école coranique
Synagogue
----- Remparts

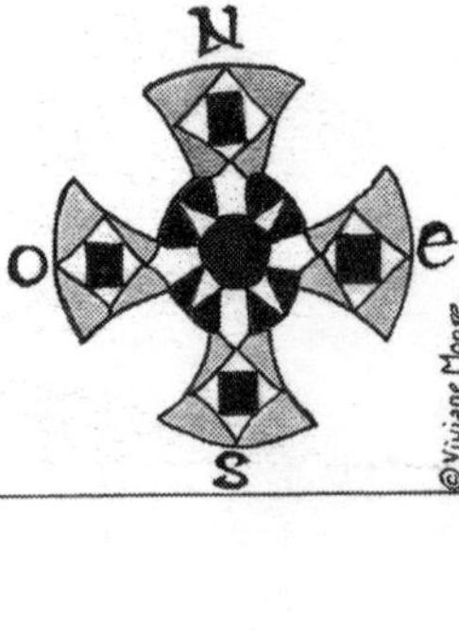

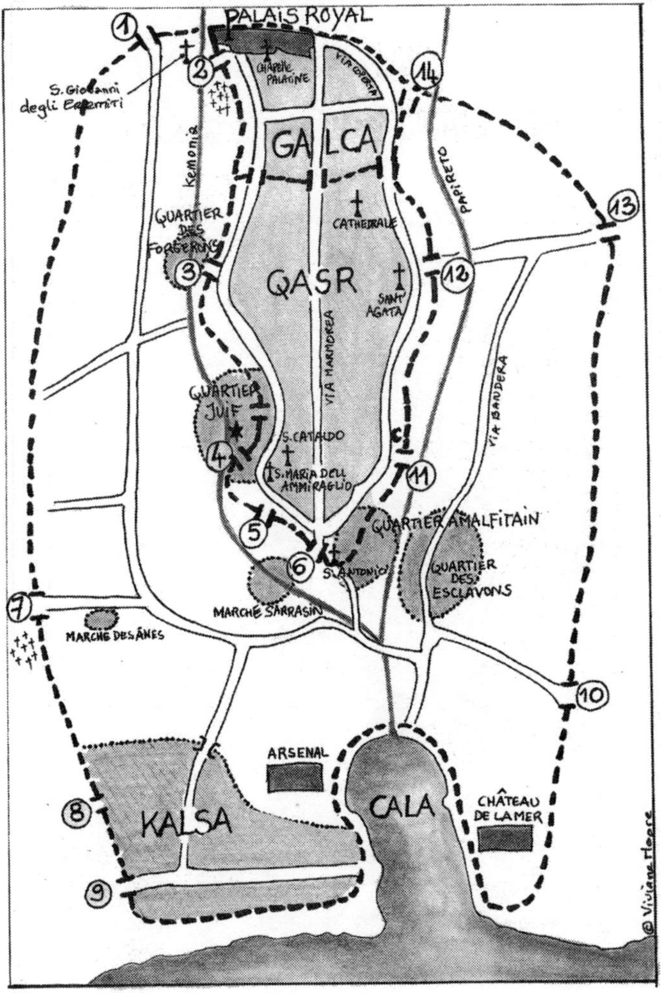
PALAIS ROYAL
CHAPELLE PALATINE
VIA COPERTA
S. Giovanni degli Eremiti
GALCA
Kemonia
PAPIRETO
QUARTIER DES FORGERONS
CATHEDRALE
QASR
SANT AGATA
VIA MARMOREA
QUARTIER JUIF
S. CATALDO
S. MARIA DELL AMMIRAGLIO
VIA BANDERA
QUARTIER AMALFITAIN
QUARTIER DES ESCLAVONS
S. ANTONIO
MARCHE SARRASIN
MARCHE DES ÂNES
ARSENAL
CALA
CHÂTEAU DE LA MER
KALSA
1
2
3
4
5
6
7
8
9
10
11
12
13
14
© Viviane Moore

1

Mes yeux et ma chair s'étaient accoutumés à la nuit, au froid et à l'humidité du cachot, pourtant, plus les jours passaient plus il me semblait que murs et plafond se resserraient. L'obscurité et la faim ne représentaient rien en comparaison de cette mort lente, de ce sentiment d'ensevelissement qui me gagnait. Enterré vivant, ma seule issue était la mort. Une mort que je ne pouvais pas me donner, juste attendre qu'elle eût raison de moi. C'est du moins ce que je croyais avant ma rencontre avec l'araignée.

C'était une tarentule noire tachée de rouge. Une araignée venimeuse, de celles dont le poison fait danser la tarentelle à ses victimes… Pourtant, je n'essayai pas de la tuer, songeant que sa morsure serait peut-être un jour une délivrance.

Elle avait construit dans l'angle du soupirail une sorte d'entonnoir de toile où elle se dissimulait. La moindre vibration la faisait jaillir de sa cachette mais, le reste du temps, elle guettait des proies qui ne venaient pas. J'apercevais ses yeux qui luisaient comme ceux d'un chat au fond de l'orifice. Je l'enviais pour ses talents de tisserand et ses ruses de chasse, mais surtout pour son infinie patience, et je décidai bientôt de l'imiter. Si cet être minuscule arrivait à se contenter de cette vie, pourquoi pas moi ? Je me surprenais à lui parler à mi-voix. Après tout, n'était-ce pas normal puisque nous partagions la même cellule ? Et je fus bientôt sûr d'entendre ses réponses résonner sous mon crâne. Elle m'enseignait l'oubli de mon corps et m'évitait de basculer dans la démence. Grâce à elle, je ne pensais plus à m'évader ou à mourir, je ne hurlais plus en tirant sur mes chaînes, je commençais à regarder ce qui m'entourait. L'examen d'une tache de salpêtre sur le mur me prenait un temps infini, j'y voyais des montagnes et des vallons, des animaux fabuleux, un profil de femme…

Un mince rai de lumière glissa jusqu'à ma paillasse. Je levai les mains, contemplant mes bras décharnés, les cercles rouges que les fers dessinaient autour de mes poignets et les griffes qui avaient poussé au bout de mes doigts. En quelques mois, j'étais devenu un vieillard. J'essayais de retrouver cette conscience aiguë que j'avais de ma jeunesse et de ma force. Le plaisir que je prenais, quand j'étais aux bains, à contempler les cicatrices qui couvraient mon corps comme autant de marques de morts auxquelles j'avais échappé. Et puis il y avait mon fils… et Théodora. Je repoussais les images qui affluaient, mes larmes coulaient sans que je puisse les arrêter. Le souvenir de qui j'avais été m'était insupportable.

J'avais décidé d'oublier mon nom. Que voulait-il dire ici ? Du jour où l'on avait pris les miens et où l'on m'avait jeté dans ce cachot, il ne signifiait plus rien pour moi. Mais afin de ne pas disparaître tout à fait, je me raccrochais à mon prénom et je le répétais comme une litanie : Gamaliel, Gamaliel… Qu'allait-on faire de moi, qu'allait-on faire de nous ?

Après la tentative d'assassinat contre Maion de Bari, et la révolte de ses barons, le roi Guillaume avait perdu le sens. J'avais été conduit avec des dizaines d'autres dans les prisons du palais de Palerme. Il y avait même l'archidiacre de Catane, Asclettin, et le fidèle Simon de Policastro. Les imaginer dans une geôle, maigres, en haillons, la barbe drue, ne me réconfortait pas. Pas plus que ce bruit d'eau que j'entendais parfois sous mes pieds et qui me rappelait celui des torrents de mon enfance. Je ne savais d'où il provenait, mais il semblait si proche que parfois je rêvais que j'allais périr noyé.

2

Des mois que les alertes se succédaient, que les bruits les plus incroyables couraient dans Palerme : mort du pape Adrien IV, couronnement de Robert II de Loritello, bataille avec les chevaliers de Geoffroi de Montescaglioso… Depuis que Guillaume Ier avait vaincu les barons rebelles dans Butera et qu'il était parti reconquérir les Pouilles, battant l'armée byzantine, mettant Brindisi à feu et à sang et marchant vers la Campanie, les rumeurs de ses victoires mais aussi des dangers qu'il courait ne cessaient de parvenir au palais où la reine et ses familiers attendaient en vain son retour.

La garde du palais normand était en alerte, les rondes incessantes dans l'arsenal, sur les quais et dans les entrepôts du port de la Cala. Le printemps s'achevait, juin s'annonçait avec les premières chaleurs et les prisonniers affluaient dans les prisons royales.

3

Chaque jour est un trait sur le mur. Les semaines ont passé et personne n'est venu me chercher. On a continué à me jeter de la nourriture comme à un chien. Un souffle chaud et une clarté plus blanche ont envahi mon cachot. Des centaines de punaises et de poux prolifèrent dans ma couche, je me gratte jusqu'au sang et m'arrache les cheveux. Avec la chaleur sont apparus des mouches et des moustiques. L'araignée en a dévoré quelques-uns. Elle plante ses crochets venimeux dans leur nuque puis elle leur suce la tête et broie le corps tout entier qu'elle enfourne dans sa bouche. Enfin, quand elle a fini, elle recrache les restes et les balaie loin de son gîte. Après chacun de ses repas, elle fait sa toilette et brosse son corps avec ses pattes.

De violentes pluies se sont déchaînées. Pour la première fois depuis longtemps j'ai senti l'odeur soufrée de l'orage. Le bruit d'eau sous ma paillasse est si puissant que j'ai parfois l'impression que le sol tremble.

Encore des traits sur le mur. Je n'ose plus les compter. D'autres prisonniers sont venus. J'ai entendu leurs pas dans les couloirs. Quelque chose dans la prison a changé. Les bruits de chaînes, les coups sur les murs, les appels de détresse, les allées et venues sont incessants, de jour comme de nuit. Que vais-je devenir ? Une odeur flotte désormais jusqu'à moi, celle, fade et écœurante, du sang et des charniers.

Comme si elle était perturbée, elle aussi, par ce vacarme, la tarentule, qui jamais ne quitte son repaire, s'est laissée glisser à terre, filant vers ma paillasse. Je me suis levé d'un bond, criant et jurant, donnant de violents coups de pied pour la chasser. Quelques instants plus tard, elle se terrait à nouveau dans sa cachette. J'allais me rasseoir quand j'ai aperçu quelque chose sous la paille, là où il n'y aurait dû avoir que de la terre battue... Je me suis agenouillé, achevant de repousser ce qui me sert de litière et d'urinoir. C'est une trappe carrée suffisamment grande pour permettre le passage d'un homme. Elle est scellée, mais le joint s'effrite sous mes ongles. Pourquoi un regard dans un cachot ? C'est de là que vient le bruit de torrent. Quelque canalisation, un égout peut-être ? J'essaye de réfléchir, mais n'y arrive pas tant les hurlements de souffrance qui retentissent autour de moi me troublent.

Aurai-je assez de force, une fois que j'aurai ôté le mortier, pour la soulever ? Que trouverai-je au-dessous ? Et puis cela ne résout pas le problème de mes chaînes. La seule façon de sortir d'ici, c'est de mourir. Les gardes vous plantent leur lance dans le corps afin de constater la mort, puis ils vous détachent et vous jettent à la fosse commune.

Gamaliel, Gamaliel...

Le soleil a quitté le soupirail, mon réduit s'est assombri. Je voudrais m'approcher, apercevoir le ciel, respirer autre chose qu'une odeur d'excréments, mais mes fers m'en empêchent, je ne peux que rester à patauger dans mes immondices tel un sanglier dans sa bauge.

4

J'ai peur. J'ai croisé tant de fois la mort que je pensais savoir ce qu'était la peur. Mais non, je ne le savais pas. Aujourd'hui, je tressaille à chaque frôlement, chaque fois qu'un geôlier ouvre le guichet. La peur me possède, il ne reste rien de moi qu'elle ait épargné. Gamaliel, Gamaliel…

Je ne suis plus qu'attente. Quand viendra-t-on me chercher ? Que va-t-on me faire subir ? Quelle mutilation, quel tourment sera le mien ? À chacune de ces questions, j'ai l'impression que mon âme se défait, qu'elle se dissout comme le sang sur le fer du bourreau. Est-ce cela l'Enfer ?

Pour ne pas perdre la raison, je suis revenu à l'araignée. À force de patience, j'ai fini par l'apprivoiser. Immobile dans son entonnoir de toile, ses yeux luisant dans la pénombre, elle attend. Je lui ai attrapé une mouche vivante que je lui tends, elle jaillit de sa cachette, s'en saisit délicatement puis lui donne le coup de grâce. La mort est instantanée.

Un cri plus strident que les autres a réussi à m'arracher à mon observation. Un cri aigu comme celui d'une femme. Je me suis bouché les oreilles, mais je l'ai entendu qui filtrait à travers mes doigts… Et puis, plus rien. Et c'était encore plus insupportable. Quel était celui qui avait crié ? Était-il de mes amis ? de mes ennemis ? Était-il évanoui ou mort ? Est-ce qu'un jour viendra où, moi aussi, je crierai comme cela, oubliant qui je suis ou plutôt qui j'étais ?

5

Encore des traits sur la paroi. Les hurlements continuent de résonner dans les couloirs, mais je ne m'en soucie plus. La peur m'a quitté. Elle a reflué, me laissant exténué par le combat que j'ai mené contre elle et plus fort que je n'ai jamais été.

La tarentule est toujours là. Elle vient chaque jour dévorer les proies que je lui offre. Après plusieurs essais, j'ai réussi à soulever la trappe, mes doigts sont en sang, mes ongles cassés.

Le soleil pénètre plus avant dans mon cachot. Il éclaire le trou d'où monte un bruit de torrent. Je dois être au-dessus d'un des *qanats* de la ville. L'eau des torrents et des nappes souterraines passe par là et alimente fontaines et viviers. Peut-être me crachera-t-elle dans le port ? Je remets tout en place, et repousse le bol empli d'un brouet grisâtre.

6

L'un des soldats de garde devant la porte de l'appartement de l'émir des émirs, Maion de Bari, s'immobilisa, appuyant sa lance contre la paroi du corridor afin de s'essuyer le front.

— Que fais-tu ? grommela son compagnon, un vieux soldat, en saisissant l'arme abandonnée et en la lui tendant. Reprends-la !

Le garde ne parut pas entendre. Il avait ce regard trouble que donne parfois la fatigue et ses jambes vacillaient sous lui. Les relèves étaient irrégulières et il n'était pas rare, comme c'était le cas pour ces deux-là, de rester cinq jours et cinq nuits au même poste.

Garder les appartements de l'homme le plus puissant du royaume leur valait la visite régulière des patrouilles qui quadrillaient le palais. Un page, celui de Maion de Bari, un gamin au visage pointu couvert de taches de rousseur et répondant au nom de Gaetano, renouvelait leurs cruches d'eau, leur apportait des galettes de farine de châtaigne fourrées de viande tiède et d'oignons grillés. Gaetano passait chaque jour s'enquérir des désirs de son maître, ramenant carafe de vin, collations ou nécessaire d'écriture. Il était de Bari comme l'émir et le servait depuis deux ans. Débrouillard et rusé, il avait toute sa confiance et effectuait pour lui les tâches les plus diverses. Pour le moment, il était le seul à avoir l'autorisation d'entrer dans ses appartements.

Et le temps s'écoulait sans que rien d'autre n'arrive. Le garde, une jeune recrue, n'avait même jamais vu celui qu'il était censé protéger. L'émir des émirs restait invisible. On ne devait le déranger sous aucun prétexte et nul de ses familiers ne se serait risqué à enfreindre la consigne.

— Prends ! répéta le soldat en lui tendant sa lance.

Le jeune homme sursauta, mais au lieu d'obéir son visage se ferma, ses poings se serrèrent et il marmonna un juron. Enrôlé de force alors qu'il travaillait dans les plantations de roseaux au sud de Palerme, il n'avait accepté ni la discipline ni l'enfermement de son nouveau statut.

— Si un officier nous surprend, insista l'autre, tu risques le fouet ou la pendais…

Un léger glissement derrière eux l'interrompit, la recrue s'empara de sa lance et tous deux se figèrent dans un salut à l'officier qui venait d'apparaître, un sabre courbe glissé à sa ceinture, sa longue cape noire galonnée d'argent balayant le sol.

Malgré ses années d'exercice, le vieux soldat se raidit. Le maître capitaine du palais, Simon, beau-frère de Maion de Bari, connu pour ses imprévisibles sautes d'humeur et ses accès de cruauté, s'approcha.

Pour l'heure, il paraissait soucieux et ses sourcils froncés n'auguraient rien de bon.

— Que se passe-t-il ici ? demanda-t-il en voyant le visage de la recrue s'empourprer.

Ce n'était pas tant la carrure de lutteur de Simon qui impressionnait ceux qui le croisaient que sa face défigurée par un coup de masse d'armes et l'inquiétant sourire de ses lèvres arrachées qui découvrait ses gencives.

— Pardonnez-nous, seigneur, fit le vieux soldat. Nous avons…

Agacé, Simon leva la main.

— Silence !

L'homme se tut aussitôt.

— Rien à signaler ?

— Non, seigneur.

— L'émir des émirs est-il sorti aujourd'hui ? ajouta le maître capitaine en tournant son regard vers le vantail de bois où étaient sculptés deux lions s'affrontant surmontés d'un dais de feuilles de palmier.

— Non, seigneur.

Simon hésita puis, allant à la porte, il frappa avec force. Il n'y eut aucune réponse. Depuis la tentative d'assassinat contre sa personne, Maion de Bari, délaissant son palais, s'était installé dans ces appartements de la tour Pisane et n'en sortait que pour voir la reine Marguerite ou assister à des conseils restreints avec ses familiers : le camérier palatin Adénolf et le chambellan Matthieu d'Ajello, un ancien notaire.

Après un second essai infructueux, l'officier fit demi-tour, l'air plus préoccupé encore que lorsqu'il était arrivé. Il aurait voulu demander des explications sur les consignes qu'on venait de lui transmettre et qui concernaient la communauté musulmane. Des ordres qui allaient mettre Palerme à feu et à sang, qu'il exécuterait en bon officier, mais qu'il aurait aimé comprendre.

Simon s'éloigna. Les gardes avaient repris leur position. La jeune recrue ne disait mot, pâle et raide, le poing serré autour du bois de sa lance.

7

L'émir des émirs, vêtu d'un somptueux burnous brodé d'or, pieds nus dans des babouches, s'était immobilisé en entendant frapper. Les sons étaient étouffés par l'épaisseur du bois et le seul bruit qui lui parvenait haut et fort était celui des battements de son cœur. Il porta la main à la garde du poignard glissé à sa ceinture puis, alors que son visiteur renonçait, la laissa retomber.

Maion de Bari essuya son front en sueur. La peur d'être assassiné n'était pas celle de mourir. C'est une chose d'avoir des ennemis à affronter, une autre de savoir qu'on risque d'être tué à tout instant par le fer, le poison ou la trahison des siens. Il avait une conscience profonde, palpable, de la haine et de l'envie qu'éprouvaient les barons normands. Tant que le roi n'était pas de retour, une nouvelle tentative d'assassinat était probable, voire certaine. Bien sûr, la première fois, Dieu l'avait sauvé, mais le ferait-il encore ? Les coupables étaient morts, il avait rempli les prisons de ses ennemis et même de ceux qui auraient pu le devenir. Pourtant le danger était comme l'hydre de Lerne : plus il coupait de têtes, plus il avait l'impression qu'il en poussait.

Maion se plaça devant la haute fenêtre d'où il pouvait apercevoir les contreforts du mont Pellegrino et la mer. Caressant sa courte barbe brune, il scruta longuement l'horizon, cherchant en vain à apercevoir les voiles de l'esnèque royale et de son escorte. Ce n'était pas tant la venue du roi qu'il espérait que la nouvelle d'un concordat avec le pape Adrien IV. Sans cette reconnaissance du souverain pontife, le royaume normand de Sicile disparaîtrait aussi inéluctablement que ses places fortes africaines. Ils avaient atteint la limite dangereuse où leurs ennemis étaient plus nombreux et plus puissants que leurs alliés.

Pour la première fois de sa vie, lui qui jamais ne regardait en arrière, songea que les temps meilleurs étaient derrière lui. Il se remémora la boutique de son père, négociant en huiles à Bari, puis sa venue en Sicile, sa première rencontre avec Roger II, sa nomination à la tête de la chancellerie… Il y avait cinq ans déjà et depuis il avait parcouru bien du chemin. Roger, le « grand roi », ainsi qu'on l'appelait, était mort, Guillaume Ier, son fils, l'avait nommé émir des émirs. Il était devenu l'homme le plus puissant de Sicile… et le plus haï.

Au loin retentit l'appel à la prière provenant de l'une des mosquées de la ville puis, presque simultanément, les cloches de San Giovanni degli Eremiti et des autres églises se mirent en branle. Malgré la violence de ces derniers mois, malgré les rumeurs de guerre et les tensions de toutes sortes, Palerme continuait à vivre. Grecs, Arabes, chrétiens et Hébreux se croisaient dans ses ruelles, son port et ses marchés. Pourtant Maion ne décolérait pas, non contre Robert II de Loritello et les barons rebelles, mais contre son aveuglement.

Il se laissa tomber sur l'un des sièges cathèdres recouverts de coussins, jouant avec la chaîne d'or qui pendait à son col. Sur une table basse, à côté de lui, était posé son jeu d'eschets. Un jeu noir et blanc, au damier et aux pièces de cèdre et d'ivoire, qui lui avait été offert par son maître d'échecs, Al-Razi. Ce jeu de stratégie et de guerre le fascinait. Il n'avait jamais oublié les leçons d'Al-Razi lui expliquant les trois phases : *awa'el al-dusut*, l'ouverture, *awsat ad-dusut*, la phase de stratégie, celle qu'il préférait, et enfin *akhir ad-dusut*, le final, la mise à mort.

Il aimait appliquer les règles complexes de l'échiquier à la vie politique et souvent élaborait de subtiles stratégies dont les pions n'étaient autres que les êtres qui l'entouraient, y compris le roi et la reine. Cette fois-ci pourtant, c'est lui qui avait été en échec et qui avait risqué la mort !

Pourquoi n'avait-il pas compris ce qui se tramait ? Pourtant les signes avant-coureurs n'avaient pas manqué : regards, murmures, groupes qui se défaisaient à son approche. La cour était pleine d'ennemis prêts à tout. La succession de Roger II ne faisait pas l'unanimité parmi les barons, quant à lui, on lui reprochait son titre, la beauté de son palais et de son harem, ses coffres remplis. Il n'avait échappé que de justesse à ses assassins.

Les voiles carrées d'une flottille de pêche étaient apparues à l'entrée du port. Le soleil baissait sur l'horizon. L'air qui soufflait de la mer lui apportait des senteurs de fleurs et d'épices. Le ciel était d'une transparence qui annonçait une soirée douce et une nuit étoilée comme il les aimait. Sa favorite et son dernier fils l'attendraient une fois de plus en vain. Il ne rentrerait pas à son palais. Son visage s'assombrit et il se leva, marchant de long en large pour apaiser l'angoisse qui montait en lui.

Il venait de donner l'ordre que l'on désarme tous les musulmans de Palerme, non parce qu'il les redoutait ou les haïssait, mais parce qu'il fallait jeter quelque chose en pâture à ses alliés lombards pour les garder dans le creux de sa paume. Depuis longtemps il avait compris que la politique était un compromis, un équilibre de forces contraires sur lesquelles celui qui dirige essaye de se maintenir.

Demain serait un jour de fureur. À l'aube, les soldats cerneraient le quartier de la Kalsa près du port, et forceraient les portes des maisons. Ceux qui résisteraient seraient emmenés au château de la mer ou châtiés... Toute rébellion serait écrasée. Une mesure que n'aurait pas approuvée le grand Roger II, lui qui, pourtant, à la fin de son règne, avait sacrifié nombre d'amitiés musulmanes, dont celle de Philippe de Mahdiyya, pour les mêmes raisons.

Le regard de Maion fit le tour de la salle, ignorant le luxe des tentures, les soieries des coussins, les ors des peintures et des mosaïques. Sur une table basse était posé un grand plateau avec une collation et une carafe de vin auxquelles il n'avait pas touché. Il n'avait pas plus faim qu'il n'avait sommeil. Seul un travail acharné pourrait sauver le royaume. Non que Guillaume Ier soit un mauvais roi, ainsi que certains le laissaient entendre. C'était un bon chef de guerre, mais sa chair était faible et l'indécision retenait trop souvent son bras. Pour la première fois, un mince sourire s'esquissa sur les lèvres de l'émir. Cette faiblesse était sa chance, il le savait. Il retourna à sa table et, trempant sa plume dans l'encre, se mit à écrire.

8

Le bruit des pas sur les pavés alerta les musulmans de la Kalsa. Quand ils regardèrent à travers les moucharabiehs, les soldats étaient déjà partout. Habillés de cottes de mailles, armés pour la guerre. Les officiers à cheval hurlaient des ordres. On frappait aux portes.

Aussitôt, ce fut l'affolement. Personne ne comprenait ce qui se passait. Puis, précédées d'appels de trompe, les voix des hérauts annoncèrent que tous les musulmans de la Kalsa devaient rendre les armes sous peine de terribles représailles. Le cadi était arrivé avec des notables, l'imam l'avait rejoint, essayant de s'entretenir avec l'officier supérieur. En vain. Les ordres émanaient de l'émir des émirs, aucune discussion n'était possible.

Certains hommes décidèrent de céder, d'autres refusèrent, disant que c'était une manœuvre des Lombards pour les déposséder et les tuer. Il y eut une algarade. Des groupes se formèrent. Les soldats forcèrent la porte d'une première maison, brutalisant les habitants. Les femmes hurlèrent, exhortant leurs maris et leurs pères au combat. Les enfants s'enfuirent, effrayés par le cliquetis des armes et les hennissements des chevaux. Un musulman se jeta sur un officier qui lui enfonça son sabre en travers du corps. En quelques instants, la situation bascula, le sang se mit à couler, c'était la guerre dans les ruelles de la Kalsa.

Quand les guetteurs du palais royal annoncèrent que des colonnes de fumée s'élevaient du quartier musulman, l'émir fit envoyer des renforts. Les nouvelles troupes à cheval se lancèrent dans la bataille, et, malgré la résistance des musulmans, des maisons furent brûlées, pillées, les meubles fracassés, les réserves mises à sac. Les femmes et les filles des rebelles furent envoyées vers le harem de l'émir des émirs, ceux qui avaient échappé à la mort conduits à la prison ou au pilori. Une longue file de chariots où s'entassaient sabres, poignards, fourches, haches, lances et tout ce qui de près ou de loin s'apparentait à une arme prit le chemin du palais. Bientôt, grâce à l'intercession de l'imam et du cadi, le calme revint.

Mais pas la paix.

PAR LE FER

9

Accompagné du capitaine du palais, un messager, son mantel noir et ses chausses couverts de boue, se présenta devant la porte de l'émir des émirs.

— Ordre du roi. Laissez passer ! ordonna-t-il.

Le soldat frappa le signal convenu sur le vantail qui s'ouvrit aussitôt et se referma sur le messager. Après avoir remis son pli, le cavalier, un des officiers musulmans de la Légion arabe, s'agenouilla devant Maion de Bari. L'émir brisa le sceau de Guillaume Ier, déroula le parchemin et lut rapidement avant d'ordonner en arabe :

— Parle !

— La flotte royale est à l'ancre dans le port de Messine, ô émir des émirs.

— Avons-nous perdu beaucoup de bateaux ?

— Non, seulement deux. Au retour, nous avons essuyé une forte tempête et nous ne savons s'ils ont été envoyés par le fond ou bien si un dromon barbaresque les a surpris.

— Continue !

— Bari a été rasée.

Le visage de l'émir resta impassible, pourtant au fond de lui quelque chose remua, des souvenirs de la ville de son enfance lui revenaient, le goût sucré des figues de Barbarie, le parfum des fleurs d'oranger que les filles se piquaient dans les cheveux, le chant des fontaines…

— Et la basilique Saint-Nicolas ?

Une image s'imposa, celle de la veillée pascale. Maion revit le diacre dérouler l'Exultet, un parchemin de près de quatre toises de long, avant d'entamer son chant. Avec ses camarades, il se glissait au premier rang des fidèles pour discerner les somptueuses enluminures qui ornaient le dos du manuscrit.

Il entendit comme dans un songe la réponse de l'officier :

— Le roi a donné ordre qu'on l'épargne, mais la cathédrale a été détruite.

— Que saint Nicolas apaise les tempêtes de nos âmes ! murmura Maion.

Une prière que répétait souvent sa mère. Enfant, il vénérait saint Nicolas dont les reliques reposaient à Bari depuis plus d'un siècle. Saint Nicolas qu'il avait oublié jusqu'à ce jour. L'officier se méprit sur le sens de ces paroles et affirma :

— La victoire est totale, ô émir des émirs, et nos cales sont pleines de prisonniers. Sa Seigneurie attend votre signal pour regagner Palerme. Il veut que son entrée soit remarquée de tous.

— Il en sera fait selon sa volonté.

L'homme hésita puis ajouta :

— Un émissaire lui a fait savoir qu'il y avait eu des émeutes à la Kalsa, il veut comprendre pourquoi.

— Je dirai ce qui doit l'être dans le message que je vais lui adresser, rétorqua sèchement Maion qui, pour l'instant, ne tenait pas à ce que la nouvelle du désarmement des musulmans de Palerme s'ébruite auprès de la Légion arabe.

La rebuffade éteignit la lueur qui brillait dans les yeux de l'homme.

— Bien, ô émir, répondit-il.

— Va en cuisine chercher de quoi manger. Une monture fraîche t'attendra dans la cour et mon page te donnera le pli à remettre au roi.

Le messager se redressa, rejeta le pli de sa cape sur son épaule, salua rapidement et sortit.

10

Quelques instants plus tard, Maion frappait deux coups légers à la porte d'un appartement.

— Entrez, ô émir des émirs, fit une jeune esclave qui s'écarta en le reconnaissant. La reine vous attend.

Comme la femme faisait mine de l'accompagner, il la chassa d'un geste. Il aimait traverser seul l'enfilade des pièces ornées de bouquets de fleurs sauvages et de coupes de citrons, s'approprier l'odeur d'épices et de lavande qui imprégnait les lieux… Dans une alcôve, cachée par de somptueux rideaux de dabiky d'Égypte à fleurs dorées, était le lit de la reine. Sur sa coiffeuse, une brosse au manche d'ivoire, un miroir cerclé d'or et d'argent, quelques bijoux épars… Pouvoir contempler tout cela, c'était déjà en prendre possession.

Un lévrier à la robe couleur de miel vint à Maion de sa démarche dansante. C'était le favori de la reine, une bête craintive répondant au nom de Luna. L'émir s'arrêta un instant, flattant l'encolure de l'animal avant d'écarter les plis d'une tenture de drap d'Antioche à fond rouge décoré d'oiseaux bleus. Maion s'avança sur le seuil d'une chambre aux murs blanchis. Frémissant, le lévrier s'immobilisa à ses côtés.

La pièce n'était pas sans rappeler une cellule de moine. C'était là où Marguerite se réfugiait, où elle étudiait. Là aussi où lui arrivaient les nouvelles du royaume et où elle rédigeait de sa large écriture les missives qu'elle dépêchait à Pampelune à l'adresse de sa lointaine famille de Navarre. Pour l'instant, la femme de Guillaume Ier se tenait assise à sa table, absorbée par la lecture d'un parchemin. À ses pieds, des jeunes filles cousaient en silence. La scène était paisible et Maion n'osa bouger.

Avait-elle senti sa présence ? Marguerite de Navarre releva la tête et le fixa. Il y avait dans le moindre de ses gestes une grâce hautaine et une gravité que l'émir appréciait. Cette femme-là n'avait pas besoin d'ornement pour exister et même le somptueux fermail byzantin qui retenait son mantel n'était rien comparé au regard direct de ces yeux qui vous donnaient l'impression de compter parmi les puissants.

— Ma reine ! la salua-t-il en s'inclinant très bas.

Il y avait plus dans ce mot que le salut d'un émir à sa souveraine.

— Laissez-nous ! ordonna Marguerite.

Les femmes obéirent, non sans s'être respectueusement courbées. La plupart venaient du lointain pays de Navarre et se seraient jetées au feu pour leur reine. Maion referma les tentures qui isolaient la chambre. Le silence retomba et il se garda bien de l'interrompre. Il goûtait ces trop rares moments de tête-à-tête avec la fille du feu roi Garcia Ramirez. Marguerite aimait gouverner et aucune tiare, aucune parure offerte par son époux ou son père n'aurait pu rivaliser avec la fascination que le pouvoir exerçait sur elle. Elle avait trouvé en l'émir un homme qui la comprenait et savait lui offrir les seuls joyaux qu'elle convoitait : décrets, secrets d'État et décisions politiques… Tout passait par cette pièce avant même que d'être présenté au roi qui, le plus souvent, acquiesçait. Comme aux eschets, songea Maion, le roi était une pièce beaucoup moins puissante que la reine ! Pourtant, le perdre lui, c'était perdre la partie.

— J'ai appris, cher Maion, que mon roi et mari vous a écrit.

— Ma reine est toujours aussi bien informée.

Maion n'ignorait pas le réseau d'agents payés par Marguerite, des agents qu'il rémunérait aussi à son insu.

— Votre époux s'est vaillamment battu, ajouta-t-il.

— Je le sais, Maion, mais ce n'est pas un homme politique de la carrure de Roger II. Les jeux de la chair l'amusent davantage que ceux du pouvoir. L'agitation s'est-elle calmée à la Kalsa ?

— Oui, les derniers récalcitrants sont soit en prison soit au pilori.

— Ce n'était pas une mesure très populaire, mais nos amis les Lombards ont apprécié le cadeau que nous leur avons fait.

— Je le crois aussi.

Marguerite soupira.

— Que nous réserve l'avenir, cher Maion ?

Une fois de plus, l'émir ne put s'empêcher de remarquer à quel point les pensées de la reine et les siennes étaient proches, leurs soucis identiques.

— Pour l'heure, nous allons devoir vider les prisons d'une façon ou d'une autre.

— Que périssent nos ennemis ! répondit froidement Marguerite. Et nos colonies africaines ? Avons-nous un espoir de reprendre Sfax aux Almohades ?

— Sfax est perdue, et ses habitants ont tous été massacrés par les Sarrasins. Il nous faudrait un Georges d'Antioche pour la reconquérir et notre marine manque d'un amiral de son envergure.

— N'avez-vous donc rien à m'apprendre qui me réjouisse, hors la venue de mon époux ?

Il n'y avait nulle ironie dans sa voix, pourtant Maion, qui savait à quel point Guillaume Ier l'avait délaissée, et cela dès les premiers mois de son mariage, ne put s'empêcher de penser que le retour du roi n'était certainement pas source de joie.

— J'ai bien quelque chose de singulier, mais je ne sais si cela vous distraira, ma reine.

— Dites toujours.

— Un des bâtards du défunt duc de Pouilles est en route pour Palerme.

Les épais sourcils noirs de Marguerite se levèrent.

— Je ne connais que Tancrède de Lecce, mais celui-là, à moins que je ne me trompe, est déjà au cachot.

— Vous ne vous trompez pas, mais ce n'est pas de lui qu'il s'agit.

Une lueur intriguée apparut dans les yeux de Marguerite. L'émir se pencha en avant et murmura en confidence :

— Laissez-moi vous conter une histoire que peu connaissent. Une partie m'est venue par un de nos chevaliers, Bartolomeo d'Avellino.

— D'Avellino… Ah oui. Je vois. Les d'Avellino étaient une puissante famille, jadis. Quant à lui, c'est un homme étrange, si je me souviens bien, à mi-chemin entre l'ascète et le guerrier.

— J'admire votre mémoire et votre jugement, ma reine, fit Maion avec un sourire.

Elle sourit en retour.

— Allez, cher Maion, fit-elle, je vous écoute.

— Le reste des informations, je l'ai trouvé dans les registres secrets de la Dohana baronum. Roger, duc de Pouilles, l'un des fils aînés du grand Roger II de

Sicile, a épousé *more danico* une femme qu'il gardait jalousement à l'écart de tout et de tous. Une beauté arménienne qu'il a chérie jusqu'à sa mort et qui portait le nom d'Anouche.

— Anouche, je n'en ai jamais entendu parler... murmura la reine pour qui la généalogie des Normands de Sicile avait peu de secrets.

— Par contre, vous connaissez l'histoire de Bianca de Lecce, celle-là fut sa seconde union *more danico* et elle lui donna deux enfants : Tancrède de Lecce et une fille.

— Avant qu'il n'épouse devant tous Élisabeth de Champagne qui, elle, ne lui donna aucune descendance, ajouta la reine. D'où venait cette... Anouche ?

— Elle était la fille d'un orfèvre arménien, enlevée avec sa sœur lors d'une des expéditions de Georges d'Antioche. Toutes deux ont été jetées fort jeunes dans le harem royal. Le duc les en a sorties et a aussitôt épousé Anouche. Elle lui donna un fils que le duc nomma Tancrède et qu'il dota du fief d'Anaor, une ancienne place forte musulmane au nord du Val di Noto.

— Tancrède d'Anaor, murmura Marguerite. Et pourquoi n'avons-nous jamais entendu parler de lui auparavant ?

— Je vais y venir. Sachez seulement qu'à cinq ans l'enfant disparut.

— Pourquoi le duc Roger a-t-il donné le même prénom à ses deux bâtards ?

— À mon sens, une façon de protéger et de dissimuler celui de l'Arménienne.

— S'il a pris autant de soins à le cacher, cela voudrait dire qu'il comptait en faire son héritier et craignait pour sa vie.

Un silence approbateur salua cette remarque.

— Quand donc verrai-je ce d'Anaor ? s'impatienta soudain Marguerite. Est-il aussi laid que son demi-frère ?

— Que non, ma reine ! D'après mes renseignements, l'homme est aussi beau que l'était le duc et aussi vaillant.

— Et où vivait-il pendant toutes ces années ?

— Mes informateurs ont retrouvé sa trace en Normandie, il était avec celui qui fut le frère d'armes du duc de Pouilles, Hugues de Tarse.

— Vous aviez donc gardé cet homme sous votre regard, cher Maion ?

— Tout ce qui peut déséquilibrer le royaume me soucie, vous le savez.

— Le déséquilibrer ou le rééquilibrer, murmura-t-elle pour elle-même, sachant que Maion était tout aussi capable, si son intérêt l'exigeait, de favoriser la montée sur le trône de Sicile d'un autre prétendant. Quand donc rencontrerai-je ce d'Anaor ?

— Votre légitime curiosité sera bientôt satisfaite, ma reine. Il devrait arriver ici sous peu, en compagnie d'Hugues de Tarse.

— Et ce Hugues, qu'en pensez-vous ?

— C'est un homme pur et droit comme une lame de Tolède, ancien compagnon de guerre du duc et grand ami du défunt amiral Georges d'Antioche.

Un sourire énigmatique se dessina sur les lèvres de Marguerite.

— Parfois la pureté est un attribut dangereux pour celui qui la possède. Comment sont-ils venus ?

— Ils sont arrivés voici plus d'un mois à bord de l'esnèque portant les présents destinés à votre époux de la part du roi Henri Ier Plantagenêt. Avant de venir à Palerme, les bateaux avaient fait escale à Syracuse, ville dans laquelle les deux hommes – savaient-ils qu'ils étaient surveillés ? – disparurent.

Marguerite se rappela l'arrivée remarquée de Magnus le Noir et de ses guerriers[1] au palais normand de Palerme.

— Les présents du roi d'Angleterre… Il est vrai que mon époux ne les a toujours pas vus. Mais, au fait, où donc avez-vous logé ces redoutables hommes du Nord ?

— Je voulais les inviter au palais, ma reine, mais ils ont préféré rester dans leur bateau ancré dans le port de la Cala.

— Bien, bien. Voilà qui nous promet enfin quelque vraie distraction. Si nous n'avions les eschets… N'est-ce pas, mon cher Maion ? Des guerriers fauves d'un côté, un prétendant au trône de l'autre. Amenez-moi ce dernier dès que vous le pourrez. Que je sache si je dois le compter parmi les hôtes du palais… ou ceux de la prison.

— Je vous en fais promesse, ma reine. Mais d'ici là, permettez-moi de prendre congé, je dois rendre ma réponse au messager et j'ai quelques préparatifs à achever pour l'arrivée du roi.

— Allez, cher Maion.

L'émir s'inclina très bas, effleurant du bout des lèvres les doigts de la reine.

11

Je suis prêt. Cela fait plusieurs jours que je ne mange plus et que je feins une lente agonie. Je vois les yeux de la tarentule scintiller dans son tunnel de toile. Je suis triste de l'abandonner et je le lui dis.

1. Voir *Les Guerriers fauves*, 10/18, n° 3891.

Le gardien va bientôt pousser la porte. Il posera la civière des morts contre la paroi, m'enfoncera sa lance dans le flanc puis ôtera mes chaînes avant de jeter mes restes au charnier.

12

La nuit était venue et, avec elle, un silence rompu par le pas cadencé des patrouilles. Les jardins du palais normand n'étaient plus qu'une masse sombre où bruissaient l'eau des fontaines et les feuillages des palmiers. Les singes apprivoisés dormaient sur leurs coussins. Seule la clarté rouge des braseros éclairait les couloirs et les enfilades de pièces. Sortant de la chapelle palatine, un moine passa en marmonnant, sa capuche sur la tête. Le soldat de garde devant la porte de la salle d'audience ne lui prêta guère attention. Ses pensées allaient à Leila, une jeune servante qu'il courtisait ardemment et qui, espérait-il, céderait bientôt à ses avances. Le religieux s'éloigna.

Le visage de Leila et son corps souple flottaient devant ses yeux. Le soldat ne prêta pas attention au mouvement des tentures qui s'écartaient derrière lui.

Il sentit un souffle léger sur sa nuque. Quand il se retourna, il était trop tard. Un visage était contre le sien, une main l'immobilisait. Il eut un soubresaut, ses yeux se révulsèrent. Une lame l'avait transpercé et quand il toucha le sol, il était déjà mort. Le meurtrier l'enjamba et poussa la porte de la grande salle. Quelques secondes plus tard, il ressortait et disparaissait aussi soudainement qu'il était apparu. Sur le sol, en évidence, il avait laissé un morceau de vélin où était inscrite une longue phrase.

Les soldats qui trouvèrent le corps dirent n'avoir rien vu ni rien entendu. Pourtant, au matin, dans le couloir qui menait au harem et au *tiraz*, l'atelier de tissage, on trouva un second cadavre, celui d'un *fityan*, un eunuque du palais, poignardé lui aussi.

À l'intérieur de la salle d'audience gisait une cape d'apparat en lambeaux, que tous reconnurent appartenir au roi Guillaume Ier lui-même.

13

Il en était du harem comme du reste du royaume. Certains étaient les maîtres, d'autres les serviteurs. Théodora appartenait à la première catégorie. Byzantine de haute naissance, les aléas d'une traversée en Méditerranée l'avaient jetée enfant dans la prison dorée du harem. Sa famille la croyait morte et les Normands n'avaient jamais demandé de rançon. La petite fille était devenue une femme. Sa beauté et son esprit en avaient fait une favorite. Trouvant un charme certain à ce côtoiement charnel avec le pouvoir, la jeune Théodora devint à quatorze ans l'amante de Roger II puis, quelques années plus tard, la favorite de son fils Guillaume Ier. Elle était l'une de celles avec qui il fallait compter dans cet univers complexe où se tissaient des alliances inattendues et de redoutables vengeances. Bonne joueuse d'eschets, elle avait même eu l'honneur d'affronter l'émir des émirs conquis par la femme capable de tenir jusqu'à la phase de stratégie. Pour plaire au roi, il fallait plaire à Théodora et la belle Byzantine savait se lier avec les *fityan* comme avec les barons, s'attirant des visiteurs qui venaient autant pour la beauté de son corps que pour jouir de l'influence qu'elle avait sur le roi normand.

Cette nuit-là, il faisait si chaud que la jeune femme avait repoussé les draps de soie dans lesquels elle aimait s'envelopper. Ses longues jambes brunes reposaient sur le tissu, seule une ceinture de soie et de perles la parait, nouée autour de sa taille fine. C'est dans un demi-sommeil qu'elle sentit une main se poser sur ses lèvres, étouffant son hurlement de terreur.

— C'est moi ! fit une voix à son oreille.

Au son de cette voix, Théodora renonça à se battre. Serait il possible qu'il soit revenu ? Retenant son souffle, elle ouvrit les yeux, essayant de discerner le visage de son agresseur.

Comprenant qu'elle ne crierait pas, celui-ci avait relâché son étreinte. Théodora s'enveloppa de son drap et ranima la petite flamme de sa lampe à huile. Le spectre prit forme. Il était effrayant.

— N'aie crainte. C'est moi… fit-il en s'agenouillant.

— Gamaliel…

Elle avait murmuré son nom. Mais comment reconnaître dans cet être décharné, couvert de vermine et barbu, l'amant magnifique et sensuel qui lui avait fait aimer l'amour ? Théodora s'approcha de lui, cherchant de ses doigts le contour du visage aimé. Il y avait des mois, des siècles…

— Ils m'ont jeté en prison pour trahison, souffla Gamaliel. Je n'ai pu te prévenir.

— Jeté en prison…

Pour la centième fois depuis leur séparation forcée, Théodora revécut l'annonce, par l'un des eunuques, de la disparition de son amant. Grâce à ses relations, elle avait su qu'on avait fait prisonniers sa femme et son fils, puis qu'on les avait vendus sur le marché aux esclaves. Mais de lui, pas de nouvelles, et elle avait pensé qu'il s'était enfui en l'abandonnant. Trahison était le seul mot qui lui était venu. Elle l'avait maudit et pas une seule fois – il était si fort, si invincible ! – elle n'avait songé qu'il aurait pu lui arriver malheur.

On entendait des voix au loin. Gamaliel s'était redressé et regardait autour de lui avec angoisse. Les pensées de Théodora s'ordonnèrent à nouveau.

— Comment es-tu parvenu jusqu'ici ?

— Je me suis évadé en passant par les *qanats*… J'ai croisé une femme dans les couloirs.

— Comment était-elle ?

— Je ne sais… Brune… Je n'ai pas eu le temps, je ne pensais qu'à te rejoindre. On doit avoir découvert ma fuite.

Il fallait le cacher. Et vite. Avant que la garde ne fasse irruption.

— Viens ! Suis-moi.

Théodora attrapa la gandoura qui gisait en tas près de sa couche et une bourse qu'elle glissa à sa ceinture puis, lui tendant la main, elle l'entraîna par un étroit corridor jusqu'à une réserve où s'empilaient des provisions.

— Que fais-tu ?

— Silence !

Après avoir refermé la porte à clé, elle repoussa les cylindres de canne tressée où d'ordinaire on entreposait le grain et la farine, fit pivoter une étagère chargée de paniers, écarta une tenture imitant à s'y méprendre l'aspect misérable du mur, découvrant un boyau au bout duquel elle ouvrit une porte basse. Quelques instants plus tard, ils se retrouvèrent dans une pièce munie d'un soupirail.

L'endroit ressemblait au nid d'un oiseau exotique. Les murs et les sols étaient recouverts de tentures et de tapis aux couleurs chatoyantes. Un grand lit avec des coussins, une bassine de cuivre pour les ablutions, des poufs, un plateau d'argent posé sur un coffre, un miroir d'étain, des bijoux dans une coupe... et une odeur de fleur d'oranger et de rose.

— Où... Où sommes-nous ?

Épuisé, il vacillait sur ses jambes et la tête lui tournait.

— Dans la chambre des amours interdites. Peu de gens en connaissent l'existence et je suis la seule à en posséder les clés. Quand quelques-unes de mes sœurs veulent recevoir ici leurs amants de cœur, je leur ouvre le paradis.

L'évadé n'en pouvait plus de fatigue, il poussa un sourd gémissement et glissa à terre, évanoui.

— Gamaliel !

La voix inquiète de sa maîtresse le ramena à lui. Il était sur le lit et le visage de son aimée planait au-dessus de lui. Il aurait voulu la prendre dans ses bras, mais il ne pouvait pas même lever la main tant il se sentait faible.

— Reste tranquille. Je vais revenir. Je t'apporterai à manger. En attendant, dors.

— Je voudrais... me laver, me raser.

— Je m'occupe de tout. Repose-toi.

Elle allait partir.

— Laisse... Laisse-moi les clés, Théodora.

Ses yeux se fermaient. Elle hésita.

— Je ne veux plus jamais être emprisonné… même par toi.

— Je frapperai trois coups quand je viendrai te voir, fit-elle en déposant le trousseau au creux de sa paume.

LA CONCA DE ORO

14

Était-ce le crépitement du feu ou le raclement des sabots des chevaux à l'attache ? Tancrède ouvrit brusquement les yeux, se demandant où il se trouvait. Au moins, constata-t-il en regardant les rochers et les arbres qui encerclaient leur campement, c'était la terre ferme et non plus le balancement de la houle qui lui donnait la réponse. Des copeaux de bois sur sa couche lui rappelèrent les tours de garde qu'il avait pris alors que son maître dormait. Depuis qu'ils étaient en Sicile, cette habitude de sculpter tout ce qui lui passait sous la main l'avait repris. Il regarda d'un air amusé le tronc de l'arbre à côté de lui sur lequel s'enroulait une salamandre.

Il s'assit en bâillant, repoussant le mantel qui le protégeait de la rosée. Une bonne odeur chatouillait ses narines, réveillant un appétit que son maître disait légendaire. À quelques pas de là, enveloppé dans son burnous, Hugues faisait griller des tranches de pain frottées d'oignon et du lard. Il repoussa de la pointe d'un bâton des braises trop vives.

— Dans quelle réflexion êtes-vous encore parti ? demanda-t-il. Venez vous asseoir, j'ai à vous parler.

Le jeune homme se leva, étirant sa haute stature, rejetant d'un geste les cheveux blonds qui lui tombaient sur les yeux. Il avait les muscles rompus par la dureté de sa couche et l'humidité.

— Vous avez bien dormi ? demanda Hugues en lui tendant une tranche de pain et une gourde emplie de vin coupé d'eau.

— Oui, fit Tancrède en s'installant sur une souche aux côtés de son maître. Que vouliez-vous me dire ?

— Mangez d'abord !

Le jeune homme ne se fit pas prier. Il dévora sa tranche à belles dents, laissant le goût du pain et la saveur tiède du lard envahir son palais, puis il avala une rasade de vin, ce qui acheva de dissiper le froid de la nuit et le réveilla tout à fait.

— Je vous écoute.

— J'aimerais, commença Hugues, vous parler de votre père, le duc de Pouilles, et de votre mère, Anouche.

— Y a-t-il encore des choses que j'ignore ? s'étonna Tancrède.

— Oui, par manque de temps et aussi faute de savoir comment vous les expliquer. Mais nous serons bientôt à Palerme et je me dois de tout vous confier.

Il hésita.

— Je n'ai jamais su la teneur exacte des rapports entre votre père et votre mère, et puis cela ne me regardait pas. Sans doute, à votre naissance, Anouche a-t-elle espéré plus qu'elle ne pouvait obtenir ? Toujours est-il que malgré l'amour évident que lui portait votre père, leurs relations se sont dégradées.

Hugues fit une pause. Il ne lui plaisait guère de révéler ce qui ressemblait fort à des secrets d'alcôve, mais il n'y avait personne d'autre pour le faire.

— Votre père a pris une maîtresse, Bianca de Lecce, dont il a eu deux enfants. Il a donné le prénom de Tancrède au garçon et les a reconnus *more danico* tout comme vous.

— Pourquoi le même prénom ? souffla le jeune homme qui sentait le désarroi l'envahir.

— S'il y a une chose dont vous ne devez jamais douter, c'est de l'amour de votre père. Il désirait vous protéger et s'il m'a chargé de vous emmener loin de lui, c'était uniquement parce qu'il pensait votre vie en danger sur le territoire de Sicile.

Tancrède resta muet, Hugues poursuivit :

— Ensuite arriva ce qui devait arriver. Le grand roi, Roger II, exigea de son fils qu'il se marie. Votre père a donc épousé l'année de notre départ une des héritières de la cour de Champagne, la jeune Élisabeth. Dont il n'a jamais eu d'enfants. Aux yeux de tous, y compris de Tancrède de Lecce, vous êtes l'aîné.

— C'est drôle, j'ai rêvé d'Aubré[1], le moine croisé sur la lande de Lessay, et de sa prédiction. Elle était incomplète finalement. Pourquoi ne pas m'avoir appris tout cela plus tôt ? J'aurais peut-être fait un autre choix que celui de venir ici.

— Je ne crois pas. La prédiction devait s'accomplir, le moine avait raison, vous voilà « loin, fort loin » et vous êtes allé « par terre et par mer » dans ce pays « où l'on parle d'autres langues que la nôtre, où l'or et l'argent tapissent les murs, où les femmes sont si belles qu'on les enferme... ».

L'Oriental se tut, songeur.

— La suite, « vous serez prince parmi les princes, et mendiant aussi », se réalisera-t-elle ? demanda Tancrède. Quelle légitimité ai-je à être ici ? Et pourquoi deviendrais-je un prince ?

Sentant le trouble de son protégé et s'en voulant d'en être la cause indirecte, Hugues répondit avec rudesse :

1. Voir *Le Peuple du vent*, 10/18, n° 3890.

— Ici est votre fief, ici vous êtes né. Je vous avais dit, souvenez-vous, que bien des choix s'offriraient à vous et je le crois toujours. Cela ne veut pas dire que cela sera simple. Mais cessons ces bavardages, nous n'avons pas de temps à perdre, ajouta l'Oriental en se levant et en recouvrant les braises de terre et de cendres. Palerme est proche. En selle !

Quelques instants plus tard, alors que le jour pointait à peine, ils débouchaient sur une voie empierrée où Hugues prit le galop. Depuis qu'ils avaient quitté Syracuse, l'Oriental les avait menés à un train d'enfer et à aucun moment il n'avait voulu faire halte dans ces confortables relais que Tancrède avait aperçus au long du chemin et que les Arabes nommaient « caravansérails ».

Ils s'arrêtèrent un moment en haut d'un mont, retenant leurs bêtes d'une main ferme. La brume matinale s'était dissipée. Au loin apparaissait une ville d'une blancheur éclatante au milieu d'un cirque de montagnes que fermait une mer d'un bleu intense.

— Nous sommes au sommet du mont Caputo et devant vous s'étendent la Conca de Oro et Palerme, fit Hugues de Tarse. Dans moins d'une heure, si Dieu le veut, nous serons là-bas.

Tancrède ne s'était pas attendu à tant de beauté ni à ressentir tant d'émotion. Depuis l'enfance, il n'avait cessé d'errer avec son maître et là, soudain, devant ce paysage, les larmes lui montaient aux yeux. Malgré tout ce qu'il venait d'apprendre et qu'il mettrait sans doute une vie entière à comprendre et à dépasser, allait-il enfin devenir autre chose qu'un « hors venu », comme disaient les Normands ? Pour lui, comme pour les autres, il avait été celui qui vient d'ailleurs et maintenant qu'il apercevait ces remparts étincelants, ces vallons et ces collines cernées de falaises abruptes, il désirait plus que tout que l'errance s'achève.

Son regard s'égara vers le port où se balançaient une vingtaine de navires avant de se perdre dans le turquoise de la mer. Il ravala ses larmes.

— Là-bas, ce sont les Éoliennes, reprit Hugues en désignant un chapelet d'îles à l'horizon. Vous rappelez-vous ? Nous les avons longées avant de gagner Syracuse.

Alors qu'il prononçait ces mots, une ombre était passée dans les yeux du Gréco-Syrien. Il songeait à celle qui avait été leur compagne de voyage : Eleonor, fille du seigneur de Fierville[1].

La jeune femme, elle avait tout juste dix-sept ans, avait quitté la Normandie pour épouser un homme qu'elle n'avait jamais vu, le très riche comte de Marsico, proche du roi Guillaume Ier. Embarquée à Barfleur comme eux, elle avait bravé tous les dangers, leur sauvant même la vie grâce à ses talents d'archer. Comme à chaque fois qu'il l'évoquait, l'Oriental sentit le monde vaciller autour de lui. Être éloigné d'elle, ne pas savoir le sort qui lui avait été réservé, le rendait fou. Sans doute parce qu'ils avaient résisté à l'attirance qu'ils ressentaient l'un pour l'autre, Hugues et Eleonor étaient tombés éperdument amoureux. Un amour aussi violent que désespéré puisqu'il devait s'achever avec la traversée. Alors qu'ils allaient accoster, les deux amants s'étaient dit adieu, puis l'escorte armée du comte de Marsico avait emmené la promise vers son destin. Hugues avait cru mourir, mais le pire était encore à venir. Au cours du banquet donné le soir même en son honneur, il avait appris que Marsico s'était marié un mois auparavant avec une riche veuve calabraise.

« Je ne sais pas, chez vous en Normandie, avait dit leur hôte, mais ici, les barons et les seigneurs normands

1. Voir *Les Guerriers fauves*, *op. cit.*

ont souvent recours au charme des harems et de leurs houris… Une femme de plus… Surtout si elle est jolie… »

Depuis, Hugues ne dormait guère ni ne mangeait davantage, il cherchait Eleonor. Mais malgré tous ses efforts, un mois avait passé sans qu'il réussisse à retrouver sa trace. Son seul espoir était qu'on l'ait menée à Palerme où le comte possédait son plus luxueux palais.

— Hugues… appela Tancrède d'une voix inquiète. Hugues, ça va ?

En guise de réponse, l'Oriental hocha la tête.

Le jeune homme n'était pas dupe. Il connaissait trop son maître pour ne pas savoir ce qui le souciait. Il n'insista pas, incapable de faire face à la fois au malaise d'Hugues et au désordre de ses propres pensées.

Un berger passa non loin d'eux avec ses moutons. Après les avoir observés avec méfiance, il les salua d'un geste de sa longue canne puis poussa ses bêtes vers une prairie qu'ombrageaient quelques arbres au feuillage gris-bleu.

— Tout paraît si paisible, murmura le jeune homme.

Son maître le regarda comme s'il découvrait sa présence à ses côtés, puis son expression changea et il reprit d'une voix plus ferme :

— Nous allons repartir, mais avant, il faut que ces lieux et leur géographie vous deviennent familiers. Votre vie en dépendra peut-être un jour. Regardez autour de vous. Là-bas le fleuve, Wadi Abbas pour les Arabes, est devenu pour nous le fleuve de l'Amiral. Les deux rivières qui dévalent vers Palerme sont la Kemonia, le « torrent des orages », sur votre droite et là-bas, sur votre gauche, le Papireto ou « torrent de la Rutah ». Dans les jardins sont cultivés des citronniers, des orangers, des dattiers. Dans les marécages ou le long du fleuve poussent les roseaux, les concombres, les papyrus et les cannes persanes.

— Cannes persanes ? releva Tancrède qui n'avait jamais entendu prononcer ce nom.

— C'est ainsi que l'on appelle une variété de roseau. Elle sert à fabriquer ce que les Arabes nomment *sukkar*, le sucre, cela remplace le miel. Là-bas…

Il montrait une montagne à l'ouest de la ville dont les contreforts plongeaient dans la mer.

— … c'est le mont Pellegrino.

— Et ces immenses forêts cernées de remparts comme une forteresse ?

Tout était si neuf et si beau que Tancrède sentit son intérêt prendre le dessus sur ses soucis.

— C'est le Parco Nuovo, le parc de chasse des rois normands. La muraille a été édifiée par Roger II. Il y a là-dedans tout le gibier dont peut rêver un chasseur : des cerfs, des sangliers, des chevreuils… On y trouve aussi des *sollazzi*, des pavillons de détente agrémentés de bassins et de viviers emplis de poissons. Une vision du *Jannat al-'ard*.

— Le Paradis… murmura Tancrède à qui son maître avait, en plus du latin, du grec et de l'hébreu, enseigné l'arabe.

— Du moins ainsi que l'imaginent les rois normands de Sicile. Voyez cette tache blanche, là-bas à l'est de Palerme, c'est le palais de la Favara avec son lac et son île aux palmiers jumeaux. Un endroit magnifique qui appartenait jadis à l'émir kalbide Ja'far. Roger II l'a agrandi et restauré. Il aimait s'y retirer avec ses familiers…

À nouveau un silence. Pour la première fois depuis bien des années, Hugues repensait à sa vie d'avant, à son palais au cœur de Palerme et, bien qu'il s'en défende… à Judith. Il avait réussi à l'oublier jusque-là, ou du moins à l'enfouir si profondément en lui que c'en était presque de l'oubli, mais maintenant elle revenait à la surface de sa conscience et, avec elle, le sentiment de culpabilité qui l'habitait jadis. Des images anciennes resurgissaient. Pas son visage dont les traits s'étaient effacés avec les années, plutôt l'impression qu'elle laissait, un mélange d'élégance et de sauvagerie, d'innocence et de perversité. Judith. Elle était aussi différente d'Eleonor qu'un démon l'est d'un ange.

Tancrède, qui s'était tourné vers son maître, essaya en vain d'imaginer quelles étaient les pensées qui rendaient son regard si dur.

— En avant ! fit Hugues en encourageant sa monture à descendre la sente qui menait vers la vallée.

Tancrède l'imita et se cala à l'arrière de la selle, laissant agir le destrier qui cherchait son équilibre dans les pierres du chemin. Quelques instants plus tard, ils galopaient vers Palerme, longeant des palmeraies où travaillaient des centaines d'hommes et de femmes. Puis ce fut les larges rives du fleuve de l'Amiral sur les berges duquel tournaient les ailes blanches de centaines de moulins, et les remparts de la ville.

15

Cela faisait peu de temps qu'on avait introduit le chevalier dans cette antichambre encombrée de ballots de tissus, pourtant il s'impatientait déjà. Mince et brun, tout de noir vêtu, il semblait tout juste arrivé de voyage et ses vêtements comme ses bottes étaient poussiéreux. Il se leva, puis se rassit avant d'aller se placer près d'une arche donnant sur une minuscule cour où poussait un palmier. Malgré l'heure matinale, la chaleur était déjà accablante. L'homme s'essuya le front et retourna vers les épais coussins, hésitant à s'y asseoir, ses doigts jouant sans qu'il en ait conscience avec la garde de l'épée qu'il portait à la ceinture. Depuis qu'il était revenu en Sicile, il ne tenait plus en place. Peut-être était-ce le fait de retrouver le palais de ses parents, cette maison familiale où il avait vécu heureux avec sa sœur Judith ? Peut-être aussi parce que Hugues de Tarse, son ancien frère d'armes, son ennemi juré, était si proche ?

Enfin, un serviteur, vieil homme en burnous rayé à l'air maussade, vint le quérir pour le conduire vers une salle où, à demi allongé sur un amas de coussins, un gros Oriental aux yeux mi-clos examinait un rouleau d'étoffe.

L'endroit était surchargé de tapis, de tentures et sur les tables étaient posés de précieux coupons de soies. Partout des flambeaux ou des bougies qui éclairaient les recoins que ne visitait pas le soleil, donnant aux étoffes des reflets moirés. Ibrahim, plus connu sous le surnom du « Chypriote », était le marchand le plus fameux de Palerme. De santé fragile et trop gras pour voyager, il envoyait ses acheteurs jusqu'en Chine, en Perse ou en Égypte chercher les plus beaux tissus. Il était le fournisseur attitré du *tiraz*, mais aussi le principal revendeur de leurs ouvrages. Grâce à lui et à ses gens munis d'échantillons, une de ses dernières inventions, le *tiraz* vendait jusqu'à Provins et même au-delà.

— Messire Bartolomeo d'Avellino en personne ! s'exclama-t-il en entrouvrant les yeux sans cesser pour autant de caresser le tissu de ses doigts boudinés. Par Allah, votre visite est un honneur pour l'humble marchand que je suis. J'ai davantage l'habitude de voir Marco que vous-même.

Malgré le ton cordial, le chevalier savait très bien que sa visite n'était pas du goût du gros homme qui le craignait plus qu'il ne le révérait. Il s'assit sur un des poufs.

— Va nous chercher des prunes, des dattes et de l'arak, ordonna Ibrahim au serviteur qui attendait toujours, le dos courbé.

Puis se tournant vers son invité :

— Je me souviens que vous aimez cela.

— Pas cette fois, le Chypriote. Merci. Si je viens moi-même, c'est que j'ai à te parler et que notre marchandise, comme certains de tes tissus, n'aime guère l'éclat du soleil.

Le sourire s'effaça de la face bouffie du marchand.

— Nous parlerons donc affaires puisque vous le souhaitez. Laisse-nous, toi ! ordonna-t-il au vieux. Mes gens m'ont dit vous avoir vu vous occuper de rendre plus confortable votre palais. Cela me paraît surprenant venant d'un homme austère comme vous, mais peut-être attendez-vous quelque visite galante…

À cette remarque, le chevalier ne put s'empêcher de songer qu'il faudrait un jour ou l'autre se débarrasser du trop perspicace marchand. Cela faisait tant d'années qu'ils travaillaient ensemble… Il en savait trop et cela pouvait se révéler dangereux.

— Tout le monde en Sicile sait que le Chypriote possède un service de renseignements meilleur que celui de Maion de Bari lui-même, répondit-il d'une voix trop douce, mais peut-être pourrait-il l'employer à d'autres fins que de me surveiller ?

Le gros homme ne parut pas percevoir la menace qui pointait sous les paroles affables de Bartolomeo.

— Dans mon métier, c'est nécessaire.

— C'est vrai que sans la corruption, la trahison, le meurtre… tu ne pourrais te payer tous ces tissus, remarqua d'Avellino.

— Le tissu mène à tout, éluda le marchand, et surtout au cœur du palais normand.

Ces conversations orientales aux interminables détours mettaient le chevalier au supplice. Il coupa court :

— As-tu trouvé ce que je t'ai demandé ?

— Oui.

Ibrahim hésita. Les renseignements qu'il avait recueillis étaient dangereux. Si quiconque apprenait... Si Maion de Bari savait... Ce n'était pas la prison qu'il risquait, mais la torture et la mort.

Devinant ses pensées, d'Avellino remarqua :

— Je te paye assez pour que tu n'aies plus de scrupules, le Chypriote. De toute façon, il est trop tard, tu le sais bien, nos sorts sont liés depuis longtemps par le sang et la mort.

— Approchez-vous.

Et le gros homme se pencha vers d'Avellino, murmurant de manière que nul autre qu'eux n'entende les renseignements qu'il avait eu tant de mal à se procurer. Il se redressa enfin.

— Maintenant, il faut agir vite, fit le chevalier.

— S'il y avait des changements, j'en aviserais Marco, à moins que vous ne préfériez que je vous fasse chercher ?

— À partir de maintenant, moins nous nous verrons, mieux cela vaudra. Marco fera l'affaire.

— Il se jetterait au feu pour vous, remarqua le Chypriote, qui avait parfois envié le dévouement de ce serviteur aux yeux glacés.

— Qu'en sais-tu, peut-être l'a-t-il déjà fait ? À propos, dis-moi quels sont les derniers prisonniers arrivés à la prison royale ?

— Doucement, messire, doucement. Vous êtes un client difficile et qui, tout comme moi, achète des marchandises de prix. Prenez cet *ispahanis*, déclara-t-il en tendant à son vis-à-vis un bout de l'étoffe qu'il n'avait cessé d'effleurer avec gourmandise. C'est le plus riche tissu d'Almería, et vous allez comprendre pourquoi, touchez ! C'est une merveille.

— Je ne suis pas venu pour parler tissu, Ibrahim, s'impatienta le chevalier.

— Pour vous renseigner, il faut que je sache comment vous m'aiderez à acquérir d'autres splendeurs.

D'Avellino sortit une bourse qu'il posa sur l'un des coussins, défaisant les cordons afin qu'Ibrahim aperçoive la couleur des tarins, d'or comme le soleil.

— Ne t'inquiète pas pour ça, tu auras de quoi acheter tous les siglatons, damas et marramas que tu voudras, fit-il sèchement. Mais réponds-moi.

— Robert de Capoue. Il est arrivé hier… J'espère qu'il n'était pas de vos amis. Allah me pardonne, ses bourreaux lui ont déjà crevé les yeux. Il est comme un enfant gémissant.

D'Avellino resta impassible.

— Qui d'autre ?

— Les autres, vous les connaissez déjà. Quant au jeune Tancrède de Lecce, il est toujours en prison, son geôlier prend soin de lui. Il est bien nourri et il ne lui arrivera rien.

— Qu'as-tu encore à m'apprendre ?

— Notre roi revient en vainqueur, il arrivera aujourd'hui avec la flotte dans le port de la Cala et il ramène nombre de prisonniers dont Geoffroi, comte de Montescaglioso.

Le marchand baissa la voix comme si on pouvait l'entendre :

— Il est question qu'on lui crève les yeux à lui aussi.

Chef de la rébellion normande à la fois en Sicile et dans les Pouilles où il possédait de nombreux fiefs, Geoffroi avait donc fini par être capturé comme les autres.

— Le roi a bien fait crever les yeux de Robert de Loritello après lui avoir promis de l'épargner, remarqua d'Avellino. Que sais-tu d'autre ?

Le gros homme fixait son interlocuteur, une étrange lueur dans les yeux.

— Certaines choses que peu savent. Une histoire de malemort… et de sacrilège.

— Continue ! l'encouragea d'Avellino.

— On a tué au palais la nuit dernière. Un garde et un eunuque.

— Que dis-tu ?

D'Avellino paraissait interloqué.

— Un garde et un eunuque, répéta Ibrahim.

— As-tu des détails ?

— Non, si ce n'est qu'ils sont morts tous deux par le poignard, que le meurtrier a mis en lambeaux l'un des manteaux d'apparat du roi et qu'il y avait un message.

— Ton informateur a-t-il été assez habile pour le lire ?

— Non.

Le silence retomba entre eux.

— D'autres choses ? Entre la reine et Maion ?

— Mon informateur me coûte fort cher, se plaignit le marchand.

— Si tes renseignements m'intéressent, tu auras ton compte de tarins et tu le sais.

Le Chypriote comprit qu'il ne gagnerait rien à regimber davantage. Et puis, il se méfiait de la violence rentrée qu'il sentait chez son vis-à-vis.

Ces deux-là s'étaient rencontrés bien des années auparavant. D'Avellino était alors l'ami d'un homme que le Chypriote révérait : Hugues de Tarse. Hugues qui, alors que des coupe-jarrets l'avaient pris à partie et menaçaient de le tuer, lui avait sauvé la vie. Hugues de Tarse, qui avait aidé le miséreux qu'il était alors à s'établir dans le commerce de tissu. Mais Hugues avait disparu du jour au lendemain. Et pour son malheur, il avait revu d'Avellino. Un d'Avellino changé. Transformé en démon. Il soupira. Entre le chevalier noir et lui, cela avait été une lente escalade, tout d'abord des renseignements sans importance, de petites trahisons, puis le sang avait coulé, il fallait éliminer l'un ou l'autre, et aujourd'hui… Ils trahissaient le roi lui-même et ce qu'il venait de transmettre risquait de lui coûter la vie. Où cela s'arrêterait-il ?

— Maion a parlé à la reine d'un bâtard du défunt duc de Pouilles nommé Tancrède d'Anaor, qui deviendrait un prétendant possible au trône.

— Va, va.

— Elle a demandé qu'on le lui amène, mais elle a dit aussi qu'elle le jetterait peut-être en prison.

D'Avellino se leva, laissant la bourse et jetant dessus quelques pièces d'or supplémentaires.

— Prends, tu l'as mérité, continue à veiller sur le sort du jeune de Lecce. S'il y a des changements sur ce que tu sais, dis-le à Marco, il saura toujours où me trouver. Si je suis satisfait, tu seras récompensé.

— Avez-vous donc tant d'or que cela ?

Il y avait de la rancœur dans la voix d'Ibrahim. Né dans les faubourgs de Nicosie et abandonné sur le parvis d'une église, il avait toujours haï l'arrogance des riches. Enfant, il n'avait qu'une passion : le tissu. Ce tissu qui habillait les Byzantins et faisait rêver le mendiant en haillons qu'il était. D'Avellino était un homme de sang distribuant l'or pour des desseins qu'il ne comprenait pas. Un homme capable de tout, il le savait… et surtout du pire.

— J'en aurai toujours pour ceux qui me sont fidèles.

Et Bartolomeo d'Avellino laissa là le marchand qui repoussa d'un geste mécontent l'*ispahanis* qu'il avait cessé de caresser.

Que préparait le chevalier ? Tantôt du côté du pouvoir, tantôt de celui des rebelles, il était de ces hommes fatals à qui les croise. Les pensées d'Ibrahim revinrent à son négoce. Si une nouvelle rébellion éclatait, qu'adviendrait-il de lui et de ses chers tissus ? Peut-être devrait-il songer comme nombre de ses amis à quitter la Sicile pour l'al-Andalus ?

16

— Que dois-je penser de vous qui êtes censés assurer notre sécurité ? tonnait Maion de Bari. On a tué au cœur du palais normand et vous, mes officiers, vous êtes vivants ! Comment est-ce possible ?

La conjuration renaissait sous une autre forme. Comme il l'avait prévu, l'hydre avait plusieurs têtes et, cette fois, elle était dans la place. Pour l'instant, ses victimes étaient sans importance, mais qu'en serait-il ensuite ? Autant de questions qui torturaient l'émir sans qu'il puisse y apporter réponse. Dans l'heure suivante, il convoqua le maître capitaine Simon et ses principaux officiers.

Vêtus de leurs longues capes noires, leurs cimeterres glissés à la ceinture, les soldats se tenaient alignés en silence devant lui, raides et mal à l'aise. Qu'auraient-ils pu dire pour se défendre ? Oui, on avait tué impunément deux hommes et saccagé le vêtement du roi. Et même si l'alerte résonnait encore et que les gardes continuaient à fouiller le palais, nul n'avait rien trouvé. Dans un cas comme celui-là, un mot de l'émir suffisait pour qu'ils finissent leurs jours en prison, à moins que ne leur soit donné l'ordre de poser leurs têtes sur le billot. Ordre auquel ils ne pourraient se soustraire.

Après avoir tempêté, l'émir marcha droit sur son beau-frère.

— Nous pourrions vivre dans une tente sur le port, nous y serions davantage en sécurité ! lui jeta-t-il.

Sentant que le moment était peu propice à une quelconque réponse, Simon ne broncha pas et seule la rougeur des cicatrices qui le défiguraient indiqua son émotion. L'officier avait déjà mené une rapide enquête au sein du palais dont il avait suivi la fouille – que faire d'autre en si peu de temps ? – et constaté que personne n'avait rien remarqué d'anormal. Pas même les victimes sans doute, vu la façon dont elles avaient été tuées. Le criminel aurait pu tout aussi bien être un djinn. « Ce qu'il était peut-être »... songea Simon qui consultait chaque jour l'astrologue de la cour et croyait en ces êtres surnaturels ni mauvais ni bons, mais aux actes et aux décisions toujours lourds de conséquence pour ceux qu'ils rencontraient.

— Nous allons le trouver, ô émir des émirs, protesta l'un des sergents.

Un jeune Normand arrivé depuis peu à la cour de Sicile, à qui ses supérieurs n'avaient pas eu encore le temps d'enseigner les rudiments d'une élémentaire prudence.

À cette sortie, l'émir l'attrapa par le col et l'apostropha :

— Parce que tu sais, toi, que c'est un homme ? gronda-t-il. Et pourquoi pas plusieurs ? Que sais-tu de ce qui se trame ici ? Étais-tu à mes côtés quand on a essayé de m'assassiner ?

La fureur de Maion était telle que son teint avait viré au gris, ses yeux étincelaient.

— Nous ne savons rien encore, ô émir des émirs, intervint Simon, autant par pitié pour le jeune homme que parce qu'il fallait qu'il prouve à ses subordonnés qu'il ne craignait pas Maion. Mais nous allons trouver le coupable, je vous en fais serment, et je vous porterai moi-même sa tête dans un panier.

Maion relâcha le sergent et se tourna vers son beau-frère :

— Méfie-toi des promesses, Simon. J'ai tendance à vouloir qu'elles soient tenues. Ensuite, sache que si tu trouves le meurtrier, je le veux vivant ! Tu entends ? Vivant !

Il marqua une pause, le souffle court, puis reprit :

— Explique-moi comment on peut assassiner impunément nos gens en plein palais ?

Devant le mutisme de son beau-frère, Maion poursuivit :

— Tu ne l'expliques pas, et eux non plus, et c'est bien le problème !

Son accès de rage était passé, la réflexion venait. Maion retourna s'asseoir sur sa haute chaise près de la fenêtre. Son regard passa de son jeu d'eschets aux toits de la ville puis au port où les navires évitaient sur leurs ancres, lui rappelant l'arrivée imminente de la flotte royale.

— Allez, allez, fit-il en chassant tout le monde d'un geste impatient de la main. Reste, Simon !

Les officiers s'inclinèrent et sortirent. Simon rejeta les plis de sa longue cape galonnée d'argent sur ses épaules et prit place sur le siège que lui désignait l'émir. Quelques instants après que Maion eut tiré sur un cordon fixé au mur, Gaetano apparut. Le jeune page salua son maître puis attendit ses ordres sans mot dire. Encore une chose que l'émir appréciait chez lui, cette faculté qu'il avait de se taire, aussi rare chez les pages que chez les femmes.

— Sais-tu où est d'Avellino ?

— Je l'ai vu arriver dans la cour d'honneur, répondit Gaetano.

— Alors, cours me le chercher !

— Bien, ô émir des émirs.

Maion se tourna vers son beau-frère.

— As-tu ordonné la fouille du *tiraz* et du harem ? fit-il en saisissant l'éléphant, sa pièce d'eschets favorite.

— Je vais m'en charger avec le caïd Pierre.

— Tu sais la confiance que je te porte, remarqua Maion.

— Et je ferai tout pour en rester digne.

— Bientôt, le roi sera là. Il y a fort peu de chances de trouver le coupable avant son arrivée, mais je compte sur toi pour que toutes les issues soient gardées et les patrouilles doublées. Il y va de ta vie.

— J'ai déjà fait ce que vous m'ordonnez. De plus, j'ai appelé en renfort des hommes de la Légion arabe, qui assurent d'ores et déjà la sécurité de la reine et de ses familiers ainsi que celle de la Dohana et du Trésor. Par ailleurs, j'ai prévenu Grimoald, afin qu'il examine les cadavres. Peut-être, grâce à lui, en saurons-nous davantage sur ce qui s'est passé et sur celui qui a tué.

— Tu penses qu'il était seul ?

Le soldat prit le temps de réfléchir, exprimer sa pensée lui demandait un effort. Il aimait retourner longtemps dans sa tête ce qu'il devait dire.

— Il paraît impossible d'arriver ici sans aide. Les patrouilles sont trop nombreuses, surtout depuis les derniers événements… À moins d'être quelque démon.

— Je ne crois pas aux démons autres que ceux que nous portons en nous-mêmes ! affirma Maion. Continue.

— Par contre, j'ai le sentiment, mais je ne peux encore vous dire pourquoi, que c'est la même main qui a tué l'eunuque et le garde.

— Les sentiments ne m'intéressent pas, Simon, je veux des faits ! Autre chose ?

— Dois-je prévenir le maître justicier de ce qui se passe ici ?

— Je le ferai moi-même. Ah ! Une dernière chose, renseigne-toi sur le *fityan* qui a été tué. Y avait-il des raisons à sa mort ? S'était-il querellé avec un autre ? Il ne faut négliger aucune piste. La mort de celui-là éclaire peut-être l'autre.

Simon s'inclina.

— Retire-toi maintenant.

Le maître capitaine sorti, le silence retomba dans la grande pièce. Maion de Bari se leva et alla à une table sur laquelle étaient posés le vélin trouvé près du cadavre et le manteau d'apparat en lambeaux. En homme qui n'a confiance qu'en lui-même, l'émir avait donné ordre que personne ne lise le message rédigé en arabe. Pour la dixième fois peut-être, il parcourut la phrase :

Alors un seul guerrier à pied pourra frapper de terreur un roi, posséderait-il plus de cent mille hommes à cheval.

La déclaration était claire, c'était au royaume de Sicile qu'on en voulait et à Guillaume Ier. Mais qui et pourquoi ? Les ennemis étaient innombrables : Byzantins, Germains, barons normands… Et pourtant aucun d'entre eux, Maion en aurait juré, n'aurait procédé de cette façon ni rédigé un tel message, encore moins en arabe. Et si c'était une vengeance préparée par les musulmans ? Une réponse au désarmement de la Kalsa ?

Fort heureusement, la cape de couronnement des rois normands et la couronne, ces emblèmes qui avaient servi à Roger Ier et à son descendant, étaient, la première conservée dans une pièce spéciale au *tiraz*, et la seconde au Trésor. L'homme n'y avait pas eu accès…

Quoique… L'une des victimes était un eunuque et il devait, comme les autres membres de la puissante caste, posséder les clés de l'atelier de tissage. Il n'avait pas demandé à Simon si le mort possédait toujours son trousseau. Il faudrait qu'il le fasse. Cela lui remit en mémoire que le caïd Pierre, le représentant des eunuques, avait déjà demandé audience. Il allait falloir calmer ce haut personnage, puis le convaincre de rester tranquille en attendant que l'enquête s'achève. « Pourquoi un eunuque ? » se répéta-t-il. Les questions tournoyaient dans son esprit sans qu'il puisse y trouver réponse. Il y réfléchissait encore, quand Gaetano lui annonça l'arrivée du chevalier Bartolomeo d'Avellino.

— Qu'il entre ! ordonna-t-il.

LA SECTE DES ASSASSINS

17

Bartolomeo d'Avellino s'inclina devant l'émir. Celui-ci ne lui proposa pas de s'asseoir et remarqua :

— On m'a dit que tu venais souvent au palais depuis ton retour, pourtant je ne t'ai guère vu.

Ce « on » était le très efficace service de renseignements de l'émir, service que rétribuait aussi d'Avellino, ce qui lui permit de répondre avec assurance :

— Vous aviez donné ordre qu'on ne vous dérange sous aucun prétexte, Excellence, et je n'ai pas cru qu'il fallait désobéir à cette consigne que même vos familiers respectaient. Et puis, avec les émeutes de la Kalsa, j'ai pensé que vous aviez fort à faire. Hier, Gaetano m'a informé que vous receviez à nouveau et je suis heureux de venir vous saluer.

— J'aime ton éloquence, d'Avellino... Même si parfois je me dis qu'elle te conduira au cachot... ou à l'échafaud.

— Que cela soit le plus tard possible alors, répondit Bartolomeo en s'inclinant. Vos gens auraient dû vous dire que si j'ai fait d'autres visites, ce n'était que dans le but de vous servir.

— Je n'en crois rien, Bartolomeo. Si j'avais confiance en d'autres que moi-même, il y a longtemps que je serais mort. Et malgré cela, ma vie est en danger.

— Qui n'est pas en danger de perdre la sienne ? rétorqua d'Avellino. Seuls les dieux et les fous se croient immortels.

Puis, plus gravement :

— J'ai appris ce qui s'était passé alors que j'étais en Normandie[1].

— Assieds-toi ! ordonna Maion en désignant un siège à côté du sien. Et parlons du présent, veux-tu ? Qu'as-tu à m'apprendre hormis le retour d'Hugues de Tarse et de son protégé ? À ce propos, merci de ton message, je l'ai transmis à notre reine qui te sait gré de tes recherches.

— En ces temps troublés, il était de mon devoir de vous prévenir de l'arrivée d'un nouveau prétendant au trône, ô émir des émirs.

— Il est surtout vrai que tu n'as guère apprécié la disparition, voici quelques années, de ton plus cher ennemi.

Bartolomeo allait protester, mais l'émir continuait :

— Et que tu n'as eu de cesse de le retrouver, envoyant, si mes renseignements sont exacts, nombre d'émissaires chargés de le pister que ce soit ici, dans les Pouilles et jusqu'en pays de France. Cela a dû te coûter une fortune.

— Par chance, mes parents m'ont laissé de quoi vivre largement. Il est vrai que j'avais quelques différends à régler avec le sire de Tarse, pourtant je vous assure que votre service m'importe plus que mes querelles personnelles.

À chaque fois qu'il prononçait le nom d'Hugues, un tic nerveux faisait tressauter les paupières du che-

1. Voir *Le Peuple du vent*, *op. cit.*

valier. Cette marque de nervosité si incongrue de la part d'un tel homme incita Maion à lui demander :

— Mais dis-moi, tu ne m'as jamais dit quelle était la raison de cette haine si tenace ?

Bartolomeo hésita, puis finit par répondre, songeant qu'il serait peu opportun, voire dangereux, de mentir à l'émir.

— Il a tué ma sœur Judith.

Le ton était sec et Maion sentit que d'Avellino n'avait pas envie d'en dire plus.

— Je savais qu'elle était morte, mais…

— C'est le passé, Excellence, le coupa le chevalier, et ce n'est pas pour parler de mes affaires de famille que vous m'avez mandé. Venons-en au but de ma visite. Je suis votre serviteur.

La phrase était brusque et les tics nerveux allaient en s'accentuant, contractant le visage de Bartolomeo.

— Soit, concéda Maion, bien décidé à ordonner à ses gens de se renseigner sur la mort de Judith d'Avellino.

Son père lui disait toujours qu'un homme qui ne connaît pas le passé de ceux qui l'entourent est un homme mort.

— Votre page avait l'air fort pressé de me trouver, reprit d'Avellino, et on m'a fait savoir que la nuit avait été propice aux cauchemars.

— Tu ne crois pas si bien dire.

Il se leva.

— Suis-moi.

Quelques instants plus tard, ils pénétraient dans une salle voûtée dans les entrailles du palais. Des coulées de salpêtre et d'humidité formaient un voile gris-vert sur la pierre. Des cadavres gisaient sur des tables à tréteaux. Un médecin vêtu d'une djellaba était penché sur l'un d'eux. Il se redressa en les entendant entrer et s'inclina respectueusement devant l'émir et celui qui l'accompagnait.

— Salut à toi, Grimoald, dit Maion.

Le mire hocha la tête en signe de réponse. Son attention et ses qualités d'observation se mobilisaient davantage sur les malades et les morts que sur les vivants et les bien-portants.

— Tu ne connais pas Grimoald, il est depuis peu le médecin de notre reine, expliqua l'émir au chevalier. Il vient de l'école de Cordoue et le corps humain n'a guère de secret pour lui.

Il désigna les morts :

— Les connais-tu ?

D'Avellino s'approcha pour scruter les visages grisâtres.

— Non… Quoiqu'il me semble avoir déjà vu celui-là, dit-il en désignant le plus robuste. Qui sont-ils et où sont-ils morts ?

— Plus tard, plus tard. Allez, Grimoald. Allez, nous t'écoutons, fit Maion, encourageant le médecin à prendre la parole.

— Je n'ai pas grand-chose à vous apprendre, ô émir. Ces deux hommes ont été tués à peu de temps d'intervalle (il désigna les plaies) et vraisemblablement par la même arme, un poignard à la lame effilée, comme la plupart d'entre nous en portent. Celui qui a donné le coup était soit un soldat, soit un homme habitué au maniement des armes.

— Pourquoi cela ?

— Le coup était destiné à tuer, il a été donné sans hésiter, dénotant une connaissance de l'anatomie humaine qu'ont seuls les médecins… et les guerriers.

Grimoald se tut.

— Rien d'autre ?

Il fit signe que non.

— Vous dites un poignard comme nous en portons tous, mais nous possédons tous des poignards différents. C'était un coutel franc, une dague italienne ou un khandjar arabe ? demanda d'Avellino.

— Je pencherais pour un khandjar, fit Grimoald. À cause de l'inclinaison de la plaie. Puis-je faire enterrer les corps ? Ils sentent déjà, et la chaleur de ce mois de juin risque d'accélérer la décomposition.

Maion acquiesça. Quelques instants plus tard, il était à nouveau dans ses appartements avec d'Avellino.

— Qu'en penses-tu ?

— Vous allez un peu vite en besogne, Excellence, je ne sais même pas qui sont ces hommes ni où vous les avez trouvés.

Après qu'il eut éclairé le chevalier sur ce point, Maion réitéra sa question.

— Un *fityan*... Mais oui, bien sûr, je me souviens, c'est Philippe, l'un des cousins du caïd Pierre. Tués en plein palais malgré la sécurité que vous aviez mise en place !

— Oui, et il y avait ceci près du garde.

Maion posa devant le chevalier le morceau de vélin. Une fois que celui-ci eut fini sa lecture, il demanda :

— À quoi penses-tu maintenant ?

— À ce guerrier solitaire face à cent mille hommes.

— Ce texte ne t'évoque rien ?

Bartolomeo ne répondit pas immédiatement. Ses pensées retournaient loin en arrière lorsqu'il était allé jusqu'à Ispahan, aux confins de la Perse, avec Hugues de Tarse. Alors Judith était encore vivante et il aurait donné sa vie pour son frère d'armes.

Maion, sentant son hésitation, insista :

— Parle !

— Ce message m'en rappelle un autre...

— Continue, lui intima Maion que les réticences de d'Avellino exaspéraient.

— J'ai fait serment de ne rien dire.

— Ma patience a des limites, d'Avellino, gronda l'émir. Et que valent tes serments si le sort du royaume est en jeu ? Je t'écoute !

Il n'y avait plus moyen d'esquiver.

— C'est un morceau d'un poème ismaélien, lâcha d'Avellino.

— Ismaélien ? répéta Maion à qui ce nom ne disait rien.

— C'est le nom que leur donnent les musulmans, notre savant géographe Al-Idrisi pourrait vous le confirmer. Nous autres chrétiens les appelons les Assassins.

— Je verrai Al-Idrisi plus tard. Poursuis. Qui sont-ils ?

— Des ennemis de la terre entière. Leur chef est un habile politique et un homme de guerre.

— Tu sembles bien les connaître, s'étonna l'émir. Et il y aurait des « Assassins » chez nous ?

— Certains des califes de Sicile croyaient jadis en cette religion, et il n'est pas impossible qu'ils aient conservé ce qu'ils appellent une « île », ici même à Palerme.

— Une île ? Que veux-tu dire par là ?

— Les musulmans les considèrent comme des hérétiques et ils doivent se cacher. Les îles sont des groupes de croyants qui pratiquent leur religion, dissimulés à l'intérieur des villes. Il y a des îles à Alep, au Caire et dans de nombreuses cités aux mains des Latins d'Orient ou des musulmans. Parfois quelque vizir, comme au Caire, fait arrêter ou tuer tous les membres d'une île. Mais cette vermine réapparaît un peu plus loin. Les îles sont comme des vers dans un fruit sain.

— Ce que tu me dis n'évoque pas un peuple avec une armée forte, mais plutôt une guerre d'embuscades.

— C'est encore autre chose. Même si leur chef possède de nombreux fortins, il ne règne sur les pays qui l'entourent que par l'assassinat. Comme le dit le message, il suffit d'un seul guerrier pour menacer un royaume. Un *fidâ'î* – cela veut dire « celui qui se dévoue » – est envoyé avec ordre de tuer un souverain, calife ou vizir, un régime s'effondre. Le plus souvent le *fidâ'î* qui a tué est mis à mort ou lapidé par la populace, mais sa vie lui importe peu, il ne croit qu'au Paradis que lui a promis son chef.

— Qui est cet homme ?

— Il vit dans une forteresse imprenable nommée Alamut et les croisés l'appellent le Vieux de la Montagne.

— Et tu essaies de me dire que ces gens-là nous menacent ?

— Je n'ai pas dit cela.

L'émir semblait très remué. Ces histoires d'îles au sein de Palerme lui paraissaient impossibles et pourtant… Tant de choses impensables se réalisaient ! Il enverrait dès que possible des hommes se renseigner sur ces ismaéliens.

— Que veux-tu dire alors ? Et comment connais-tu tout cela si bien ?

— Pas si bien que cela, Excellence, j'ai seulement vu de quoi ils étaient capables. Et j'ai eu, à ce sujet, de longues discussions avec Al-Idrisi qui a recensé les récits de nombreux voyageurs et de croisés revenus d'Orient. Il comptait les mentionner dans son grand livre du roi Roger.

— Que me caches-tu, d'Avellino ? Où as-tu vu ces *fidâ'î* ?

— Oh, je ne les ai pas vus ! Ils sont invisibles. J'ai accompagné Hugues de Tarse vers la Perse et Ispahan lors d'une mission que lui avait confiée Roger II.

— Hugues de Tarse… Encore lui.

— Il est le seul à tout savoir sur les Assassins et… l'unique chrétien à avoir rencontré le Vieux de la Montagne dans son fief d'Alamut.

— Voilà qui est étrange.

— Je l'attendais à Ispahan, reprit Bartolomeo, et quand il est revenu de là-bas, il n'était plus le même.

— Pourquoi ces Assassins seraient-ils en Sicile ? Cela pourrait-il être lié aux émeutes de la Kalsa ?

— Je ne crois pas, car les musulmans sont leurs ennemis… À moins que vos hommes n'aient détruit sans le savoir une de leurs îles et qu'ils aient décidé de se venger. Il serait possible aussi que le Vieux ait conclu une alliance politique, et qu'il ait monnayé les services de ses *fidâ'î*.

En bon joueur d'eschets, Maion, qui détestait qu'on réfléchisse à sa place ou qu'on lui suggère des solutions, fit un geste agacé de la main. Le temps pressait, le roi allait arriver. Il fallait savoir de quoi il retournait, et vite.

— J'ai horreur des suppositions, d'Avellino. Préviens Al-Idrisi que je désire le voir sur-le-champ. Va avec Simon et une patrouille à la Kalsa. S'il y a une île, trouve-la ! ordonna-t-il.

18

La venue de Guillaume Ier était imminente et la reine avait donné l'ordre de pavoiser la ville et les remparts où flottaient maintenant les étendards pourpre et or chers au roi normand. Vue de l'extérieur, Palerme avait revêtu ses habits de fête, pourtant, pour un observateur exercé comme l'était Hugues de Tarse, quelque chose n'allait pas.

L'Oriental avait mis son cheval au pas et, depuis un moment, observait la foule qui se pressait devant Bab al-Abna, la porte des Édifices. L'agitation y était anormale, comme si l'entrée dans la ville était ralentie. Les gardes étaient trop nombreux et surtout ils avaient échangé leurs traditionnels gourdins contre des masses d'armes et des haches. Enfin, en repli derrière eux, apparaissaient les silhouettes toutes de noir vêtues des cavaliers de la Légion arabe. Coiffés de leurs turbans, armés de cimeterres et d'arcs, ces soldats d'élite musulmans, fer de lance de l'armée des rois normands, semblaient prêts à intervenir.

Or la Légion n'avait rien à faire aux portes de Palerme, songea Hugues, sauf en cas de siège ou de guerre civile.

Il talonna sa monture, ordonnant à Tancrède de le suivre. Évitant des fardiers de pierres tirés par des bœufs qui venaient en sens inverse, ils dépassèrent Bab al-Sudan, la porte des Noirs, puis Bab al-Hadid, la porte de Fer… Tancrède, qui jusque-là avait été trop fasciné par la découverte de Palerme pour percevoir la tension qui régnait à ses abords, finit par demander :

— Pourquoi ne pas pénétrer dans l'enceinte ? Où nous menez-vous ?

— Patience, patience, fut la seule réponse qu'il obtint de son compagnon qui tourna le dos à la ville et fila par la via Centorbi.

Sur les routes, un flot de chariots, de piétons et de cavaliers se croisaient en s'apostrophant, refluant d'une porte à une autre. Les marchands dont les paniers, les sacs de toile et les cagettes d'œufs, de fruits et de légumes restaient en plein soleil levaient les mains au ciel en se lamentant ou en lançant des imprécations. Hugues entraîna son jeune ami jusqu'au fleuve de l'Amiral dans lequel ils firent boire leurs bêtes. Le Gréco-Syrien voulait se laisser le temps de réfléchir et Tancrède sentit qu'il valait mieux s'abstenir de lui poser des questions.

Ils étaient à côté d'un pont dont l'arche de pierre surplombait l'eau verte. Des gamins se jetaient du parapet pour quelques sous. Ils remontaient à la surface sous les acclamations de la populace, la pièce entre les dents, le corps couvert de vase et de lentilles d'eau.

— Le pont de l'Amiral, murmura Hugues plus pour lui-même que pour son protégé. Je l'ai vu construire.

— L'amiral Georges d'Antioche ? demanda Tancrède.

— Oui. Georges a aussi fait construire une des plus belles églises de Palerme, dédiée à la Vierge. Je vous y mènerai… C'était un bâtisseur dans l'âme…

La voix d'Hugues s'éteignit, et Tancrède réalisa soudain quel poids avait pu être pour lui ces seize ans passés à des milliers de lieues de la Sicile à garder un enfant qui n'était pas le sien. D'ailleurs, le jeune homme peinait à imaginer pourquoi son père, le duc de Pouilles, avait demandé un tel sacrifice à son frère d'armes. Pourquoi l'emmener jusqu'en Aquitaine ? Pourquoi ne pas l'avoir simplement caché – s'il fallait le cacher – dans ces montagnes ou dans les rudes étendues qu'ils avaient traversées en venant de Syracuse ? Que s'était-il passé alors qu'il ignorait ? Quel danger courait-il ? Tant de choses restaient obscures !

Ils remontèrent en selle. Hugues semblait avoir pris la décision d'entrer dans la ville. Plus ils s'approchaient, plus la cohue était dense. Le jeune Normand essaya non sans mal, bousculé par les piétons et les autres cavaliers, de maintenir sa monture près de celle de son maître.

Le son lointain des trompes – était-ce l'arrivée de la flotte royale au port de la Cala ? – et les éclats d'une discussion acharnée le ramenèrent malgré lui à ce qui l'entourait. De pauvres cabanes aux toits de roseaux s'accotaient aux remparts, des mendiants en haillons tendaient la main aux passants qui les écartaient avec rudesse. La haute porte cloutée de fer était grande ouverte et les gens d'armes en barraient l'accès, formant un entonnoir où passait lentement piétons et cavaliers.

— La Porta dei Greci, la porte des Grecs, indiqua Hugues. Nous allons tenter notre chance ici, la foule y est moins nombreuse, et derrière, c'est la Kalsa, l'ancienne Khalisah, le quartier musulman, j'y ai un ami que je veux te présenter.

Le Gréco-Syrien avait aussi remarqué qu'aucun cavalier de la Légion arabe ne se tenait derrière le détachement de gens d'armes.

Des exclamations de colère et des lamentations fusèrent à nouveau. Des soldats descendaient le long du convoi d'un riche marchand arabe, jetant ses ballots à terre, bousculant sans ménagement serviteurs et marchandises. Le ton montait entre le marchand et celui qui dirigeait la fouille. Un sergent s'approcha. Il avait la démarche lourde d'un homme qui en a beaucoup vu et son visage buriné exprimait la lassitude. Depuis le désarmement des musulmans et les incidents qui avaient suivi, la tension entre ses hommes et la population était de plus en plus forte. Dans les tavernes et les rues, les bagarres dégénéraient, le sang coulait et il n'y avait pas un matin sans qu'on ne trouve quelques cadavres de l'un ou de l'autre camp.

— Que se passe-t-il ici ? gronda-t-il.

Le soldat se raidit et salua son supérieur.

— Il refuse qu'on fouille ça.

Le sergent se tourna vers le chariot bâché que lui désignait l'homme d'armes et questionna le marchand.

— C'est vrai ?

— Oui, sire officier, qu'Allah me pardonne ! Et puis, pourquoi jeter ma marchandise à terre ? S'il veut fouiller, il peut le faire sans bousculer mes gens ni mon chargement. Je suis un respectable marchand et c'est la première fois qu'on me traite ainsi à Palerme.

Il avait le physique sec des hommes du désert et ses habits tout comme ses doigts ornés d'anneaux d'or montraient sa richesse.

— Que transportes-tu ?

— Je travaille depuis des années avec le *tiraz*, sire officier, et (il baissa la voix) avec le Chypriote. Il y a là des soies de Perse, de Chypre, de Syrie, d'Égypte, siglaton, damas, marramas, samit, cendal…

L'officier avait tiqué au nom du Chypriote, les appuis du marchand étaient innombrables et il ne faisait pas bon lui déplaire.

— Et c'est ça que tu ne veux pas montrer à mes hommes ? l'interrompit le sergent qui craignait que l'autre ne se lance dans les descriptions, les qualités et la trame de chacune des étoffes.

— Oh non, sire officier, tout cela ils l'ont vu ! Mais dans ce chariot-là, il y a mes filles.

— Tes filles ?

— Oui, mes gazelles, mes toutes précieuses, les joyaux de ma vieillesse… Allah en soit témoin. Je ne peux laisser monter des soudards de cette sorte près d'elles.

Le sergent soupira, puis durcissant sa voix malgré l'amusement qui le gagnait, demanda :

— Seraient-elles à prendre leur bain dans ta carriole que tu ne veuilles les laisser voir ?

Le marchand s'empourpra.

— Mais non, protesta-t-il.

— Alors, assez perdu de temps, grommela l'officier en voyant la file des mécontents et des curieux s'amasser autour d'eux. Soulève toi-même cette toile que je jette un coup d'œil à l'intérieur.

— Par Allah le Bienheureux, si c'est vous, sire officier, il n'y a pas de problème.

Et l'homme repoussa la bâche dévoilant au regard du sergent un intérieur douillet recouvert de tapis et de coussins, au milieu duquel étaient dressées quatre jeunes femmes qui ramenèrent, avec de petits cris et des gloussements, leurs voiles sur le bas de leurs visages. Plus amusées qu'effrayées, elles le fixaient avec effronterie.

— Ça ira, fit-il au marchand qui relâcha la toile. Quatre filles ! murmura-t-il en s'essuyant le front autant à cause de la chaleur qu'à cause de la vision de ces houris aux regards trop directs. Je n'en ai eu qu'une et je n'ai vraiment respiré que le jour où elle s'est mariée.

Puis plus fort :

— Laissez passer !

— Qu'Allah vous bénisse, sire officier, le remercia le marchand en s'inclinant.

— Et qu'Il soit avec toi… avec toutes ces femelles à surveiller.

Il apostropha ses gens d'armes :

— Je ne veux aucun incident, vous m'entendez ! Ne m'obligez pas à vous fouetter ou à vous jeter sur les bancs des galères. Faites-moi avancer tout ce monde-là ! Hé toi, là, viens ici.

Le soldat, un jeune et solide gaillard dont le sergent avait remarqué l'attitude plus réservée que celle de ses compagnons, le rejoignit aussitôt, le saluant avec respect.

— C'est toi qui commandes maintenant. Je veux que tout ce monde entre et vite. Tu as entendu les trompes ? Le roi Guillaume vient d'arriver et je n'ai pas envie que notre capitaine voie un tel désordre à notre porte.

— Et les armes ?

Un tas de coutelas, d'arcs, de fourches et de haches s'amoncelaient sur le sol derrière eux.

— La consigne est la consigne, tu ôtes celles des musulmans, mais en douceur.

Au loin retentit de nouveau l'appel puissant des trompes. Le roi arrivait. Les cloches de l'église Saint-Jean-Baptiste et celles de l'église San Michele de Indulciis se mirent en branle, relayées par toutes celles de la cité normande. Hugues rabattit sa capuche sur ses cheveux noirs et fit signe à Tancrède de l'imiter.

— Nous allons essayer d'entrer. Vous passerez devant moi. Nous ne nous connaissons pas. Vous entendez ?

Bien que surpris par cette nouvelle consigne, Tancrède opina.

— Si l'on vous demande où vous allez, dites que vous êtes un ami du duc Ruggero Sinibaldo di Quisquina e delle Rose qui vous a convié pour la fête donnée en l'honneur du retour de Guillaume Ier. Vous avez compris ?

— Le duc Ruggero Sinibaldo di Quisquina e delle Rose, répéta Tancrède.

— Si quelque événement nous sépare, trouvez l'église de Georges d'Antioche, je vous y attendrai.

— Mais…

— Allez !

19

Le sergent responsable de la prison royale s'était entretenu longuement avec le maître capitaine du palais avant de le conduire par les couloirs humides vers l'un des cachots.

Il ouvrit la porte, s'écartant pour laisser passer l'officier, puis il le précéda, levant haut sa torche. Tout était resté tel qu'il l'avait découvert quelques instants auparavant. Simon écarta du pied des tas de paille souillée d'urine et d'excréments et s'approcha. Sur une des parois pendaient des chaînes aux anneaux de chevilles ouverts. Une civière vide était posée contre un mur, une lance sur le sol. Le soupirail garni de barreaux était intact et une toile d'araignée en occultait un angle. La bouche noire d'une trappe par où montait un fort bruit d'eau s'ouvrait en plein milieu du cachot, sous ce qui avait été la paillasse.

— Redis-moi ton histoire, ordonna Simon qui ne cessait de scruter coins et recoins, y cherchant en vain quelques indices sur ce qui s'était passé.

Il ramassa la lance, la pointe en était brunie.

— Les gardes vérifient toujours que l'homme est mort avant d'emmener le corps sur la civière, n'est-ce pas ?

— Oui, maître capitaine. Ils doivent planter la lance dans le torse ou la cuisse afin de vérifier que les prisonniers ne feignent pas la mort pour s'évader.

— Va, je t'écoute.

Le sergent obtempéra.

— Le garde qui surveille le corridor a vu le geôlier entrer dans la cellule. Comme celui-ci lui avait annoncé qu'un des prisonniers était mourant et qu'il l'appellerait pour évacuer le corps, il n'y a guère prêté attention. À la ronde suivante, la porte était close et il m'a avoué n'avoir pas non plus regardé par le guichet, pensant que le gardien avait fait appel à un autre. Ce n'est qu'au matin, au moment de la relève, quand j'ai demandé où était le geôlier et quand personne n'a su me répondre, que je me suis douté qu'il était arrivé quelque chose d'anorm…

— Je me souviens de la suite, le coupa le capitaine. Se pourrait-il que le geôlier disparu soit complice de cette évasion ?

— Tout est possible, capitaine, mais je ne le crois pas. C'était un homme sûr.

— Il est donc entré ici avec sa civière, a constaté la mort du prisonnier, le sang bruni sur la pointe semble le prouver, a défait les chaînes et… s'est volatilisé avec notre détenu.

Simon s'agenouilla au bord de la trappe.

— Comment expliques-tu l'existence de ce passage dans un de nos cachots ?

Il glissa la lance par l'ouverture, mais ne rencontra pas d'obstacles.

— Je me suis renseigné, Votre Honneur, cela mène aux *qanats*. Les conduits d'eau souterrains. En certains endroits, deux hommes sur les épaules l'un de l'autre n'en toucheraient pas la voûte. À l'origine, cette trappe était l'un des regards permettant aux *muqannis*, les puisatiers qui s'occupent de l'entretien du réseau, de descendre vérifier si les canalisations sont en bon état.

— Mais pourquoi dans ce cachot ?

— L'an dernier encore, cette pièce était une salle des gardes. C'est à cause du nombre de prisonniers de plus en plus élevé qu'elle a été transformée en cellule. Sans doute, la paille qui recouvrait en permanence les dalles a-t-elle fait oublier à nos hommes la présence du regard.

— Le réseau souterrain… marmonna Simon. Où mène ce passage ?

— Je l'ignore encore, mais j'ai demandé aux gens des *qanats* de venir. Je les attends d'un moment à l'autre.

— Il nous faudra placer des soldats devant chaque regard donnant dans le palais. Maintenant, le plus important. Qui est celui qui s'est enfui ?

Simon ne pouvait s'empêcher de penser à une terrible coïncidence entre les crimes du palais et la mystérieuse évasion.

Le sergent hésitait à répondre.

— Tu as des registres, insista le maître capitaine, ne comprenant pas sa réticence. Parle, qui était cet homme ?

— Je ne sais pas, capitaine, confessa l'autre, personne ne le sait.

— Comment ça, personne ne le sait !

— Depuis la fin de l'année dernière, expliqua le sergent, il y a eu tant de gens menés ici que nous ne savons si c'est un des barons rebelles, un musulman, un chevalier des Pouilles ou bien un ancien familier du roi comme l'archidiacre de Catane.

— Si tu veux rester en vie, tu vas retrouver son identité. Fais-moi l'inventaire de tous les détenus encore vivants. Recense les entrées que vous avez eues et les morts que vous avez jetés au charnier. Je veux les noms de ceux qui sont en salle de torture. Je veux ces listes. Tu entends ?

Le sergent s'inclina, il était blême.

— Et vérifie toutes les cellules, il est hors de question que d'autres évasions se produisent. Ah ! Et dis aux gens des *qanats* qu'ils nous apportent les plans du réseau souterrain.

Le maître capitaine se retrouva dehors et soupira, épongeant son front en sueur du revers de sa manche. Il devait partir avec d'Avellino et une escorte armée fouiller la Kalsa pour trouver des hérétiques, ce qui ne l'enchantait guère, étant donné l'ambiance tendue qui régnait encore dans le quartier musulman.

Et maintenant, il y avait cet évadé. Comment allait-il annoncer tout cela à Maion de Bari ? Et surtout, comment lui faire admettre qu'on ignorait l'identité du fugitif ? Le pire ennemi est celui que l'on ne connaît pas, disait souvent l'émir des émirs. Simon décida d'attendre un peu, espérant malgré tout que les listes de prisonniers lui donneraient la réponse qu'il cherchait.

AU CŒUR DE LA KALSA

20

Tancrède d'Anaor avait poussé son destrier devant celui de son maître. Des colporteurs, des colis et des paniers en équilibre sur le crâne, le précédaient. Il leva la tête vers les lourdes portes de fer, conscient de leur poids et de la force que dégageaient les remparts. Depuis qu'il était en Sicile mais ici plus qu'ailleurs, il avait l'impression de marcher dans les pas de son père, le duc de Pouilles. Il pénétrait dans la ville où il avait vécu et où il était mort. Il l'imaginait beau comme un dieu, passant cette entrée avec ses chevaliers, acclamé par la foule… Il se redressa sur sa selle et, le cœur battant, se présenta à son tour devant le garde qui lui fit signe d'avancer sans même le dévisager. Vaguement vexé, il se promit à lui-même qu'un jour on le saluerait comme un seigneur et, pourquoi pas ? puisque la prédiction le disait, comme un prince.

Il se redressa et s'arrêta net en sentant l'ambiance qui régnait dans la Kalsa. Il s'attendait à voir un quartier aux étals aussi colorés que les étendards qui flottaient sur les remparts. Au lieu de cela, il se trouva sur une placette d'où partait un enchevêtrement de ruelles désertes. Le seul mouvement était celui des tourbillons de poussière que levait le vent du sud. Les gens qui le précédaient avaient disparu comme par enchantement et, hormis les soldats près de la porte, il était seul.

Le jeune homme claqua la langue, encourageant sa jument à avancer. L'animal était nerveux et son attitude renforça le sentiment de malaise qui envahissait Tancrède. Les volets étaient tirés, les portes closes, et ce n'était pas à cause de la chaleur matinale. Il contempla les restes d'une maison incendiée. Que s'était-il passé ? Il arrêta sa bête et observa les grilles de bois des moucharabiehs qui le surplombaient. Le malaise se doublait d'une impression de danger. Le refrain de sa chanson favorite lui revint et il le fredonna entre ses dents autant pour se donner du courage que pour apaiser sa monture :

La sirène en mer hante
Contre tempête chante...

Il se tut, tant le faible écho de sa voix était sinistre. Il allait s'éloigner ainsi que son maître le lui avait ordonné quand il entendit le trot d'un cheval.

— Ne traînons pas ici, jeta Hugues. Suivez-moi !

Et d'autorité, l'Oriental poussa sa monture vers une ruelle si étroite que leurs bottes frottaient la chaux des murs.

Ils débouchèrent bientôt sur une place où se dressait la tour d'un pilori. En haut de la bâtisse, têtes et mains immobilisées dans des carcans, plusieurs prisonniers musulmans se tenaient debout, le visage maculé de boue et d'immondices. Des écriteaux étaient posés au pied de chacun déclinant leurs noms.

Un homme de garde les dévisagea et cracha par terre. Hugues de Tarse entraîna son protégé plus avant. Il était inquiet et ne se donnait plus la peine de le cacher. Devant eux, plusieurs maisons avaient été dévastées, portes arrachées de leurs gonds, volets cassés, affaires personnelles jetées dehors, meubles brûlés, tentures et tapis en lambeaux, coussins éventrés.

— Que se passe-t-il ? demanda le Normand qui se sentait de plus en plus nerveux au fur et à mesure qu'ils s'enfonçaient dans la Kalsa. Peut-être devrions-nous faire demi-tour ?

— Ici vivent les musulmans de Palerme. Avant l'arrivée des Normands, c'était la Khalisah, l'« Élue », le quartier fortifié où vivaient l'émir et sa cour. Des notables comme le géographe Al-Idrisi et bien d'autres y possèdent leur maison.

— « Possédaient » serait plus exact, marmonna Tancrède dont la main avait glissé vers la garde de son épée.

Comme pour tromper l'anxiété de son compagnon et la sienne, Hugues poursuivit :

— C'était un quartier joyeux... autrefois. Les enfants couraient dans les rues, les femmes voilées allaient à la fontaine ou au souk, les hommes restaient à causer jusqu'à la nuit tombée et il n'était pas une rue sans un étal d'artisan. Des gamins vous abordaient pour vous proposer de l'eau fraîche, des figues, des oranges ou des pâtisseries dégoulinantes de miel doré...

— Vous ne m'avez pas dit ce qui s'est passé.

— Je ne le sais pas plus que vous. Venez, nous arrivons. Enfin, je l'espère...

Quelques instants plus tard, Hugues mettait pied à terre devant une maison d'apparence solide. Un large portail de bois et une petite porte bardée de fer en défendaient les accès. Il saisit l'anneau de métal et frappa. Un guichet s'entrouvrit presque aussitôt. Le haut d'un visage apparut. Deux yeux noirs les dévisageaient.

— Mon nom est Hugues de Tarse, se présenta le Gréco-Syrien. Dis à ton maître que je suis de retour et que je désire le voir.

— Passez votre chemin. Mon maître ne reçoit personne.

Le guichet allait se refermer, mais Hugues avait été plus rapide : une médaille était apparue entre ses doigts. Il la tendit au gardien et ordonna d'un ton sec :

— Donne ça à ton maître !

L'autre se saisit de l'objet et repoussa le volet de fer. L'attente ne fut pas longue. Le portail situé à leur droite s'ouvrit en grand et deux serviteurs arabes en sortirent. L'un d'eux s'approcha, tandis que l'autre surveillait la ruelle. Après s'être incliné, il se présenta :

— Mon nom est Ali, messires, notre maître vous attend. Venez. Hâtez-vous !

En un clin d'œil, ils se retrouvèrent dans une cour, le portail se refermant sur eux. Une vaste écurie, où s'affairaient des écuyers, s'ouvrait sur l'un des côtés, abritant une demi-douzaine de chevaux arabes. Ali confia les bêtes à un palefrenier qui les mena de l'abreuvoir aux mangeoires. En un instant, elles furent débarrassées de leur harnois et on commença à les bouchonner.

— Par ici, messires, fit Ali dont la nervosité restait sensible.

— Attendez, attendez ! grommela une voix cassée derrière eux. Ali, voyons, pas si vite !

Un vieillard était sorti de la maison, portant un broc et des linges de batiste. Il s'inclina devant les hôtes de son maître, puis réprimanda le serviteur comme s'il s'agissait d'un enfant.

— Ali, Ali, fit-il d'une voix éraillée, tu oublies tous tes devoirs.

L'homme baissa la tête. Le vieux se tourna alors vers Hugues qui lui tendait ses paumes ouvertes sur lesquelles il versa de l'eau fraîche en récitant une formule de bienvenue. Puis il lui essuya les mains et répéta le même cérémonial avec Tancrède.

— C'est bien. Maintenant, Ali, tu peux conduire ses invités à notre maître.

Le serviteur ouvrit une porte et les mena vers le cœur de la maison : un dédale de corridors et de pièces où régnaient une étonnante fraîcheur et un silence qui n'était plus celui, tendu, angoissant de la rue.

Une éblouissante clarté éclairait le bout du couloir. Leur guide s'écarta, s'inclinant à nouveau :

— Vous êtes arrivés, messires.

Hugues et Tancrède débouchèrent dans une vaste cour dallée de marbre rose au milieu de laquelle bruissait une fontaine entourée de grenadiers et de palmiers. Dans le grand bassin nageaient des carpes. Sur les colonnes des arcades qui cernaient le jardin s'enroulaient les vrilles de chèvrefeuilles et de jasmins d'Arabie aux senteurs sucrées.

Était-ce le bruit de l'eau ou le parfum des fleurs ? Tancrède, comme souvent depuis qu'il était en Sicile, ressentit une impression de « déjà vu ». Comme s'il était venu ici, comme s'il avait vécu cet instant-là. Cette cour si protégée du monde lui en évoquait d'autres, mais il n'aurait su dire lesquelles. Un léger bruit de pas le détourna de ses rêveries. Un homme venait à leur rencontre. Petit et trapu, habillé d'une gandoura blanche, pieds nus dans ses sandales de cuir, son visage brun et ridé s'éclaira à la vue d'Hugues de Tarse.

— Qu'Allah le Compatissant soit remercié ! déclara-t-il d'une voix grave. Il était dit que je ne mourrais pas sans te revoir.

Hugues et l'homme à la gandoura blanche restèrent un moment à se dévisager avant de tomber dans les bras l'un de l'autre. Il y avait tant d'émotion dans leurs retrouvailles que Tancrède se demanda quels étaient leurs liens. S'étaient-ils rencontrés à la cour de Palerme ou sur un champ de bataille ? Avaient-ils côtoyé la mort ? S'étaient-ils connus au pays d'enfance ? Encore un pan de la vie de son maître qu'il ignorait.

Les deux hommes s'écartèrent, gênés d'avoir dévoilé tant d'émotion. Tancrède s'aperçut que l'émir, malgré les fils gris qui parsemaient ses cheveux et sa barbe, était plus jeune qu'il ne l'avait cru de prime abord, et que la musculature qui jouait sous le tissu de sa gandoura n'était pas celle d'un lettré mais d'un guerrier.

— Je ne pensais pas, moi non plus, avoir le bonheur de te revoir, déclara Hugues.

— Allah est bon, mon ami. Allah est grand.

Il lui tendit la médaille qu'Hugues avait donnée au gardien.

— Garde-la, qu'elle reste pour toi et les tiens la clé de mes demeures de Palerme à Corleone.

— Je ne te savais pas devenu si riche.

— Roger II était généreux pour ceux qui le servaient fidèlement.

— Et tu étais l'un des plus fidèles.

À ces derniers mots, une ombre passa sur le visage de l'émir. Hugues, qui s'était tourné vers son protégé, ne la remarqua pas.

— Permets-moi de te présenter Tancrède d'Anaor. Il est comme un fils pour moi.

Puis Hugues, introduisant l'émir Khalil auprès du jeune Normand, ajouta :

— Mon frère d'armes. Le valeureux chef de la Légion arabe.

Tancrède s'inclina, l'émir lui avait saisi les mains, les serrant chaleureusement dans les siennes.

— Je ne suis plus que le chef de ma famille, mon ami. Bienvenue à vous dans ma demeure, Tancrède d'Anaor. Mais venez tous deux, ne restons pas ici, allons nous rafraîchir dans la chambre du sirocco. Nous avons tant à nous dire !

21

Une esclave muette lui avait porté de l'eau et l'avait aidé à débarrasser son corps des vermines qui l'infestaient. Barbe et cheveux rasés, il attendait son amante. Il ne l'avait pas revue depuis qu'elle l'avait conduit à la chambre des amours interdites. Il avait dormi, longtemps sans doute, et était impatient.

Trois faibles coups retentirent sur le battant. Théodora entra, parfumée, vêtue de voiles de couleur qui dissimulaient mal ses formes voluptueuses. Des perles prises dans sa chevelure brune, des sautoirs ruisselant sur sa poitrine, elle avait l'air d'une reine.

Ils se contemplèrent un moment, puis le regard de la Byzantine se troubla, comme si la vue de son amant était tout à la fois désir et angoisse. Théodora avait peur. Peur de ne pas retrouver celui qu'elle avait aimé plus que tout. Peur aussi de ne plus ressentir cette passion qui la bouleversait. Mais Gamaliel la toucha, faisant glisser les voiles qui recouvraient ses épaules nues, et elle vacilla.

La réponse qu'elle espérait était venue, elle l'aimait toujours.

Seulement cette fois-ci, Gamaliel ôta sa main comme si le contact de la peau de sa maîtresse l'avait brûlé.

Et Théodora resta muette. Elle avait conscience de la maigreur de son corps, de son regard singulier et pourtant elle le revoyait tel qu'il avait été.

Avec lui, l'amour avait été un vertige, un égarement qui vous laissait sans forces sur une rive inconnue. Avec lui, Théodora avait appris le plaisir et l'abandon. Elle qu'on venait voir pour son enseignement et sa maîtrise des pratiques amoureuses était née dans les bras de Gamaliel.

L'homme ne bougeait pas. Son souffle soulevait ses côtes saillantes. Des cernes noirs soulignaient ses yeux. Le bel amant était devenu un vieillard squelettique. Comment aurait-il pu en être autrement après ce qu'il avait vécu ? Théodora se jura de le ramener à elle, sûre de pouvoir le faire renaître.

— Qu'est devenu mon fils ? Le sais-tu ?

Théodora hésita. Fallait-il lui dire qu'un marchand égyptien l'avait emmené comme esclave et que sa femme s'était tuée de désespoir quand on l'avait séparée de son enfant ?

— Il est mort, et sa mère aussi, affirma-t-elle. Ils n'ont pas supporté les rigueurs de l'esclavage.

Ne fallait-il pas qu'il meure davantage pour renaître tout à elle ? Elle n'avait jamais aimé ce fils qu'il avait eu d'une autre alors qu'elle rêvait un jour de pouvoir lui en donner un.

Une expression de souffrance terrible ravagea les traits de Gamaliel, un gémissement jaillit de ses lèvres. Théodora l'entoura de ses bras et le berça comme un enfant jusqu'à ce que ses hoquets de douleur s'apaisent.

Puis ses pensées se réorganisèrent. Elle était trop lucide pour ne pas savoir qu'en l'abritant ici elle transgressait toutes les lois. Elle avait appris qu'un geôlier de la prison avait disparu, qu'on avait tué un eunuque et un garde, qu'on avait lacéré le manteau du roi…

Qu'il ait tué son geôlier et l'eunuque pour la rejoindre, elle pouvait l'envisager. Mais le garde et le manteau ? Si c'était lui, qu'avait-il l'intention de faire ? De venger les siens ? De se venger de ce qu'il avait subi ? Et dans ce cas, qu'allait-elle devenir, elle, la grande favorite, si le roi apprenait son rôle ?

La Légion arabe était en alerte, les eunuques et le maître capitaine avaient fouillé le harem. Fort heureusement, les seuls qui connaissaient la chambre des amours avaient tout intérêt à se taire ou étaient muets comme l'esclave chargée de faire la toilette de Gamaliel… Il y avait bien la femme que le fugitif disait avoir rencontrée dans les couloirs, mais elles étaient plus de deux cent cinquante à vivre ici et la plupart d'entre elles étaient brunes, sans parler des servantes. À moins que la femme en question ne vienne la trouver, espérant exercer quelque pression sur elle. Dans ce cas, elle la tuerait.

Pourtant, Théodora était trop intelligente pour ne pas savoir que bientôt un choix terrible se poserait à elle.

Elle se leva et attrapa son miroir. Dans les moments de doute ou de questionnement, elle aimait chercher sur son visage les traces du sang byzantin qui coulait dans ses veines. Leur noblesse était une réponse, une ligne de conduite. L'arc de ses sourcils, le dessin de ses pommettes et de son nez étaient les indices d'une aristocratie millénaire. Elle était belle comme sa mère l'avait été avant elle et la mère de sa mère aussi. Elle aurait pu devenir femme de prince, elle n'avait été qu'une favorite. Un jour prochain, elle le savait, son sort ne serait ni meilleur ni pire que celui des vieilles qui travaillaient à l'atelier de tissage… Était-ce cela qu'elle désirait ?

Par faiblesse et par peur, nombre de femmes choisissaient la sécurité et le confort plutôt que l'amour. Serait-elle de celles-là ? Trahirait-elle Gamaliel pour profiter jusqu'au bout de l'abri et de la richesse du harem ? L'aimait-elle plus que ces bijoux et ces soieries ? Plus que cette vie-là ?

— À quoi penses-tu ? demanda son amant.

— À rien, mon aimé, repose-toi et prends des forces. Je reviendrai bientôt.

Elle glissa des bracelets d'or à ses poignets et à ses chevilles, piqua de nouvelles perles dans ses cheveux. Enfin, elle souligna ses yeux d'un trait de khôl et sortit.

ELEONOR DE FIERVILLE

22

L'émir Khalil avait conduit Hugues et Tancrède vers une salle au sol recouvert de tapis et de coussins. Il y faisait étonnamment frais et ce dernier s'en étonna.

— Toutes les grandes maisons ont une pièce à l'abri des vents chauds de l'été, lui expliqua Hugues, c'est pour cela que les Siciliens la nomment la « chambre du sirocco ».

Sur des tables basses étaient disposés des plats emplis d'oranges et des aiguières d'argent et de cuivre. Un minuscule renard comme jamais Tancrède n'en avait vu, avec de longues oreilles et un pelage d'une blancheur de neige, sortit de derrière les coussins et courut se dissimuler dans l'ombre d'une vasque où flottaient des pétales de rose. Très craintif, il les observait, mais se gardait d'approcher.

— C'est un renard du désert, il n'est pas encore habitué à vous. Asseyez-vous, les invita Khalil en prenant place sur l'un des coussins.

Il frappa dans ses mains et, aussitôt, un serviteur apparut. Le renard en profita pour s'enfuir vers le jardin intérieur.

— Apporte-nous quelques douceurs ! ordonna l'émir.

Le serviteur s'inclina et ressortit. Khalil se tourna vers Hugues.

— Cela fait quinze ans, n'est-ce pas ? Quinze ans que tu as quitté la Sicile et que nous ne nous sommes vus. Allah me pardonne, mon ami, mais depuis ton départ, le royaume normand a changé. Et beaucoup de nos amis sont morts.

— Je sais… Du moins pour quelques-uns, mais rends-moi service, raconte-moi ce que mes yeux n'ont pas vu ni mes oreilles entendu. Nous sommes partis, Tancrède et moi, en 1140…

Le regard de l'émir se tourna vers le Normand.

— Vous deviez être bien jeune alors… C'était l'année du mariage de notre duc avec Élisabeth de Champagne…

À ces mots, le visage d'Hugues resta impassible, pourtant ses mains se crispèrent. Il n'aurait jamais cru qu'au moindre mot, à la moindre évocation, autant d'images l'assailliraient.

Il se souvenait du moment précis où le duc lui avait confié Tancrède et de l'affection immédiate qu'il avait éprouvée pour le petit garçon. C'était dans la citadelle d'Anaor, le fief de Tancrède.

— Je n'ai confiance qu'en toi, tu le sais, avait dit le duc. Je veux que tu quittes la Sicile pour la France. Un ami t'accueillera à Marseille. Fais l'éducation de Tancrède, il ne peut avoir de meilleur maître que toi, et ne le raccompagne ici que le jour de ses vingt ans. Donne-moi ta parole.

— Vous l'avez, messire ! Mais pourquoi le conduire si loin ? avait protesté Hugues. Je connais bien des lieux où nul ne viendrait le chercher.

— Tu sais que, tout comme mon père, j'ai de nombreux ennemis. Certains, même au sein de ma famille, sont prêts à tout pour m'empêcher de lui succéder et depuis l'annonce de cette alliance avec la maison de Champagne, la situation s'est encore dégradée.

Hugues avait essayé de discuter, mais le jeune duc était resté intraitable.

— Sa vie est en danger, insista-t-il. Je l'avais caché à Anaor et sans le courage de mes gens, on me l'aurait enlevé et tué. Protège-le, fais-en un homme. Je veux qu'un jour il puisse gouverner à son tour.

Seulement le duc était mort à trente ans, un de ses frères était monté sur le trône et, aujourd'hui, plus personne n'était là pour présenter son aîné à la cour de Sicile. Pourtant, obéissant à son serment, Hugues avait guidé le jeune homme vers son pays d'origine, se demandant à chaque instant s'il avait eu raison.

— C'est cela, fit-il, revenant à la conversation.

— Notre duc est mort quelques années plus tard, au désespoir de tous, à commencer par le roi Roger II. Quant à Guillaume, le dernier fils de Roger II et de la reine Elvire, il a épousé Marguerite, la fille du roi de Navarre. Puis Philippe a été tué. Le grand roi est mort. Guillaume Ier a pris sa place. Maion de Bari est devenu émir des émirs…

— Attends, attends ! l'interrompit Hugues. Tu vas trop vite. Philippe… De quel Philippe parles-tu ?

— Philippe de Mahdiyya.

— L'eunuque devenu amiral ? Celui qui a succédé à Georges d'Antioche ? Que lui est-il arrivé ?

— Tu n'as pas su ?

— Nous étions loin, Khalil, je n'ai pas eu autant de nouvelles de Sicile que j'en aurais voulu. Parle.

— Je crois que c'est là que tout a commencé.

— Que veux-tu dire ?

— C'est la première fois où les Lombards ont autant affirmé leur suprématie à la cour. Et cela, contre nous autres, musulmans. Tu sais bien que certains d'entre nous se sont convertis au christianisme et d'autres pas. Ces derniers, tout comme moi qui, pourtant, occupais un haut poste au palais, ont continué à suivre l'enseignement du Coran. Sous Roger II et son père avant lui, cela ne posait aucun problème. Ce n'est plus le cas.

Il se tut brusquement. Le serviteur était revenu suivi d'un esclave, chacun portant un lourd plateau, l'un chargé d'oranges, de figues sèches, de noix et de dattes, l'autre d'une cruche et de coupes. Ils posèrent le tout sur la table basse devant leur maître puis, tandis que l'esclave disparaissait, le serviteur présenta à chacun une coupe d'eau glacée où flottaient des pétales de rose et des feuilles de menthe.

— Ça ira maintenant ! Laisse-nous, ordonna Khalil qui cherchait à rassembler ses idées.

Son regard devint plus flou. Il remontait dans le temps, revivant les événements de ces seize dernières années.

— Après la mort de Georges d'Antioche, dit-il, l'émir Philippe de Mahdiyya a obtenu le poste d'amiral, cela tu le sais. C'était le poste le plus important du royaume et Philippe ne s'est pas rendu compte que c'était aussi l'un des plus enviés. Il faut dire qu'il n'avait alors qu'un souci : prouver à tous et surtout à Roger II qu'il était le meilleur.

— Ce qui était d'une grande maladresse. Je commence à comprendre, murmura Hugues.

— En 1153, il s'est emparé d'Annaba. À cette occasion, beaucoup lui ont reproché sa clémence. Ses cales étaient pleines de prisonniers et dès son retour à Palerme, ses ennemis, et ils étaient nombreux, l'ont accusé d'avoir trahi la foi chrétienne et d'être un crypto-musulman. Une manœuvre des Lombards pour le discréditer aux yeux du roi.

— Roger II n'est-il pas intervenu pour le défendre ? demanda Hugues.

— Je crois que même le roi lui en voulait de sa victoire. Philippe n'avait pas l'intelligence politique de Georges d'Antioche. Quand ce dernier remportait une victoire, c'était celle de Roger II. Tu imagines la suite… Cela a été la curée.

— Tu as assisté à tout cela, murmura Hugues.

— Oui, et par Allah, d'un peu trop près à mon goût. Tu sais quelle était ma fonction à l'époque. Au cours du procès, Philippe a fait appel à la clémence du roi. En vain. Son châtiment a été à la hauteur de la faute qu'on lui reprochait. Ses bourreaux l'ont attaché à un cheval qui a traversé la ville et dont la course folle s'est arrêtée aux marches du palais.

L'émir semblait revivre la scène, c'est dans un souffle qu'il jeta ces derniers mots :

— Son corps n'était plus qu'une vaste plaie, ses membres étaient disloqués mais il vivait encore. Ils l'ont traîné jusqu'au bûcher et brûlé vif.

Le silence retomba dans la pièce.

— Le lendemain, j'ai demandé au roi de bien vouloir me recevoir. Il pleurait la disparition de Philippe.

— Il était certainement sincère, remarqua Hugues. Roger était un homme complexe, tu le sais.

— J'aurais préféré qu'il le sauve, rétorqua Khalil. Ce jour-là, je lui ai demandé la permission de me retirer de la Légion arabe. Il a accepté. Je ne l'ai plus jamais revu vivant.

Hugues hocha la tête. Puis l'émir reprit :

— D'une certaine façon, l'âge d'or est fini. Nous autres musulmans le savons. Seul le grand roi était capable de maintenir l'harmonie entre Grecs, Hébreux, Arabes, Normands et Latins.

— Tu me parais bien désabusé, mon ami.

— Les derniers événements me donnent raison.

— Explique-toi.

— Au début de cette année, nous avons perdu Sfax, et la plupart de nos colonies africaines ont été détruites, ou sont en passe de l'être. Tu as su qu'on avait tenté d'assassiner Maion de Bari et que l'insurrection avait gagné Palerme ?

— Oui. Conduite par Geoffroi de Montescaglioso.

— Le roi a battu les rebelles et est parti reconquérir les Pouilles qui lui échappaient, mais son but était aussi de forcer le pape Adrien IV à le reconnaître, lui et ses possessions.

— C'était sage, car que serait le royaume normand sans l'appui du pape ? Mais pourquoi parlais-tu des Lombards avec tant de vivacité ?

— Ils veulent éliminer les musulmans de la Cour, mais plus encore de la Sicile.

— L'accusation est grave.

— Que ce soit pour les chrétiens – vois ce qui se passe ici – ou chez les musulmans – regarde la chute d'Édesse et l'avancée de Nûr al-Dîn –, la demeure du traité, le *Dâr as-Sulh*, où chacun tolère la présence de l'autre, n'est plus qu'un souvenir. Le temps du *jihâd*, de la guerre sainte, est venu. Partout les relations se durcissent. En vivant à nouveau parmi nous, tu le comprendras. Je te prédis, mon ami, que nous finirons rejetés à la mer et que nos poètes n'auront plus qu'à chanter le désespoir et la mélancolie d'avoir perdu la Khalisah !

L'émir se tut. Hugues se perdit dans ses réflexions. Le regard de Tancrède passait de l'un à l'autre. Il avait tant à apprendre sur ce nouveau pays qui était celui de sa naissance ! Bien qu'il ait étudié l'arabe, des mots lui échappaient et, avec eux, les idées qu'ils recouvraient. Il allait falloir que son maître lui explique le sens profond des paroles de l'émir. Il se souvenait juste que la Khalisah, l'Élue, était le quartier où avant l'arrivée des hommes du Nord vivaient l'émir de Palerme et sa cour. Tancrède songea que la Sicile avait eu bien des maîtres : Phéniciens, Corinthiens, Romains, Ostrogoths, Grecs, Arabes… et qu'aucun d'entre eux n'avait renoncé volontairement à ses charmes.

Khalil parut revenir à lui.

— Mais je ne suis pas un hôte très joyeux, pardonnez-moi.

L'émir regarda la position du soleil dans le jardin intérieur.

— Nous n'avons pas vu le temps passer, déjeunons, voulez-vous ?

23

L'émir avait frappé dans ses mains, faisant réapparaître le serviteur.

— Va chercher Sélim, et porte-nous du vin grec.

L'homme s'en alla et réapparut bientôt avec un plateau sur lequel étaient posés des calices d'argent finement ciselés et une cruche. Derrière lui venait un homme coiffé d'un turban, le visage très sombre, mince et élégant malgré la grossièreté de la robe de laine qu'il portait à même la peau.

— Je vous présente Sélim de Bagdad, il n'y a pas de meilleur cuisinier que lui. Il me régale de son art depuis une dizaine d'années.

L'homme s'inclina en réponse aux saluts d'Hugues et de Tancrède.

— Que proposes-tu à nos hôtes, Sélim ?

— J'ai quelques magnifiques poulets qui macèrent depuis hier soir. Je les couperai en morceaux, les ferai griller avec de l'huile de sésame, ensuite je pourrai vous les préparer ainsi qu'il vous plaira à la pistache, à la confiture de roses, à l'orange…

— Un peu de tout cela, Sélim. Et après ?

— Je grillerai des poissons que j'enduirai d'une mince couche de farine, avant de les servir avec des citrons confits, des graines de pavot et quelques boutons de rose. Pour les légumes, d'abord une soupe aux pois relevée d'huile de noix, puis des asperges plus charnues et goûteuses que celles de Damas et des aubergines grillées avec du lait. Enfin, pour finir, je vous ferai porter des pâtisseries aux amandes et à la cannelle que vous pourrez déguster avec quelques gouttes d'eau de fleur d'oranger.

— Parfait, parfait, fit l'émir en se frottant les mains. Le seul point sur lequel nous ne sommes pas d'accord, Sélim et moi, c'est le vin. Chez lui, on n'en sert pas pendant les repas.

— Il est vrai, sire émir, qu'à Bagdad nous préférons servir le vin lors des grandes soirées quand résonnent les instruments de musique et que les invités sont trop nombreux pour tenir discussion. Pour les repas intimes, trois est le nombre parfait, nous aimons mieux une eau sucrée, glacée et parfumée au musc et à l'eau de rose.

— Tout cela est bel et bon, Sélim, mais nous avons grand-faim.

— Dès que j'ai su que vous aviez des invités de marque, j'ai préparé quelques douceurs pour patienter.

Sur un signe de Sélim, un esclave apparut et déposa devant eux un plat où reposait, dans un nid de feuillages et de pétales de fleurs, une pyramide de boulettes de viande saupoudrées d'herbes.

— Blancs et foies de volaille mêlés d'oignons, de pistaches et de noix, grillés dans une huile de sésame puis roulés dans un mélange de persil, coriandre et graines de pavot, annonça Sélim avant de s'incliner et de sortir.

Hugues de Tarse se tourna vers son ami

— Je ne comprends pas comment tu arrives à rester mince avec un cuisinier comme celui-là !

Khalil éclata d'un bon rire.

— Il est des manières fort agréables de garder la forme ! Tu te souviens de mon hadith préféré ? À cause de Sélim, je suis juste obligé de faire plus souvent l'aumône.

— *Chaque fois que vous faites œuvre de chair, vous faites une aumône*, récita Hugues avant de s'esclaffer à son tour. Tu n'as pas changé.

Le repas dura longtemps, entrecoupé de plaisanteries et de louanges au cuisinier, puis après que les serviteurs eurent débarrassé, Khalil demanda :

— Et si le sire de Tarse me contait ce qu'il a fait pendant toutes ces années ?

Et à la surprise de Tancrède que son maître avait habitué à la plus grande réserve, Hugues se lança dans un récit détaillé de leur errance à travers les royaumes de France, d'Aquitaine et de Normandie…

Le temps passait, la lumière dans le jardin avait pris une teinte orange. On leur avait apporté des coupes de fruits. L'air fraîchissait et du dehors leur parvenait le bruit mouillé de la fontaine. Le renard était réapparu et, après une longue attente, avait rejoint son maître, se dissimulant dans les coussins.

Hugues se tut. Et pendant un moment le silence régna, puis Khalil demanda :

— Tu ne m'as pas expliqué pourquoi Tancrède et toi avez fait route ensemble pendant si longtemps. Il était un enfant alors.

— Je pensais que tu avais deviné, mon ami.

— Que veux-tu dire ?

— Observe-le et tu trouveras un visage que tu as bien connu.

Les yeux noirs de l'émir se braquèrent sur le jeune homme qui ne sut quelle contenance adopter devant cet examen attentif.

— Il est le fils d'un homme à qui tu as souvent prêté ton bras et ton épée, émir Khalil.

— Ce n'est pas possible…

Une expression incrédule se lisait sur les traits de l'Arabe.

— Il a la même silhouette, le même visage… poursuivit Hugues. Mais plus que tout, il a la droiture et le courage de son père.

L'émir fronça les sourcils.

— Prêté mon… Ne dis rien. Ne dis plus rien. Ce n'est pas possible qu'il soit… La couleur de ses yeux…

— Ses yeux ont le vert émeraude de ceux de sa mère. Mais celui que tu pressens à travers lui est le duc de Pouilles, le fils préféré de Roger II.

— Notre duc Roger ! s'exclama l'émir. Il est le fils de…

— Oui, son aîné.

L'émotion avait empourpré la face de Khalil et ses yeux s'étaient emplis de larmes. Avant que Tancrède ait pu esquisser un geste, il se jeta à genoux devant lui, lui prenant les mains qu'il baisa avec ferveur.

— Par Allah le Compatissant ! Je suis honoré, messire, très honoré.

— Relevez-vous, émir. Relevez-vous, répliqua Tancrède, confus. C'est moi qui vous remercie de votre accueil.

L'émir s'était redressé, il continuait à fixer Tancrède.

— Notre jeune ami n'a pas encore idée de ce qui l'attend en Sicile. Il ne sait combien il ressemble à son père et combien son père était aimé.

Tancrède, troublé lui aussi, cherchait à rassembler ses idées.

— Je me souviens… Le jour de sa mort, il n'avait que trente ans, toutes les femmes arabes de Palerme pleuraient et Abû Dâwud a composé une élégie dont j'ai encore le texte.

Pour la première fois, peut-être, Tancrède prenait pleinement conscience du sang royal qui coulait dans ses veines, il était le petit-fils du grand Roger II, le fils d'un duc. Cette fierté fut bien vite remplacée par un sentiment plus complexe, celui de la jeunesse de son père. Mort à trente ans, il en avait dix-sept à sa naissance… Il se sentait vieux soudain. Vieux de n'être encore rien alors qu'il avait déjà vingt ans !

Hugues reprit la parole.

— Voilà pourquoi, Khalil, nous sommes venus à toi. Je ne voulais pas jeter Tancrède dans le bouillonnement de la Cour sans avoir l'avis d'un ami sûr.

— Ta confiance m'honore. Mais il est vrai que le moment n'est pas le mieux choisi pour présenter Tancrède au roi. Cela me fait songer que je ne t'ai pas conté la raison de ces maisons calcinées que tu as dû voir en venant ici.

— C'est vrai.

— Je t'ai dit que les Lombards se servent de Maion de Bari pour se débarrasser des musulmans. Il y a quelques jours, l'émir des émirs a ordonné qu'on désarme tous les musulmans de Palerme. Et comme tu l'imagines, cela n'a pas été sans mal, ceux-ci refusant de se livrer désarmés aux mains de leurs ennemis. Le sang a coulé, mais la répression fut terrible. Nombre de femmes et de jeunes filles ont été conduites dans le harem de Maion ou au *tiraz*. Des hommes ont été massacrés, d'autres mis au pilori. La Kalsa est comme morte.

— Et la Légion arabe, dans tout ça ?

— Leurs maisons et leurs familles ont été épargnées, ainsi que celles des gens en vue à la cour, financiers de la Dohana ou savants comme Al-Idrisi. De toute façon, la plus grande partie de la Légion était avec l'armée du roi dans les Pouilles. Ils viennent juste de rentrer et je ne sais comment ils réagiront.

— Il n'est pas prudent que nous restions chez toi. Notre présence ne sera pas forcément bien vue par Maion… ni par le roi.

— Si c'est pour moi que tu crains, reste, mon ami… Au moins cette nuit.

— D'accord pour cette nuit. Ensuite, nous irons chez le duc Sinibaldo. Qu'en penses-tu ?

— Ton choix est judicieux, comme d'habitude. Il révérait le père de Tancrède et sera un allié pour son fils.

— Il vit toujours à Palerme ?

— Oui.

— Et que pense-t-il des affaires du royaume ?

— Il juge sévèrement ce qui se passe et accuse le roi de ne pas s'y intéresser assez.

— Une attitude courageuse, mais risquée.

— Par pour le duc Sinibaldo, c'est un renard et puis, par sa femme, Marie Guiscard, il est apparenté à Roger II. Il sait dire des choses qui vaudraient la prison à d'autres et qui, à lui, ne valent que des compliments sur la tournure de son esprit et sur son attachement aux vieilles valeurs.

— Je vais lui écrire pour lui annoncer notre venue et lui demander l'hospitalité. Un de tes serviteurs pourra lui porter mon message ?

— Bien sûr. Mais n'avais-tu pas une maison en ville, autrefois ?

Une ombre passa sur le visage du Gréco-Syrien. Il avait vécu des jours heureux dans ce palais situé non loin de celui de l'amiral. Une vaste demeure où, lors de repas mémorables, chacun échafaudait des projets, Georges parlant du négoce du corail, le jeune duc de la politique de son père en Afrique, d'Avellino de la tentation qu'il avait de se faire ermite. Il y avait aussi connu les affres de la jalousie et de la haine. Il revoyait Judith, croyait entendre son rire provocant… et sentait monter en lui des envies de meurtre, comme autrefois.

— Je ne sais si le serviteur que j'y ai laissé a réussi à la sauvegarder, fit-il. Tout cela est si loin !

L'embarras de son ami était tellement évident que l'émir changea de sujet, déclarant avec bonne humeur :

— Si tu reviens à la Cour, tu vas me faire regretter d'avoir quitté la Légion.

— Ne regrette rien, mon ami, c'est toi le sage et moi le fou.

Le soir tombait. Hugues avait fait porter son pli au duc Sinibaldo. Sélim revint leur annoncer avec force détails les plats du dîner. Puis Tancrède, que la fatigue avait rattrapé et qui sentait le besoin que les deux amis avaient de se retrouver en tête à tête, s'excusa et alla se coucher.

Sa chambre dans le *salamlik*, l'aile de la maison réservée aux invités, était confortable et la couche moelleuse, surtout après ces nombreuses nuits passées à la belle étoile. Une main délicate l'avait parsemée de pétales de rose, une senteur sucrée flottait dans l'air. Tancrède s'allongea, réfléchissant aux paroles d'Hugues, se demandant comment étaient les autres enfants de son père. Puis il songea à l'accueil émouvant que lui avait fait l'émir.

Il se tourna et se retourna longtemps avant de sombrer dans un sommeil agité, rêvant qu'il pénétrait dans Palerme acclamé par une foule en délire.

24

C'était devenu un rituel parmi d'autres comme de se lever à l'aube alors que retentissait l'*ézan*, l'appel à la prière du muezzin, ou de s'asseoir derrière le moucharabieh, cette grille de bois placée devant la fenêtre, à observer la rue déserte en contrebas. Avant chaque repas, une esclave apportait à Eleonor de Fierville un plateau sur lequel étaient posées des figues et une tasse d'eau fraîche parfumée à l'essence de menthe. Le soir, elle allumait les bougies. Après cette dernière pause qui marquait la fin du jour, la jeune femme brossait ses cheveux.

Pour la première fois peut-être depuis qu'elle était là, Eleonor prit conscience de son visage amaigri et des cernes qui soulignaient le bleu de ses yeux. Hormis ces boucles brunes qu'elle s'efforçait de discipliner, plus rien ne rappelait vraiment la jeune et jolie Normande partie quelques mois auparavant de Barfleur[1].

Elle porta la main au pendentif qu'elle avait au cou et, sans qu'elle puisse les retenir, les larmes lui montèrent aux yeux. Hugues… Hugues de Tarse. Pourquoi ne l'avait-elle pas suivi alors qu'il en était encore temps ? Il n'était pas un moment où ses pensées ne revenaient vers lui, où le souvenir de son visage, de ses gestes, de ses paroles ne l'assaillait, lui nouant la gorge et lui faisant regretter le serment fait à son père.

Pourtant, elle avait beau tourner dans tous les sens ce qui leur était arrivé : leur première rencontre à

1. Voir *Les Guerriers fauves*, *op. cit.*

Barfleur, la façon dont tous deux avaient résisté au trouble qui les envahissait, puis l'arrivée à Syracuse et leur séparation… Elle ne voyait pas comment elle aurait pu échapper à son destin : épouser le comte de Marsico ainsi qu'elle l'avait juré sur la Bible devant son père et l'aumônier du château de Fierville. Elle aurait pu demander à Hugues de l'enlever… Elle se souvenait encore du regard brûlant qu'il avait posé sur elle au moment des adieux.

Mécontente du tour que prenaient ses pensées, Eleonor reposa sa brosse. Combien de temps allait-elle rester ainsi à attendre un fiancé qui ne venait pas ? Depuis qu'elle avait quitté Syracuse sous bonne escorte, deux ou trois semaines auparavant, un long voyage dans une voiture fermée de rideaux de cuir, elle avait été conduite dans une première maison perdue au milieu d'un paysage désertique puis enfin dans celle-ci, dans une ville dont elle ignorait le nom. Les servantes ne parlaient que l'arabe et quand, parfois, elle collait son oreille à la porte pour entendre une conversation, c'était toujours dans cette langue aux intonations nasales qu'elle ne comprenait pas.

Était-ce donc la coutume ici, en Sicile, de traiter les femmes comme des prisonnières ? Elle se leva et traversa la pièce, repoussant la tenture qui masquait la fenêtre. À travers le moucharabieh où était abritée une cruche d'eau, elle apercevait les toits de la ville chauffés par le soleil. La fraîcheur tardait à venir. Elle allait saisir la cruche quand un bref grondement la fit se retourner. Tara, le grand chien irlandais qui somnolait, allongé de tout son long sur les tapis, s'était dressé. Un visiteur approchait et son pas n'était pas celui, léger et discret, de l'esclave aux pieds nus qui s'occupait d'elle. Eleonor se demanda si son futur époux venait enfin la voir.

— Du calme, mon beau. Du calme, Tara ! ordonna-t-elle en flattant l'encolure de l'animal. Peut-être est-ce là ton nouveau maître ?

Les yeux pers la regardèrent puis se tournèrent à nouveau vers la porte. La bête ne disait plus rien, mais son dos restait hérissé et ses muscles tendus. À le voir ainsi prêt à bondir, elle se rappela la façon dont il avait failli tuer un de ses agresseurs sur les quais de Barfleur et, comme à chaque fois, cela la rassura. Puis, alors qu'elle remettait de l'ordre dans sa toilette et qu'elle remontait ses cheveux en chignon, ses pensées revinrent aux derniers événements.

On l'avait enfermée dans ses appartements avec son domestique, le vieux Gautier, et le chien. Les seules visites étaient celles des esclaves qui faisaient le ménage et d'un homme qui s'occupait de Tara, hormis cela, il ne se passait rien et Eleonor, après une période d'abattement, commençait à enrager de cet emprisonnement. Seul Gautier y trouvait son compte, tantôt buvant, tantôt ronflant sur sa paillasse.

Les pas s'étaient arrêtés devant la porte. On frappait. Le cœur battant, Eleonor cria d'entrer. Une clé tourna dans la serrure et un homme apparut… qu'elle n'avait pas vu depuis des mois.

— Messire Bartolomeo d'Avellino ! s'exclama-t-elle, stupéfaite.

Tout comme elle passager vers la Sicile, le chevalier d'Avellino avait disparu à l'escale de La Rochelle. Il s'inclina avec courtoisie, attendant qu'elle l'autorise à entrer. Après la fouille de la Kalsa menée avec le maître capitaine, il avait pris la route de Cefalù à bride abattue.

— Pardonnez-moi cette intrusion, damoiselle Eleonor, déclara-t-il. J'aurais dû me faire annoncer.

Ces quelques mots eurent sur la jeune femme un effet inverse de celui escompté. Cela faisait si longtemps qu'elle supportait sa détention sans récriminer qu'elle répliqua sèchement :

— Comment refuser l'entrée à quelqu'un qui possède la clé de mes appartements ? Il est vrai que je suis si contente d'avoir un visiteur que je suis prête à oublier tous les protocoles. Prenez place, je vous prie.

Le chevalier, un instant désarçonné par la froideur de l'accueil, tira un des sièges à lui et s'assit.

— Seriez-vous, par hasard, devenu mon geôlier ? poursuivit Eleonor sur le même ton.

Les paroles de mise en garde prononcées par Hugues pendant la traversée lui revenaient en mémoire : « Sachez, avait dit l'Oriental, qu'après avoir été longtemps frères d'armes, nous sommes devenus ennemis. Il y a entre nous bien des cadavres et je sais qu'il y en aura d'autres. » Quoique d'Avellino se soit toujours montré charmant, elle n'avait jamais oublié ce singulier avertissement.

— Ne vous fâchez pas, damoiselle, et pardonnez-moi. Il est vrai que tout ceci doit vous paraître fort incongru. Mais vous n'êtes pas prisonnière, je vous l'assure.

— Enfermée à double tour sans avoir la possibilité de sortir… Vous appelez cela comment en Sicile ?

Le chevalier leva les mains en signe de reddition.

— Laissez-moi vous expliquer. Je ne sais si vous vous souvenez… Je vous ai dit que j'étais un proche du comte Sylvestre de Marsico.

— Je me souviens parfaitement de nos conversations à bord de l'esnèque, mais cela ne m'explique pas pourquoi mon futur époux vous a confié ces clés.

— Voici quelques jours, alors que je rentrais à mon palais, poursuivit Bartolomeo sans se troubler, j'ai trouvé un message de la main du sire de Marsico ainsi que ce trousseau.

— Un message ! Vous avez eu plus de chance que moi !

— N'en voulez pas à votre fiancé, damoiselle, il ne songe qu'à vous, je vous l'assure. Le royaume de Sicile a été mis à mal ces derniers temps et votre futur époux a dû partir en Calabre avec le roi Guillaume Ier. Il sera bientôt de retour. En attendant, il m'a demandé de prendre soin de vous.

— Vraiment ? Et comment cela ?

— Tout d'abord, bien que cette maison appartienne à votre futur époux, elle est peu digne de votre rang. Le comte désire qu'en attendant sa venue je vous mène en mon palais avec votre serviteur et... votre chien. Vous y aurez de somptueux appartements et un jardin où vous pourrez vous promener.

Au lieu de répondre, Eleonor se leva, une vive rougeur colorant ses pommettes. La colère qu'elle avait si longtemps contenue menaçait d'éclater. Elle en avait assez de cet emprisonnement qu'elle devait subir, de ces événements qu'elle ne comprenait pas.

— Ai-je dit quelque chose qui vous a déplu ? demanda le chevalier.

— Non, messire, non, protesta Eleonor, s'efforçant de parler calmement. Mais avouez que tout cela est plutôt singulier. Un époux qui ne vient pas, un enfermement prolongé et vous, que j'ai croisé lors de mon voyage, qui me proposez d'habiter dans votre palais. Les mœurs siciliennes sont des plus étranges.

— Ne vous méprenez pas, damoiselle, votre réputation sera sauve. Une gouvernante, dame Elvire, s'occupera de vous et nos rencontres n'auront lieu qu'en sa présence.

— Vous croyant homme d'honneur, et étant habituée à assurer seule ma sécurité, je ne pensais même pas à cela, messire.

— À quoi alors ?

— Je ne suis pas une favorite de harem ! Je suis une femme libre.

— Je le sais, damoiselle, et je vous assure que, là où vous voyez étrangeté, il n'y a que souci de votre sécurité.

Le ton d'Eleonor se radoucit un peu quand elle demanda :

— Une fois chez vous, messire d'Avellino, serai-je libre d'aller et venir à ma guise ?

— Mon palais sera le vôtre, damoiselle, je vous en fais promesse.

— Ne jouez pas sur les mots, messire. Pourrai-je me promener dans les rues ? chevaucher ? trouver quelques livres à étudier ?

— Sans déplaire au comte, je ferai tout ce qui est en mon pouvoir pour vous satisfaire.

Eleonor soupira. Elle sentait intuitivement que la cage serait peut-être plus dorée que la précédente, mais serait tout de même une cage.

— Avez-vous d'autres questions, damoiselle ?

— Oui.

— Je vous écoute.

— Où sommes-nous ? Et dans quelle ville comptez-vous me conduire ?

Le chevalier parut étonné.

— Pardonnez-moi, damoiselle, je ne me rendais pas compte... Je croyais que vous saviez... il est vrai que vous ne parlez pas la langue de vos serviteurs.

— Oui, et le seul homme qui parlait la mienne, un chevalier normand qui conduisait mon escorte, m'a laissée ici sans me dire où je me trouvais.

— Vous êtes à Cefalù, à l'est de Palerme, et si vous m'y autorisez, je vous conduirai demain vers Palerme.

— Je vous y autorise, chevalier, mais puis-je vous faire une requête ?

— Allez-y.

— Pourrais-je y aller à cheval plutôt qu'en voiture ?

D'Avellino ne répondit pas tout de suite. Il la regarda puis déclara enfin :

— Songez, damoiselle, qu'il ne serait guère convenable que le sire de Marsico apprenne que j'ai mené sa future épouse en si piètre équipage.

Le visage de la jeune Normande se rembrunit. Le chevalier poursuivit :

— Néanmoins, si vous me faites promesse de n'en pas parler au comte et si vous acceptez de porter capuche…

— J'accepte ! répondit Eleonor avec vivacité.

— Alors permettez-moi de prendre congé. Faites préparer vos bagages, je viendrai vous chercher demain à l'aube avec ma plus belle haquenée.

Une fois le chevalier sorti, la jeune femme courut vers sa malle et sortit la tenue cavalière qu'elle portait pendant la traversée. Savoir qu'elle allait pouvoir chevaucher, qu'elle serait à nouveau libre, l'emplissait d'une joie enfantine. Elle cria :

— Gautier ! Gautier !

Et soupira en réalisant que le ronflement sonore qui venait de la pièce d'à côté ne s'était aucunement apaisé depuis sa conversation avec d'Avellino. Elle retourna vers la fenêtre, saisit la cruche et se dirigea d'un pas décidé vers la chambre de son serviteur.

25

Après un copieux banquet et une discussion avec la reine et l'émir des émirs, le roi s'était dirigé vers le harem. Qu'étaient ces deux cadavres et cette affaire de manteau lacéré auprès de la victoire qu'il venait de remporter et du concordat qu'il avait obligé le pape Adrien IV à signer ? Le scepticisme de la reine et les craintes de l'émir, y compris sur ces hypothétiques Assassins qui en voudraient à sa vie, l'avaient agacé. L'heure était aux réjouissances, pas aux récriminations et encore moins à la peur !

— L'autre bonne nouvelle, avait-il ajouté, ce sont ces présents offerts par Henri Plantagenêt. Il faudra organiser un banquet, que je reçoive dignement les guerriers fauves et leur jarl.

Puis Guillaume avait coupé court aux mises en garde de Maion en lui disant qu'il préférait mourir d'un coup de poignard plutôt que des fièvres ! Il n'avait pas le même tempérament que celui-ci, rongé par la hantise de l'assassinat.

Le roi haussa ses larges épaules, rejetant ces pensées moroses, et regarda les *fityan*, les eunuques du palais, qui se rangeaient sur son passage, le caïd Pierre, leur chef, devant eux. Blancs de peau, à l'exception d'un Africain de haute taille, d'origine slave pour la plupart, ils étaient vêtus d'un gilet et d'un pantalon souple de soie jaune, une large ceinture noire autour du ventre. « Ils se ressemblent, se dit Guillaume en leur rendant leur salut. La castration, cette privation des sens, leur donne peut-être cette similitude à la fois d'attitude, de traits, mais aussi de voix et de gestes ? »

Un musicien assis près d'un bassin où nageaient des carpes jouait de la cithare, un autre de la flûte, et le son grêle de l'instrument flottait jusqu'au roi. Il sourit en pensant aux captives qu'il venait de faire. Jeunes filles, femmes… Il y en avait pour tous les goûts. Le caïd Pierre lui ouvrit la grande porte du harem. La salle était emplie d'éclats de voix et de rires joyeux. Un murmure courut parmi les femmes :

— Le roi ! Le roi arrive…

Et le silence se fit. Silence qu'il interrompit d'un claquement de mains. L'une des esclaves reprit sa harpe, une autre sa flûte. Ici tout n'était que lumière et beauté. Près du bassin, des femmes aux cheveux défaits étaient allongées. L'une d'elles surtout retint son attention. Elle jouait avec un minuscule singe en gilet et culotte de soie. Il ne la connaissait pas. Une chevelure rousse, une peau blanche, une taille fine, des hanches… Son sang s'échauffait.

Mais d'abord, il fallait qu'il voie Théodora. La Byzantine était l'alliée de ses passions les plus folles. Elle savait choisir mieux que lui les houris qui lui convenaient. Elle le connaissait si bien ! Il sourit au souvenir des nuits qu'ils avaient passées ensemble. Il l'aurait bien gardée comme favorite, mais c'était elle qui avait préféré ce rôle de conseillère. Et tous deux s'en félicitaient.

— Où est Théodora ? demanda-t-il en se tournant vers le caïd.

— Elle est souffrante, mon roi, répondit avec embarras Pierre qui nulle part n'avait trouvé la favorite.

— Rien de grave ?

— Non, elle m'a dit de la prévenir quand vous arriveriez. Elle a une surprise pour vous. En attendant, votre bain est prêt, si vous le désirez.

— Pourquoi pas ?

Quelques instants plus tard, le roi se glissa dans l'un des bassins où des femmes le rejoignirent, leurs voiles translucides flottant autour d'elles comme des pétales de nénuphar. Il resta longtemps, s'abandonnant à leurs caresses, puis sortit de l'eau pour s'allonger sur la couche qu'elles lui avaient préparée. Des esclaves lui massèrent le corps qu'elles enduisirent d'onguents parfumés. Une douce torpeur l'envahit.

— Bonjour, mon doux roi.

Il se redressa. Théodora était là, plus lumineuse que jamais. Des centaines de perles rehaussaient le brun de sa peau et de ses cheveux, des bracelets d'or et de pierreries enserraient ses poignets. Derrière elle, tête baissée, se tenait la belle rousse qu'il avait aperçue près du bassin, nue jusqu'à la taille, ses seins ronds fièrement dressés, une ceinture de santal posée sur les hanches, les voiles de sa jupe s'écartant sur ses chevilles soulignées de bijoux sonores.

Le roi sourit.

— Comment as-tu deviné ? murmura-t-il.

— Je suis votre esclave, mon roi, fit Théodora en claquant des mains.

Aussitôt une servante déposa un plateau couvert de pâtisseries et de fruits devant la couche de Guillaume. Théodora poussa la jeune rousse vers le souverain.

— Son nom est Rochésie.

Puis elle s'inclina très bas avant de s'éloigner, faisant sortir les autres femmes.

LE KAMELAUKION

26

L'enseignement de la tarentule l'avait changé. Peut-être n'était-il plus tout à fait humain ? Sa capacité à rester des heures sans bouger, à se déplacer sans bruit, à se glisser dans les plus étroites cachettes faisait de lui un être à part. Ses forces étaient revenues, mais il n'arrivait plus à s'alimenter comme avant. Hormis la viande crue, la nourriture le dégoûtait et son corps gardait cette maigreur extrême qui le faisait ressembler à une aragne.

Cet après-midi-là, Théodora n'était pas venue et Gamaliel avait commencé à tourner en rond dans sa prison. Enfin, n'y tenant plus, imaginant son amante dans les bras d'un autre, ou, pis, du roi lui-même, il ouvrit la porte de la chambre des amours interdites et se glissa dehors. Telle une ombre, il gagna les appartements de Théodora. Ils étaient déserts. Un bruit de pas approchait. Il se dissimula derrière une tenture et attendit. Les pas s'éloignèrent. Il entendait des rires au loin et des éclats de voix. Il ne savait plus que faire. Chercher Théodora dans le harem ? Peut-être était-elle sortie en compagnie du roi et des hauts dignitaires pour gagner le palais de Maredolce. Pourquoi ne pouvait-il réfléchir à autre chose ? Les souffrances de la jalousie devenaient insupportables. Il revoyait le visage de sa maîtresse après l'amour, ce visage d'abandon et de tendresse. Et si tout cela n'était que mensonges ?

Combien de temps resta-t-il ainsi, remuant de sombres pensées ? Il finit par sortir de sa cachette, et gagna sans difficulté l'endroit qui l'intéressait : une des pièces du hammam où s'ouvrait un conduit d'aération. Quand il se laissa glisser à terre, un long moment plus tard, il était à l'autre bout du palais, dans la chapelle palatine.

Celle-ci était déserte. Il tomba à genoux sur le dallage, levant les yeux vers la coupole qu'éclairaient faiblement les lampes à huile et les cierges. Il aurait voulu hurler son désespoir à la face de Dieu mais resta muet. Son regard se posa sur le Christ Pantocrator entouré des quatre archanges. Les mosaïques aux reflets d'or cernés d'un bleu profond luisaient dans la pénombre, le transportant loin, bien loin du palais normand et de ce qu'il s'était promis de faire cette nuit-là.

Des larmes roulèrent sur ses joues. Il se prit la tête entre les mains. Pendant un moment, il avait cru qu'en retrouvant Théodora puis son fils, il serait sauvé. Seulement son fils était mort et Théodora... Il l'aimait toujours, mais le désir qu'il avait d'elle le rongeait comme un poison. Son corps se dérobait comme si les seules forces qui lui restaient ne devaient servir qu'à une œuvre de mort. Théodora ne disait rien, n'exigeait rien. Plus belle encore que dans ses souvenirs, elle venait le voir, lui parlait sans attendre de réponse, caressait ses lèvres, baisait son front... En demeurant dans la chambre des amours, il lui faisait courir un terrible danger. Et cela ne pouvait durer longtemps. Allait-elle le trahir, le livrer à ses bourreaux ? Il le souhaitait presque.

L'harmonie qui régnait dans la chapelle le ramena quelques années auparavant. Jamais aucun lieu n'avait touché son cœur avec tant de force. Il attribuait cela à l'art très particulier des mosaïstes venus de la lointaine Byzance. Des artisans qu'il avait vus accroupis des heures durant, frappant de leurs petits marteaux ces infimes touches de bleu et d'or qui nimbaient la nef d'une lueur si particulière. Un faible bruit arracha Gamaliel à ses pensées. Il se redressa d'un bond et s'enfonça dans l'obscurité.

27

Les hommes de la Légion arabe n'avaient qu'un défaut : la régularité. Les patrouilles se suivaient, les officiers passaient, les relèves se faisaient, le tout aussi réglé que le pas d'un cheval de parade. Le meurtrier se fondit comme une ombre jusqu'à l'étage inférieur de la tour.

Il avait fait très chaud et le ciel d'un gris sale avait viré au noir alors que le vent se levait. Quelques instants plus tard, des éclairs rayaient le ciel et la tempête se déchaînait au-dessus du mont Pellegrino avant de gagner la ville. C'est à la faveur d'un coup de tonnerre qui résonna jusque dans les entrailles du palais qu'il surprit les gardes. Le premier basculait à peine avec un râle effroyable que, déjà, il était sur le second, lui plantant sa dague dans le cou. Un flot de sang jaillit, éclaboussant le dallage. Le silence retomba. Les corps gisaient à ses pieds. De jeunes hommes que la vie désertait, dont les traits allaient se figer et prendre une teinte grisâtre. Il essuya sa lame.

Un pas retentissait. Le meurtrier éteignit le flambeau le plus proche. On venait vers la salle du Trésor.

Ce devait être le capitaine de la garde, le seul à en posséder les clés avec le roi et l'émir des émirs. Un officier dont la lourde responsabilité était de veiller sur le Trésor royal et sur le *Diwan al-ma'mur*, le bureau de conservation des registres du royaume. Lui aussi, songea le criminel, obéissait à une règle immuable : il venait le matin et à la tombée de la nuit, saluait ses hommes, puis ouvrait la salle pour en inspecter chaque recoin.

Le capitaine déboucha dans le couloir. Une des torches était éteinte et la faible lueur de la dernière éclairait trois cadavres baignant dans leur sang. Il dégaina son sabre et s'immobilisa, les sens aux aguets. En vain. Aucun bruit, pas un mouvement, pas un souffle, il était seul. Il s'approcha et se pencha au-dessus des corps, réalisant soudain que l'un d'entre eux n'était pas un de ses soldats. Il était trop tard, l'autre s'était dressé d'un bond et lui avait enfoncé sa lame dans la gorge jusqu'à la garde.

Quand la victime bascula en avant, elle était déjà morte. Il ne s'attarda pas à la contempler. Il détacha le trousseau de clés de la ceinture de l'officier, courut chercher le dernier flambeau et ouvrit la porte de fer menant à la salle du Trésor.

La pièce était vaste et la torche n'en éclairait qu'une partie. Malgré cela, ce qui attirait l'œil était un scintillement doré, un miroitement d'argent. Le meurtrier déplaça le halo de lumière, éveillant des éclairs violines, rouges, jaunes… Partout des coffres, des vases, des reliquaires, des parures, des colliers, des armes aux fourreaux rehaussés de pierreries, dans lesquels se reflétait la torche. Et aux quatre coins, ces immenses jarres fixées dans le pavage d'où ruisselaient des monceaux de pièces d'or…

Il tira les cadavres à l'intérieur de la salle, referma derrière lui, puis se tourna enfin vers ce qu'il était venu chercher.

Posée sur un buste de pierre au centre, elle brillait de mille feux.

La couronne de Roger II. Une couronne à pendentifs, inspirée du kamelaukion des empereurs de Byzance, ornée de rangs de perles brodées et de pierreries serties sur une calotte d'argent doré. Turquoises, saphirs, rubis, grenats, émeraudes, améthystes… Les cabochons de pierres précieuses étincelaient… Il tendit la main, ses doigts tremblaient… Un sentiment de sacrilège l'envahit. Roger II avait porté cette coiffe avec le manteau d'apparat couleur de sang. Son fils aussi. Leurs descendants, un jour… Un frémissement parcourut son corps. Elle était à lui. Sans elle, le roi serait la risée de ses barons et une partie de sa vengeance s'accomplirait. Un nouveau coup de tonnerre retentit. Les parois de la tour Pisane vibrèrent. La foudre était tombée.

28

Dès que les hommes de la garde débouchèrent dans le couloir, ils sonnèrent l'alerte. Les torches étaient éteintes et les abords du Trésor baignaient dans l'obscurité la plus totale. Sur le pavage, devant la porte de la salle, ils trouvèrent des traînées brunâtres, mais aucune trace de ceux qu'ils devaient relever.

Simon, le maître capitaine du palais, arriva bientôt avec l'émir des émirs. Quand ils poussèrent le vantail, les cadavres étaient déjà raides, le message rédigé en arabe était posé sur le corps de l'officier :

> *Alors un seul guerrier à pied pourra frapper de terreur un roi, posséderait-il plus de cent mille hommes à cheval.*

Maion de Bari blêmit en voyant le buste de pierre vide.

— On ferme cette salle ! s'écria-t-il.

— Mais les corps ? On ne…

— On laisse en l'état et personne n'entre ! Vous, dehors !

Les soldats sortirent. Maion ferma à double tour et empocha son trousseau.

— Je veux dix gardes devant cette porte. Je vais prévenir le roi.

Simon s'inclina devant son beau-frère. L'émir avait déjà tourné les talons, s'éloignant d'un pas décidé. Un murmure courut parmi les guerriers que fit taire aussitôt le maître capitaine. Malgré cela, la rumeur gagna le palais tout entier et alla en s'amplifiant.

Un meurtrier frappait impunément. Tout le monde pouvait tomber sous ses coups, même des soldats d'élite comme ceux de la Légion. Il avait déjà tué et venait de recommencer dans l'endroit le plus invraisemblable et le mieux gardé du palais : le Trésor. Pour les uns, c'était un djinn, pour certains, mieux informés, c'était un Assassin aux ordres du Vieux de la Montagne, d'autres disaient que c'était un évadé des prisons royales… Les uns juraient qu'il était musulman, les autres, ismaélien, d'aucuns qu'il était lombard ou normand. Tout le monde avait un avis, personne ne savait rien, et la peur était partout.

29

Guillaume Ier, de fort bonne humeur au réveil – la jolie Rochésie avait tenu ses promesses, son goût pour les caresses les plus folles et son insatiable appétit les avaient gardés éveillés jusqu'à l'aube –, s'empourpra de rage en écoutant l'émir.

— On est entré dans la salle du Trésor ! tonna-t-il en assenant un coup de poing sur l'accoudoir de son siège. Qu'est-ce qui a été volé ?

Au ton furieux de sa voix, les lévriers couchés à ses pieds se dressèrent d'un bond et se réfugièrent à l'autre bout de la salle. La colère de Guillaume était telle qu'il se leva, heurtant l'un des vases de porphyre qui bascula sur le dallage et vola en éclats.

« Si au moins, songea l'émir, c'était l'or qui avait attiré l'Assassin. Mais de tous les joyaux entassés sous la tour Pisane, coffres, vases, coupes précieuses, bijoux... un seul a retenu son attention : l'emblème du pouvoir. »

— Maion, je t'ai posé une question ! s'écria le roi.

— Oui, mon roi, pardon.

L'émir chuchota presque :

— On a volé la couronne royale et il y avait le même message sur le corps des gardes.

— La couronne !

Cela paraissait si invraisemblable que Guillaume mit un moment avant de comprendre la portée de cette disparition. Puis d'un coup, il saisit son fauteuil à pleines mains, le souleva et le fracassa contre le mur. Enfin, il se tourna vers l'émir. Ces mois de guerre et de privations avaient redonné à son visage empâté sa beauté d'origine. Ses cheveux roux tombaient sur ses épaules, et n'eût été cette barbe noire héritée du sang espagnol de sa mère et son teint violacé, en cet instant, il ressemblait trait pour trait à son père Roger II. Il dominait Maion de sa haute taille et ce dernier, pendant un bref instant, se dit que la colère du roi allait l'anéantir. Pour distraire ses courtisans, le roi n'hésitait pas à tordre des barres de fer à mains nues ou à soulever un cheval avec son cavalier ! Alors la nuque d'un émir…

— Retrouve-la, Maion. Et vite ! ordonna Guillaume d'une voix sifflante.

— Oui.

L'émir allait sortir à reculons en saluant son souverain mais celui-ci le retint d'un geste.

— Où en es-tu de ton enquête sur ces Assassins et leur île ?

— Le maître capitaine a fouillé la Kalsa en vain. Il n'y aurait pas de groupe ismaélien dans notre cité. Je me suis aussi longtemps entretenu avec notre géographe Al-Idrisi, qui juge cela improbable. Par contre, il n'est pas exclu que quelques hommes envoyés par ce Vieux se soient infiltrés parmi nos serviteurs ou nos gardes. Je fais au mieux, mon roi, je vous le jure.

L'émir se demanda s'il devait parler du mystérieux évadé, mais le regard terrible de Guillaume l'en dissuada. Il salua et s'empressa de sortir. Il venait à peine de rejoindre ses appartements qu'on frappait à sa porte. Le visage pointu de Gaetano apparut :

— La reine arrive, ô émir des émirs.

30

Après un copieux déjeuner où le lait de chèvre et les confitures de roses et de figues l'avaient disputé aux pains chauds et aux pâtés sortis des fours de Sélim, Hugues et Tancrède allaient prendre congé de l'émir Khalil quand un bruit de pas précipités interrompit leurs adieux. Un serviteur apparut, qui s'agenouilla devant l'émir :

— La Légion, mon maître. Ils sont là ! s'écria-t-il.

— Tu veux dire à notre porte ?

— Oui, mon maître. Leur chef dit qu'ils viennent chercher les sires de Tarse et d'Anaor.

Khalil se tourna vers Hugues :

— Aucun des miens n'a pu nous trahir, mon ami, cela veut dire que j'ai sous-estimé le service de renseignements de notre révéré émir. Que désires-tu ? Il y a ici une sortie secrète que nul ne connaît, hormis moi, et j'ai suffisamment d'hommes pour que tu aies le temps de t'enfuir avec Tancrède…

— Il n'en est pas question, Khalil ! le coupa Hugues avec véhémence. Pourquoi fuir ? Pour avoir la Légion à nos trousses ? Tancrède doit être présenté au roi. Sa place est ici. Et il devra aussi rencontrer l'émir des émirs.

— Et la reine… N'oublie pas la reine. Et méfie-toi d'elle. Je la crois capable de tout pour garder le pouvoir. On la dit proche de Maion, très proche… Si tu vois ce que je veux dire.

— Je vois.

— Ne puis-je faire autre chose pour vous ?

— Non, tu as assez fait.

— Et par Allah, je continuerai, pour toi ou pour le fils de notre duc, tu le sais.

Il se tourna vers son serviteur.

— Dis à l'officier de la Légion que messires de Tarse et d'Anaor arrivent… Et ordonne à mes gens de se grouper dans la cour, en armes.

L'homme partit en courant. L'émir fit signe à ses amis de le suivre.

— Venez ! J'ai un présent pour vous.

Ils quittèrent la douceur du jardin intérieur et débouchèrent bientôt dans la cour d'entrée. Une dizaine d'hommes d'armes s'y regroupaient, l'air farouche, leurs sabres courbes et leurs poignards à la ceinture, des arcs dans le dos.

— Qu'on selle mes favoris ! ordonna Khalil.

L'un des palefreniers s'approcha et l'émir lui donna des instructions qu'ils n'entendirent pas.

Un garçon sortit bientôt des écuries, tenant par la bride des juments comme jamais Tancrède n'en avait vu. De taille moyenne, elles avaient toutes deux une robe d'un blanc rosé moucheté d'or et une longue crinière soyeuse.

— Des « buveurs de vent », murmura Hugues avec admiration. J'ignorais que tu possédais de tels trésors.

— Elles se nomment Obeya et Koheila. Tu reconnaîtras cette dernière à l'étoile qu'elle arbore sur le front. Elles viennent du Nedj, les montagnes sacrées des Bédouins.

— Et elles portent le nom de deux des juments du Prophète… Elles sont magnifiques, les jambes sont belles, la tête est noble, pas trop petite, les narines minces et dilatées, le port de queue est splendide.

— Oui, et l'épaule est profonde, les muscles des reins montés haut, ce qui leur procure une puissance étonnante. Elles sont à vous.

— Nous ne pouvons accepter un tel présent ! s'écria Hugues. Ce sont là cadeaux de roi !

Les palefreniers avaient jeté sur le dos des juments des selles en cuir de Cordoue d'un rouge profond. Le pommeau et le troussequin étaient plus hauts que sur les selles des Francs et leurs décorations étaient rehaussées de fils d'or et d'argent.

— Je sais, fit l'émir, tu ne veux rien. Mais, par Allah, pourquoi offrir ce qui nous indiffère ? Elles sont à vous et je ne changerai pas d'avis.

Hugues étreignit son ami avec émotion. Tancrède voulut remercier l'émir, mais celui-ci protesta :

— Que le fils de mon duc très aimé ne dise mot. Savoir que j'ai pu le rendre heureux un instant me suffit. Ces juments n'ont d'égal en rapidité que le vent du désert. Quant à ces selles… Il vous faut un harnachement digne de votre rang.

Tancrède s'était approché de l'une des juments qui tendit le museau vers lui.

— C'est Obeya. Elle vous a choisi, fit l'émir qui caressa les naseaux soyeux de l'animal.

Ali réapparut, l'air inquiet :

— Les hommes de la Légion s'impatientent, mon maître. Ils menacent de défoncer la porte si l'on n'ouvre pas immédiatement.

Comme pour confirmer les paroles du serviteur, des coups violents retentirent sur le portail. Aussitôt, les hommes de Khalil entourèrent leur maître et ses invités. Les chevaux étaient sellés. Après un regard vers Hugues qui inclina la tête, l'émir ordonna d'ouvrir les vantails.

Devant eux, dans la ruelle, se pressait une petite troupe à cheval et quelques fantassins. Tous des hommes de la fameuse Légion arabe que Khalil avait si longtemps dirigée. En le reconnaissant, le chef du détachement mit pied à terre. L'homme semblait à la fois gêné par la mission qu'on lui avait confiée et soulagé de ne pas avoir à employer la force. Jeune homme, il avait appris le métier avec Khalil et venir de la sorte frapper à la porte de sa demeure était une offense.

— La paix soit sur vous, émir Khalil. Pardon de vous déranger, mais nous avons des ordres de l'émir des émirs.

— Salut à toi, Mustapha. Les temps sont difficiles, je le sais. Je vois que les années ont fait de toi un chef. Tu en avais l'étoffe.

L'homme s'inclina, ému :

— Par Allah, béni soyez-vous, émir Khalil, je ne suis là que grâce à la qualité de votre enseignement.

— Allah est bon. Que nous veux-tu, Mustapha ?

— À vous, émir, rien. Je suis chargé de mener les sires de Tarse et d'Anaor à la Galca.

— Et sais-tu pourquoi ?

— Non, émir.

Hugues de Tarse s'était avancé, suivi de Tancrède.

— Nos chevaux sont sellés. Nous vous suivons, officier.

Mustapha s'inclina. Khalil et Hugues s'étreignirent une dernière fois, puis l'émir salua Tancrède.

— Soyez béni, fils de notre duc.

Hugues était monté en selle sur Koheila et Tancrède allait l'imiter, mais son maître le dissuada de sauter ainsi qu'il en avait l'habitude.

— Attendez qu'elle s'habitue à vous, Tancrède. Ne la brusquez pas. Elle risque de vous surprendre. Et n'oubliez pas que ce harnachement demande un maniement particulier. Que ce soit la selle ou le mors. Un écuyer arabe disait : « On se rend maître du cheval comme du serpent, en lui tenant la tête. » Il faudra le faire en douceur. Quant à vos étriers, vous les chausserez courts, talons reculés, pointes de pieds dirigées vers le sol et genoux avancés. Une position qui vous permettra, s'il y a combat, d'être dressé et de manier avec aisance le sabre, la lance ou l'arc.

Tancrède monta en selle, la jument le salua d'un hennissement joyeux et, après un dernier adieu à l'émir Khalil, la troupe se mit en marche, regagnant la via Alloro. Hugues chevauchait devant avec Mustapha, discutant des affaires du palais.

Avec toute l'insouciance de la jeunesse, le jeune Normand, oubliant qu'on les conduisait vers le redoutable maître de Palerme, redressa les épaules. Le pas d'Obeya était long et rapide. On la sentait prête à prendre le galop et à le tenir. Un sentiment de fierté, que renforçaient les regards admiratifs des gens qui se rangeaient sur leur passage, emplit le jeune homme. Pour la première fois, il montait un cheval de roi.

31

Aucun des deux amis ne remarqua la petite troupe qui, débouchant de la Porta Termini, ralentit pour leur céder le passage. Bartolomeo d'Avellino et trois de ses hommes encadraient un cavalier enveloppé d'un long mantel à capuche. Eleonor, car c'était elle, reconnut aussitôt la silhouette d'Hugues et celle de Tancrède. Elle aurait voulu les appeler, au lieu de quoi, elle resta muette. D'Avellino, qui les avait remarqués, conduisit sa monture près de la sienne.

— Le monde est petit, n'est-ce pas ? Vous avez reconnu nos anciens compagnons de voyage ?

— Oui, répondit Eleonor dont la voix s'étrangla malgré elle.

Les larmes lui montaient aux yeux et elle dissimula son visage dans l'ombre de sa capuche. Seuls ses doigts crispés sur le pommeau de la selle la trahissaient.

— En avant ! ordonna d'Avellino que cette rencontre semblait avoir rempli d'une soudaine bonne humeur.

Hugues et Tancrède étaient déjà loin, mais l'étendard de la Légion restait visible au-dessus de la foule qui s'était refermée derrière eux. Eleonor s'en voulut de l'émotion qui l'avait envahie. Elle ne devait penser qu'à l'arrivée de son époux, non à Hugues. Mais voir ce dernier si proche après cette longue séparation l'avait bouleversée. Elle talonna sa monture pour rejoindre d'Avellino. Le grand chien s'élança à ses côtés. Pendant un moment, ils suivirent l'étendard qui remontait la via Marmorea, la longue avenue rectiligne qui menait de la mer au Qasr, puis le chevalier noir obliqua vers la gauche, entraînant Eleonor dans un dédale de ruelles où leurs chevaux avaient du mal à se frayer un passage.

— Nous sommes tout près de la Giudecca, le quartier juif, c'est là que j'ai mon palais, l'informa Bartolomeo.

La jeune femme n'osait se confier, mais elle se sentait perdue, égarée dans un monde qui n'était pas le sien, où elle ne possédait ni repères ni amis.

— Je n'ai jamais vu d'autre ville que Caen, murmura-t-elle ; et Palerme est si différente. Les cris de la rue ne sont pas les mêmes, il y a tant de couleurs, et de peuples divers. Et toutes ces langues ou ces dialectes que je ne comprends pas.

— Vous vous habituerez, fit Bartolomeo d'un ton léger.

Un portail, de hauts murs… Ils entrèrent bientôt dans une grande cour dallée, où un homme aux cheveux blancs et au visage sévère dirigeait avec rudesse un valet. Un court instant, il releva la tête pour observer la femme qui accompagnait son maître. Son regard était si vide d'expression, si mort qu'Eleonor en eut le frisson.

— Le chef de ma maison quand je ne suis pas là, le présenta Bartolomeo, Marco. Un de nos parents. Il s'est occupé de ma sœur et de moi pendant des années.

— Vous avez une sœur ? demanda la jeune femme que la perspective d'avoir une compagne réjouissait.

— Elle est morte, répondit le chevalier.

Rougissante, Eleonor bégaya quelques mots d'excuse. Les vantails se refermèrent. La jeune Normande se laissa glisser à terre et rabattit sa capuche, laissant ses boucles brunes s'échapper. Le chien s'était assis à ses côtés, la langue pendante. Après ce mois d'inactivité, il semblait heureux de cette longue course.

— Venez, damoiselle, je vais vous conduire à vos appartements, la pressa d'Avellino.

Eleonor regarda les murs, la porte renforcée de barres de fer et étouffa un soupir.

Comme s'il avait deviné ses pensées, le chevalier ajouta :

— Je vous fais promesse qu'il y aura d'autres promenades.

Ils entraient dans la maison et elle allait le remercier quand une grande femme maigre vêtue d'une robe noire apparut au bout d'un couloir.

— Voilà celle qui va s'occuper de vous, déclara Bartolomeo. Son nom est dame Elvire. C'est une femme dévouée, vous verrez, et que le travail n'effraie pas. Ne m'en voulez pas, mais je dois vous laisser, on m'attend au palais.

— Je vous en prie, faites, chevalier. Et merci d'avoir tenu votre promesse.

— Je tiens toujours mes promesses, rétorqua-t-il.

La femme s'était avancée et dès l'instant où Eleonor croisa son regard, elle comprit qu'elle serait un geôlier plutôt qu'une alliée. Était-ce la froideur de ces yeux noirs, ce sourire contraint, la sécheresse du corps, ces doigts aux ongles trop longs ou le discret regard de connivence entre elle et son maître ? Eleonor ne le savait, mais elle se raidit malgré elle quand l'autre la salua :

— Damoiselle de Fierville, je suis contente de vous rencontrer enfin. Mon nom est Elvire… pour vous servir.

— Après toute cette route, la damoiselle est fatiguée, veuillez la conduire à ses appartements en attendant de lui servir son repas, ordonna d'Avellino.

Puis il ajouta :

— Vous lui obéirez comme à moi-même. Son serviteur Gautier et ses bagages arriveront bientôt dans une carriole, vous veillerez à ce qu'il soit installé dans les communs.

— Oui, messire, fit la femme.

Marco avait rejoint son maître avec lequel il s'entretint un moment avant de disparaître en sa compagnie. Eleonor entendit le mot « Chypriote », puis celui d'« Assassin », les voix s'éloignèrent. Elle soupira, elle était à nouveau prisonnière. Une pensée pourtant la rasséréna. Hugues était proche. Tout proche.

LE HORS VENU

32

Tancrède se dit qu'il n'oublierait jamais son entrée dans la Galca. Passé ces nouvelles portes, plus surveillées encore que celles de la cité, on était dans un autre monde, une ville à l'intérieur de la ville. Derrière ces hauts murs et ces tours de défense vivaient le roi normand et sa cour.

Leur petite troupe avait longé des *makhzan*, des magasins royaux où flottaient les étendards de Sicile, avant de s'engager sur une large allée sinuant au milieu de luxueuses maisons et de jardins. Au nord de l'enceinte se dressait le palais normand dont la silhouette trapue surplombait les autres édifices.

Le jeune homme ne pouvait détacher son regard de l'énorme forteresse, ne sachant distinguer la joie de l'anxiété dans la foule de sentiments qui s'emparait de lui. Il entendit les sonneries des cors prévenant de leur arrivée. Sans bien savoir comment, il se retrouva dans la cour principale.

Des palefreniers accouraient. Hugues avait sauté à terre. Le chef du détachement leur fit signe de le suivre. Le jeune Normand avait l'impression de vivre un rêve, et s'il percevait de façon aiguë le moindre détail de ce qui l'entourait – des délicates frises dorées des mosaïques aux gouttes de sueur sur le visage de leur guide –, il se sentait en même temps étrangement détaché de tout comme s'il n'habitait plus en lui-même. D'instinct, il savait qu'il était en train de vivre un événement essentiel de son existence, et que les minutes à venir pourraient bien être autant un aboutissement qu'un nouveau départ à l'énigmatique voyage qu'avait été sa vie. Et pourtant, tout était si nouveau…

— Venez, Tancrède ! l'appela Hugues alors qu'il restait figé à contempler un jardin intérieur où s'ébattaient de délicates gazelles.

L'intonation particulièrement solennelle de la voix de son mentor fit écho aux fortes impressions qui s'emparaient de Tancrède.

Le palais était un labyrinthe de corridors, de salles décorées de peintures aux couleurs vives. Des Normandes, jeunes aristocrates vivant à la Galca avec leur époux ou leurs parents, s'arrêtaient pour laisser passer les nouveaux venus, mais surtout pour mieux les observer. Habillées à la musulmane, elles riaient en masquant à demi leurs traits sous des voiles, portaient des étoffes de soies brochées d'or et des babouches ornées de pierreries. Des Grecs discutaient près d'une fenêtre. Au détour d'un couloir, un Bédouin, escorté de ses serviteurs, les salua. C'était un brouhaha de latin, d'hébreu, de grec, d'arabe. Dans une des salles, ils croisèrent des marchands parlant le dialecte de Venise. Partout des esclaves s'activaient, suivant ou précédant de hauts dignitaires aux riches costumes orientaux. Un moine passa puis un prêtre byzantin reconnaissable à sa longue dalmatique et à sa coiffe.

La belle assurance que Tancrède avait gagnée grâce au cadeau de l'émir Khalil était en train de s'évanouir. Dans ce palais si étonnant, il était à nouveau un « hors venu ». Y aurait-il un jour où il se sentirait chez lui ? Où il pourrait avoir la même démarche assurée que son maître ?

Comme s'il avait lu dans ses pensées, Hugues de Tarse l'encouragea du regard. Le chef de la Légion avait ouvert une porte.

— Asseyez-vous, je vous en prie. Je vais prévenir de votre arrivée.

Ils se retrouvèrent dans une antichambre où les seuls meubles étaient des banquettes recouvertes de coussins rouge et or. Tancrède allait parler, mais Hugues posa sa main sur ses lèvres en lui désignant les tentures qui masquaient les parois.

— Ici, les murs ont des oreilles, murmura-t-il.

— Vous croyez que…

— Je suis sûr qu'on nous observe. Il est des gens que notre venue escortée par un chef de la Légion n'a pas manqué d'intriguer. Je vous l'ai expliqué, la vie ici se veut à l'image de celle de la cour de Byzance, très réglementée. Chaque audience fait l'objet d'une requête que le logothète Nicolas examine avec soin. Il faut parfois attendre des mois pour rencontrer un dignitaire. Des invités qui, comme nous, brûlent les étapes sont à surveiller.

— Est-ce que c'est bon signe d'être reçu aussi vite ?

— Pas vraiment. Mais quoi qu'il arrive, soyez prudent et laissez-moi répondre à votre place le plus souvent possible.

Tancrède hocha la tête. Quelques instants plus tard, un page entrait.

— Salut à vous, messires, fit-il en s'inclinant. L'émir des émirs m'a chargé de vous conduire à lui. Suivez-moi, je vous prie.

33

Au moment même où Hugues aperçut le visage de Maion de Bari, il se souvint de l'avoir déjà vu dans sa vie d'avant. Une vie où lui était un haut dignitaire et Maion, un petit fonctionnaire œuvrant à se rendre indispensable. Le petit fonctionnaire était devenu un habile et puissant homme politique auquel son protégé allait devoir plaire s'il voulait conserver à la fois sa liberté et sa vie.

L'homme, assis devant des registres, ne se leva pas pour les accueillir, mais leur fit signe de venir s'asseoir en face de lui, trahissant ainsi son hésitation sur le statut à leur accorder. Vêtu d'un burnous brodé d'or, des babouches à ses pieds nus, l'émir reposa sa plume d'oie et joua avec la lourde chaîne d'or qu'il portait au cou tout en les contemplant d'un air pensif. Un éclatant soleil pénétrait par une fenêtre haute, faisant miroiter les volutes d'encens qui montaient du brasero. Sur une tablette était posé un magnifique jeu d'eschets aux pièces d'ivoire et de cèdre.

Un courant d'air souleva l'une des tentures recouvrant les murs, donnant à penser à Hugues qu'il y avait là quelque issue secrète, voire quelqu'un de dissimulé.

— Vous voilà donc, fit l'émir des émirs. Laisse-nous, Gaetano !

Le page disparut aussitôt et le silence retomba, troublé par le crissement de la plume qu'avait reprise Maion.

— Nous vous remercions de nous recevoir, émir des émirs, fit Hugues au bout d'un moment. Nous allions demander à l'être dans les jours à venir, mais messire d'Anaor et moi-même n'osions espérer une entrevue particulière.

Suivant les conseils de son maître, Tancrède n'avait dit mot, se contentant de hocher la tête pour montrer qu'il approuvait. Maion reposa sa plume.

— Que venez-vous faire en Sicile, seigneur d'Anaor ? demanda-t-il.

— Mettre mon épée au service du roi Guillaume, émir des émirs, et si je le peux ensuite, revoir le château de mon enfance.

— Comme c'est émouvant ! déclara Maion dont la sécheresse de ton démentait le propos. Et depuis quand êtes-vous en Sicile ?

— Nous sommes arrivés, messire de Tarse et moi-même, avec l'esnèque d'Henri II Plantagenêt, il y a plus d'un mois.

— Cela correspond… Cela correspond, marmonna l'émir.

— Pardon. Je ne comprends pas…

— Moi, je me comprends, messire d'Anaor. Où étiez-vous la nuit dernière ?

Hugues, qui n'avait pas prévu que l'entretien prenne cette tournure, toussa afin d'avertir Tancrède d'avoir à se méfier.

— Là où l'officier de votre Légion est venu nous chercher : chez l'émir Khalil, répondit prudemment le jeune homme, peu habitué aux joutes verbales.

— L'émir était jadis un chef de guerre plein de talent, il serait dommage qu'il perde les privilèges accordés par le roi.

Cette fois, Hugues intervint :

— Que voulez-vous dire ?

— Ah, messire de Tarse, je me demandais quand vous viendriez au secours de votre protégé. Je veux dire qu'il serait dommage que je fasse jeter Khalil en prison. À cause de vous.

Le visage d'Hugues se ferma. Tancrède comprit que le duel entre les deux hommes s'engageait. Un duel dont il commençait à croire qu'il était l'enjeu.

— Je ne saisis pas vos propos, émir des émirs. Sommes-nous accusés de quelque chose que nous ignorons ?

— Jouez-vous aux eschets, messire ?

— Cela m'arrive.

— Nous avons ici un maître arabe, Al-Razi.

— Il porte le nom d'un illustre devancier.

— Le maître de *L'Élégance du shatranj*, oui. Quelle phase préférez-vous ?

— L'*awa'el al-dusut*, l'ouverture, répondit Hugues sans hésiter. Sans une bonne ouverture, la partie est perdue.

— C'est juste. Et la vôtre, croyez-moi, est bien mal engagée. Que faites-vous à Palerme ? Quel est votre but à tous les deux ?

— Messire d'Anaor vient de vous répondre, je crois ? Il désire faire allégeance à son roi puis, s'il en a la permission, il aimerait se rendre au château que lui a légué son père, le duc de Pouilles.

— Son père, son père…

— Tancrède d'Anaor possède tous les documents prouvant sa filiation *more danico*. Il est sans conteste l'aîné du duc.

— L'Église n'aime guère ces unions, vous le savez, fit l'émir d'un ton sentencieux.

— Mais vous êtes tout sauf un homme d'Église et je crois me souvenir que, comme moi, vous aviez quelque amitié pour le duc de Pouilles.

— C'est vrai, reconnut Maion. Mais il ne suffit pas d'être son fils pour être le bienvenu ici.

Se tournant vers Tancrède :

— Vous n'êtes pas sans savoir que votre demi-frère Tancrède de Lecce est depuis un moment l'hôte de la prison royale. Une prison dont on ne ressort que rarement.

Le jeune homme essaya de dissimuler son étonnement.

— Non, je ne le savais pas, répondit-il.

— Nous sommes arrivés depuis peu, je vous le rappelle, et Tancrède n'a guère eu l'occasion de faire des rencontres. Le seul lien qu'il ait ici est le duc Ruggero Sinibaldo di Quisquina e delle Rose.

Ce qu'Hugues ne précisa pas, c'est qu'à aucun moment ils n'avaient eu le temps de le rencontrer et que le seul lien entre Ruggero et eux était le message qu'il lui avait fait parvenir la veille au soir.

L'adversaire, songea l'émir, avait avancé une pièce maîtresse sur l'échiquier.

— Les Sinibaldi… Vous êtes un homme habile, messire. C'est une des rares familles normandes en grâce auprès du roi et… de la reine.

— J'ai gardé de nombreux amis à Palerme, mentit Hugues dont, après ces quinze ans d'éloignement, les relations n'étaient pas si considérables. Mais pour revenir au duc, il n'y a pas d'habileté là-dedans, il aimait le père de Tancrède et son souhait de prendre soin de lui et de le présenter à son roi est légitime.

Le jeune Normand ne put s'empêcher une fois de plus d'admirer la façon dont son maître avait retourné la situation à son avantage. C'était comme aux eschets, les coups se succédaient et, pour l'instant, grâce à l'adresse d'Hugues, Maion de Bari ne semblait plus si sûr de lui. Pourtant, il marmonna :

— La parade n'est pas suffisante.

Il jeta un parchemin sur la table.

— Que pensez-vous de ceci, messire ?

Hugues se garda de saisir le papier. Il y avait dans les tours et les détours que faisait l'émir quelque chose qui lui échappait. Pour ne pas perdre l'avantage, il contre-attaqua avec vivacité :

— Je pense que j'ai plaisir à jouer avec vous, émir des émirs, mais que j'aimerais savoir quelles sont les pièces dont je dispose. Venez-en aux faits. Tancrède est loyal, je le suis aussi.

— Croyez-vous qu'il suffise d'être loyal pour vivre à la cour de Palerme ? rétorqua Maion.

— Cela suffisait au temps de Roger II ! répliqua Hugues. Vous le savez bien, vous qui l'avez conseillé avec succès pendant des années.

Maion de Bari ne répliqua pas. Il caressait sa chaîne d'or d'un air méditatif. En bon joueur et en stratège averti, il aimait les adversaires de valeur, c'était si rare… Même si ensuite, une fois l'amusement passé, il les jetait en prison ou les faisait tuer !

— Si vous voulez que mon propos ne vous déplaise pas, insista Hugues, et que la partie soit belle, peut-être vaudrait-il mieux m'éclairer sur ce que vous attendez de nous ?

Était-ce ce mot « partie » qui avait décidé l'émir ? D'un coup, il repoussa sa chaise et se leva :

— Soit. Venez tous les deux !

On leur banda les yeux et, quelques instants plus tard, ils ouvraient les paupières dans la pénombre d'une salle souterraine. À leurs pieds gisaient trois cadavres aux membres raidis.

34

— Vous savez où nous sommes ? demanda l'émir des émirs.

Hugues de Tarse hocha la tête, se reprochant d'avoir mené Tancrède dans ce qui ressemblait de plus en plus à un piège. Avec cette affaire, son protégé ne risquait pas seulement l'emprisonnement mais une mort atroce aux mains des bourreaux du roi.

Que s'était-il passé dans la salle du Trésor ? Il peinait à le deviner, cependant son intuition lui disait qu'il lui faudrait résoudre l'énigme qu'on lui présentait. Sinon, le Gréco-Syrien l'avait compris, son protégé et lui feraient des boucs émissaires tout désignés.

— Qu'attendez-vous de moi ? demanda-t-il sèchement.

— On m'a dit que vous possédiez quelque savoir en médecine. Comme vous l'imaginez, je ne tiens pas à ce que cette affaire s'ébruite et j'aimerais avoir votre avis.

Après avoir observé ce qui les entourait et remarqué le buste vide au centre de la pièce, Hugues se pencha. Ses yeux s'arrêtèrent un instant sur le parchemin. L'écriture était la même que sur celui que lui avait montré Maion de Bari dans son bureau.

Il déchiffra le message rédigé en arabe :

Alors un seul guerrier à pied pourra frapper de terreur un roi, posséderait-il plus de cent mille hommes à cheval.

À cette lecture, une sueur froide l'inonda. Pourquoi fallait-il qu'il les croise à nouveau sur sa route ? Ce poème lui en rappelait un autre déposé sur le corps de son frère aîné. La Perse. Ispahan. Les Assassins. La forteresse d'Alamut et le Vieux de la Montagne. Tout cela était si lointain, si douloureux…

Masquant son trouble, il s'efforça de recouvrer son calme et reporta son attention sur les plaies béantes. Seul Tancrède, qui ne l'avait pas quitté des yeux, avait remarqué l'effet que le singulier message avait eu sur lui.

— Alors ? demanda l'émir des émirs.

C'est d'une voix calme, de ce ton détaché qu'il employait quand quelque chose le touchait de trop près, qu'Hugues répondit :

— Ils sont morts de la même main. Un poignard à la lame courbe… et effilée. Très tôt ce matin, ou avant la mi-nuit, c'est difficile à dire vu la quantité de sang qu'ils ont perdue.

— Rien d'autre ?

— Si… Ils n'ont pas été tués ici.

— Qu'est-ce qui vous conduit à penser cela ?

Hugues leva sa torche, éclairant les corps jetés les uns sur les autres.

— Trois choses : de simples gardes n'ont rien à faire à l'intérieur de cette salle, leurs postures sont anormales et il n'y a aucune trace sur le sol.

Hugues se redressa.

— L'homme qui a fait ça devait être à la fois informé du mouvement des patrouilles, y compris des mesures récentes que vous aviez pu prendre, émir, et extrêmement rapide. Les hommes de la Légion sont des soldats d'élite.

— Comment a-t-il pu les approcher ? demanda Maion que l'aisance d'Hugues déconcertait.

— Vous me demandez de résoudre une énigme sans me donner tous les éléments que vous détenez, sire Maion. Pour vous donner réponse, je dois regarder où ils ont été tués.

Maion fit signe au garde d'ouvrir la porte. Après un bref coup d'œil circulaire, Hugues repéra les traces brunâtres sur le dallage. Il s'agenouilla, effleurant le sol du bout des doigts :

— Soit notre homme connaissait ses victimes, soit quelque chose… Mais n'y avait-il pas un orage hier au soir ? Un coup de tonnerre serait une diversion suffisante. Ensuite, notre criminel n'a plus eu qu'à attendre l'officier.

Hugues était à nouveau entré dans la salle du Trésor, il désigna la blessure du capitaine.

— Elle ne ressemble pas aux autres : le coup a été administré du bas vers le haut, de façon presque verticale. Peut-être notre homme s'était-il allongé sur le sol pour surprendre son adversaire ? C'est lui qui avait les clés de la salle du Trésor, n'est-ce pas ?

— Oui.

— Après l'avoir assassiné, il a dissimulé les cadavres dans la salle, a pris ce qu'il était venu chercher et est reparti comme il était venu. Peut-être portait-il le costume d'un soldat… ou d'un moine ? Un vêtement qui n'attire pas l'attention. À moins que ce ne soit quelqu'un de suffisamment haut placé pour que vos hommes ne se méfient pas.

— Savez-vous ce que ce ladre a volé ?

— Oui, on la posait déjà sur ce buste du temps de Roger II.

Tancrède se demanda de quoi parlaient les deux hommes, mais Hugues continuait :

— Je désirerais maintenir le sire d'Anaor en dehors de tout cela. Il n'a jamais mis les pieds dans cette salle, ne sait pas ce qu'elle contenait et je ne tiens pas à ce qu'il le sache. Il est des savoirs dangereux pour qui les manie.

— Je peux y réfléchir, messire. Que me proposez-vous en échange ?

Non sans déplaisir, le jeune homme comprit que leurs vies étaient l'enjeu de la partie qui opposait son maître à l'émir des émirs.

— Je trouverai le meurtrier et vous rendrai ce qui a été volé, affirma Hugues.

LES SECRETS
DU SIRE DE TARSE

35

Hugues et Tancrède étaient de nouveau assis devant l'émir des émirs dans la pièce aux tentures. Un rideau avait été tiré devant la fenêtre haute. Le visage de Maion était plongé dans la pénombre. Seuls ses doigts qui jouaient avec la chaîne d'or restaient visibles. Après un long moment de silence, il demanda :

— Qu'est-ce qui vous fait croire, messire de Tarse, que vous allez trouver le criminel alors que d'autres s'y sont essayés avant vous sans le moindre succès ?

Tancrède remarqua que l'émir avait changé de ton et qu'il appelait son maître « messire de Tarse », ce qui semblait plutôt bon signe.

— Sans doute ces « autres » avaient-ils le choix ? rétorqua Hugues. Pas moi.

L'émir hocha la tête, la réponse lui plaisait. Bien qu'il s'en défendît, le Gréco-Syrien lui en imposait par sa tranquille assurance et son esprit méthodique. Toutes les qualités d'un bon joueur. Et il n'était pas fâché de contrecarrer d'Avellino. Son arrogance associée au fait qu'il semblait plus soucieux de régler ses affaires personnelles que celles du royaume lui déplaisait. On ne peut se fier à personne et surtout pas à des gens dont on ignore le passé, se répéta-t-il.

Et puis, le temps lui était compté. Le roi et la reine lui avaient manifesté leur mécontentement. Il fallait en finir.

Pour toutes ces raisons, l'émir décida de laisser Hugues chercher la solution de l'énigme. S'il échouait, il lui ferait crever les yeux et le jetterait en prison. S'il trouvait la solution… peut-être ferait-il de même ? Un sourire se dessina sur ses lèvres. Non, décidément, il n'avait rien à perdre.

— Cependant, il y a deux conditions à ma réussite, continuait Hugues. La première est que j'ai besoin de savoir tout ce qui se passe ici… Tout ce que vous savez, vous !

Cela voulait dire les précédents assassinats et la fuite du mystérieux prisonnier des geôles royales…

— Accordé, fit l'émir. Et ensuite ?

— Je resterai votre hôte à la Galca, mais je désire que le duc Ruggero Sinibaldo puisse venir chercher messire d'Anaor et qu'il le garde en son palais jusqu'à ce que j'aie résolu cette affaire.

Le jeune Normand aurait voulu protester, mais il n'osa pas le faire. Quitter Hugues dans ces circonstances ne lui plaisait pas. C'était comme l'abandonner sur un champ de bataille entouré d'ennemis. Pourtant, un coup d'œil à l'expression résolue de son maître lui donna à penser qu'il ne pouvait qu'obéir.

— Pourquoi pas ? fit Maion en se tournant vers le jeune homme. J'accepte, à condition toutefois que vous me donniez votre parole de rester à Palerme.

— Vous l'avez, sire émir, affirma Tancrède.

— Gaetano ! appela Maion de Bari.

La porte s'ouvrit si vite que Tancrède se dit que le jeune page avait écouté leur conversation, l'oreille collée au vantail.

— Oui, maître, fit le gamin.

— Sais-tu si le duc Sinibaldo est encore au palais ?

— Oui, messire, je crois savoir qu'il est dans les appartements de la reine où il devait voir sa fille Rosalie.

— Demande-lui, s'il a terminé, de me faire la grâce de me rendre visite.

Ils n'eurent pas longtemps à attendre. Quelques instants plus tard, un pas pesant retentissait dans le couloir et, après un bref coup frappé au vantail, Gaetano annonçait :

— Le duc Ruggero Sinibaldo di Quisquina e delle Rose.

Tancrède, qui s'attendait à voir apparaître un homme de cour, découvrit un guerrier. Le bliaud jaune laissait voir le scintillement métallique d'une cotte de mailles et sur les larges épaules reposait une cape noire retenue par une fibule. La tignasse rousse encadrait un visage aux traits rudes sur lequel le temps avait laissé de profondes rides. Le regard était d'un bleu dur.

L'homme passa devant Tancrède sans apercevoir Hugues qui restait dans la pénombre et alla droit à Maion qu'il apostropha :

— Que me voulez-vous, Maion, que votre page me court après comme une chienne en chaleur ?

Au moment même où il posait cette question, le duc parut réaliser qu'il y avait d'autres gens dans la pièce. Il se retourna et, apercevant Hugues qui s'était levé, rugit :

— Te voilà enfin !

Il le serra contre sa vaste poitrine puis s'écarta pour mieux le voir.

— Tu n'as pas changé !

— Toi non plus, Ruggero. Tu es plus solide encore que dans mes souvenirs.

— Il faut l'être par ces drôles de temps. Enfin, si des hommes comme toi reviennent en Sicile, tout n'est pas perdu.

— Tu as eu mon message ?

— Oui, mon ami.

Le duc parut se souvenir en quelle compagnie ils se trouvaient. Son regard courut de Maion à Tancrède qui s'était dressé, lui aussi.

— Laisse-moi te présenter Tancrède d'Anaor, annonça Hugues, devançant la question qu'il allait poser. Le fils aîné de notre duc Roger.

À cet instant précis, Maion comprit que le jeune homme n'avait jamais vu le duc. Hugues lui avait menti. Au lieu de le mettre en colère, cela l'amusa et le rassura une fois de plus sur l'habileté de son adversaire. « Mais la partie ne fait que commencer », songea-t-il, scrutant avec attention l'échange entre Ruggero et Tancrède.

— Bienvenue en Sicile, messire d'Anaor, déclara l'aristocrate. J'étais un fidèle vassal de votre père et serai fier de vous prêter mon bras et le service des miens si vous le requérez.

Voir ce grand seigneur s'incliner devant lui troubla profondément le jeune homme. Il était une chose de rêver qu'une foule vous acclame et de parader sur son cheval, une autre de voir un homme comme le duc vous saluer avec autant de respect et vous faire déclaration d'allégeance.

— Nous avons beaucoup à te conter, Ruggero, fit Hugues, venant à l'aide de son protégé, mais tout d'abord, j'aimerais te demander un service. L'émir et moi-même avons quelques affaires à régler, et en attendant qu'elles le soient, il serait bon que tu fasses connaître Palerme à notre jeune ami.

— N'en dis pas davantage. J'accepte, bien sûr. Et puis, il faut le présenter à notre roi, je le ferai avec joie.

L'émir, dont tous semblaient avoir oublié la présence, intervint soudain :

— Nous attendrons un peu pour les présentations, cher duc.

— Et pourquoi cela ? s'étonna Ruggero.

— Ces affaires, dont vous parle messire de Tarse, doivent d'abord être résolues. Ensuite, sachez que messire d'Anaor ne doit en aucun cas quitter notre cité. Fût-ce pour visiter l'un de vos nombreux domaines.

Une vive rougeur enflamma le visage de Ruggero. Comme la plupart des aristocrates siciliens, il n'était guère habitué à ce que quiconque mette des limites à sa liberté, encore moins l'émir qu'il considérait comme un vil parvenu.

— De quel droit empêche-t-on le fils du duc Roger d'aller et venir librement ?

Habitué aux éclats des barons normands, Maion resta impassible.

— Du droit de notre roi Guillaume, messire, répondit-il. Le seul auquel j'obéisse.

— Alors, allons voir le roi ! s'écria le duc hors de lui. Je ne veux pas croire qu'il puisse autoriser une telle chose.

Hugues, qui craignait quelque parole irréparable tant pour son ami que pour son protégé, saisit le bras du duc et essaya de le calmer.

— Tout va bien, Ruggero. Tancrède a donné sa parole.

— Il n'a pas à le faire !

La voix de Maion s'éleva à nouveau :

— Puisque c'est ainsi, j'ai changé d'avis. Messire d'Anaor restera au palais.

C'était sans appel. Le duc sentit qu'il avait été trop loin. Hugues baissa les yeux, furieux à la fois que son stratagème pour éloigner le jeune homme ait échoué et que Ruggero n'ait pas gardé son sang-froid. Seul

Tancrède se réjouit du retournement de situation. Il se tourna vers l'aristocrate.

— Messire, j'aurais été ravi d'accepter votre hospitalité, mais j'avoue n'être pas fâché de rester auprès de mon maître. Je lui serai peut-être de quelque utilité dans l'affaire qui le préoccupe. Tout est bien ainsi, croyez-moi. La proposition de l'émir des émirs est une faveur qui ne se refuse pas.

Ruggero hocha la tête. Il avait enfin compris que la situation était plus complexe qu'il ne le croyait et que ses amis étaient prisonniers de Maion. Le visage encore rouge de colère, il s'approcha de l'émir, posant ses énormes poings sur la table.

— Que rien ne leur arrive ou, par ma vie, je vous tuerai de mes mains, jeta-t-il avant de saluer et de sortir en claquant la porte.

36

— Quelle plaie que ces Normands et leur caractère ! commenta Maion en essuyant la sueur qui coulait de son front. Je ne connais pas d'hommes plus irascibles ! Asseyez-vous, asseyez-vous tous les deux et passons à l'affaire qui nous préoccupe ! Un de vos anciens amis, messire de Tarse, a demandé à assister à notre entretien et je ne voyais pas de raisons de lui opposer un refus.

Au moment où il prononçait ces paroles, Bartolomeo d'Avellino entra.

— Je me demandais quand je vous reverrais, Bartolomeo, déclara Hugues.

— Je vous avais promis d'être en Sicile à votre arrivée, répondit le chevalier avant de se tourner vers Tancrède. Salut à vous, messire « écuyer ».

Un peu surpris, le jeune homme lui rendit son salut.

— Si vous faites allusion à la façon dont je vous ai présenté Tancrède lors de notre escale à Jersey[1], intervint Hugues, je croyais inutile de vous nommer quelqu'un que vous connaissiez déjà.

— Pour tout dire, rétorqua Bartolomeo, je ne l'ai vraiment compris qu'à mon retour en Sicile, grâce à un de mes amis de la Dohana baronum. Les documents attestant le legs du château et des terres fait par le duc Roger à son fils aîné Tancrède d'Anaor figurent dans l'un de ses registres.

Sentant l'animosité qui montait entre les deux hommes, l'émir leva la main.

— Du calme, du calme, messires ! ordonna-t-il. Nous avons des choses autrement importantes à régler que vos querelles personnelles.

Il reporta son attention sur Hugues.

— Vous m'avez demandé de vous renseigner sur cette affaire, je vais le faire, mais que ceci reste entre nous.

Tous trois hochèrent la tête en signe d'assentiment et l'émir des émirs se lança dans le récit des premiers assassinats : ceux du geôlier, du garde et du *fityan* du harem, puis il revint au manteau lacéré, au vol de la couronne et aux meurtres des hommes de la Légion. Enfin, il parla du mystérieux évadé et s'arrêta, désignant les messages.

— Nous avons trouvé ceci sur les cadavres.

— Pas sur tous, si j'ai bien compris, constata Hugues.

À nouveau le même trouble chez son maître quand on parlait de ces messages, remarqua Tancrède. En quoi cela le touchait-il si intimement ?

1. Voir *Les Guerriers fauves*, *op. cit.*

— C'est exact, répondit l'émir. J'en comprends le sens, mais je ne vois pas qui, parmi les ennemis du royaume, peut l'adresser au roi ni pourquoi.

L'émir s'amusait. Rien ne lui plaisait davantage que de fabriquer des chausse-trapes comme celle qu'il était en train d'élaborer pour ferrer le sire de Tarse.

— Rien ne nous dit qu'il soit adressé au roi, remarqua d'Avellino.

— À qui d'autre alors ?

— À vous peut-être, sire émir. N'a-t-on pas déjà essayé de vous nuire ?

— Nuire est un mot bien faible, mais, comment dire… Le procédé était plus direct, rétorqua Maion. Et je ne vois pas pourquoi on aurait lacéré un des manteaux du roi ni volé sa couronne si c'était moi qu'on voulait atteindre.

— Il y a bien des façons de nuire. C'est peut-être une manière de vous discréditer auprès de notre souverain. Asclettin, notre archidiacre, s'est retrouvé en prison pour moins que ça.

— L'hypothèse est intéressante, d'Avellino, mais je ne crois pas que ce soit la bonne. Messire de Tarse, vous ne m'avez toujours pas dit ce que vous pensiez de ce singulier message ?

— Oui, qu'en pensez-vous ? ajouta Bartolomeo.

« Nous y voilà », songea Hugues. Quelque chose dans l'attitude de son ancien frère d'armes l'intriguait. Avait-il déjà évoqué la secte des Assassins devant Maion de Bari ? L'avait-il carrément accusé des meurtres ?

Plus personne ne disait mot. D'Avellino retenait son souffle. Le visage d'Hugues s'était fermé. Inquiet, car il ne sentait pas son maître aussi décidé qu'il l'aurait fallu, Tancrède avala sa salive. Quant à Maion, il regardait Hugues comme un félin sa proie.

Parfois, l'émir des émirs avait une telle conscience de son pouvoir qu'il faisait d'étranges paris avec lui-même. Ce fut le cas ce jour-là. Il décida en son for intérieur que de la franchise du Gréco-Syrien dépendraient sa vie et celle de son protégé. Qu'il dissimule, et il le ferait jeter en prison. Qu'il dise la vérité… et il attendrait jusqu'à la prochaine fois.

Pensant que la meilleure des armes était la sincérité, Hugues se lança.

— Je me demandais, sire émir, si je devais vous parler de mon passé et de mon frère aîné, Richard de Tarse. Mais je crois que je suis obligé de le faire.

— Je vous écoute, fit l'émir, songeant presque à regret qu'Hugues avait encore avancé le bon pion.

— C'était aux alentours de l'an 1138 et Bartolomeo d'Avellino m'accompagnait alors. À cette époque, Roger II avait des visées sur les États latins d'Orient, d'autant que certains seigneurs normands l'appelaient à l'aide. Pourtant, la guerre que menait Zengi là-bas l'inquiétait, tout comme la façon dont Foulques V d'Anjou régnait sur Jérusalem. Je suis donc parti pour voir ce qu'il en était, résolu, entre autres, à passer par Antioche où je suis né. Un de mes cousins m'apprit que mon frère aîné était à Ispahan et qu'il était devenu le conseiller d'un calife dont le père avait été tué par les Assassins. Dois-je vous expliquer qui sont les Assassins ?

— Je le sais déjà. Nous avons ici un géographe, Al-Idrisi, fort au fait de ce qui se passe dans le monde. Continuez, fit l'émir à la fois agacé et heureux d'avoir perdu son pari.

La partie d'eschets durerait plus longtemps.

Bartolomeo avait dû parler, songea Hugues. Rassemblant ses idées, alors que d'anciennes souffrances se ravivaient, il poursuivit son récit :

— Obligé de quitter l'Irak, le calife Al-Rachid s'était, sur les conseils de mon frère, réfugié à Ispahan où il pouvait espérer quelques appuis. Ma décision était prise : après avoir envoyé un rapport défavorable sur la situation des États d'Orient à Roger II de Sicile, je rejoignis Richard. Mais peut-être d'Avellino vous l'a-t-il déjà raconté ?

— Non, non, allez, je vous prie.

— Nous avons donc, Bartolomeo et moi, rejoint, non sans mal, Richard à Ispahan. La situation là-bas était tendue. Des messages de mort, ressemblant en tout point à ceux que j'ai vus ici, étaient arrivés au calife et à mon frère. Le calife était très malade et ne souhaitait plus qu'une chose : la paix. Décidé à négocier, il voulait envoyer mon frère à Alamut rencontrer le chef des Assassins et lui remettre une rançon en or pour payer sa vie. Mon frère lui avait donné sa parole qu'il le ferait. Le lendemain matin, alors que j'allais le voir pour lui dire que je désirais l'accompagner, je l'ai trouvé agonisant. Quant à la rançon, elle avait disparu… Un message était posé sur sa poitrine.

Hugues s'était arrêté. Il avait débité son récit d'une voix monocorde, laissant Tancrède découvrir avec stupéfaction l'existence d'un frère dont il ne lui avait jamais parlé. Un frère dont la fin avait été si douloureuse qu'il avait tenté de l'effacer de sa mémoire.

Combien de choses encore, se demanda le jeune homme, allait-il découvrir sur son maître ? Combien de terribles révélations, de drames avaient jalonné sa route si complexe ?

— Les Assassins avaient tenté de le tuer et il ne devait qu'à sa robuste constitution de vivre encore. Le calife a exigé alors que je tienne la parole donnée par Richard. Même sans l'argent, je devais aller à Alamut plaider sa cause auprès du Vieux de la Montagne. C'est ce que j'ai fait. J'ai laissé mon frère aux bons soins de Bartolomeo et je suis parti seul vers les monts d'Elbourz.

Coupant court à cette histoire qui semblait fortement le remuer, Hugues déclara :

— Donc oui, sire émir, pour répondre à votre question, je connais ce genre de message, mais je ne comprends pas plus que vous sa raison d'être ici, en Sicile. Le roi aurait-il des projets concernant l'Orient ?

— Non, il a assez à faire avec son royaume sans se soucier de conquêtes.

— Je m'en doutais, mais je voulais m'en assurer. Verriez-vous quelque inconvénient à ce que je visite la prison en compagnie du maître capitaine ?

Gaetano était apparu.

— Vous m'aviez dit de vous rappeler votre rendez-vous avec le roi, ô émir des émirs.

L'émir se leva et, tirant la tenture qui masquait la haute fenêtre, s'aperçut que la lumière avait baissé.

— C'est vrai. Reste là, veux-tu ?

Il soupira en pensant au message que le roi lui avait fait porter. Alors que, le matin même, il semblait uniquement préoccupé du vol de la couronne, il avait changé du tout au tout après la réception offerte aux guerriers fauves et le somptueux banquet qui avait suivi. Maion le savait, Guillaume était, quand il s'agissait de ses plaisirs, l'homme des décisions rapides. Jugeant que cette affaire de vol et de crimes était du ressort de son émir, il avait décidé de partir dès le lendemain à l'aube chasser au Parco Nuovo. De là, il gagnerait le palais de Maredolce où il resterait jusqu'à ce que tout soit réglé.

D'un autre côté, cela arrangeait l'émir qui, du coup, se retrouvait les mains libres. Même la reine, passé son premier moment de colère, lui avait promis son appui. Il se tourna à nouveau vers Hugues.

— Aucunement, messire de Tarse, répondit-il. Je vais rédiger un mot pour mon beau-frère et un laissez-passer pour vous et le sire d'Anaor. En attendant, patientez dans l'antichambre. Gaetano viendra vous chercher pour vous montrer vos appartements et vous conduire près de Simon.

C'était un congé. Hugues se leva, Tancrède et d'Avellino aussi. Gaetano, la mine attentive, écouta les instructions de son maître.

37

Une fois dans l'antichambre, les trois hommes restèrent sans mot dire. Hugues était perdu dans ses pensées. Tancrède, qui s'était laissé tomber sur une banquette, observait Bartolomeo qui marchait de long en large. La haine qu'il avait sentie chez cet homme l'intriguait et jamais son maître ne lui avait véritablement dit ce qui les opposait.

Au bout d'un moment, le chevalier noir parut avoir pris une décision et aborda l'Oriental :

— Vous croyez que vous allez résoudre cette affaire et retrouver la couronne ?

— Pourquoi pas ? répliqua Hugues. J'en ai résolu d'autres, rappelez-vous. Enfin, Bartolomeo, que me voulez-vous au juste ? Nous vous trouvons en Normandie[1] mêlé à ces pourvoyeurs de guerre, puis vous disparaissez soudain après vous être renseigné sur notre compte. Nous vous revoyons ensuite sur le même navire que nous en partance pour la Sicile. Enfin, vous vous volatilisez à l'escale de La Rochelle.

1. Voir *Le Peuple du vent*, *op. cit.*

La paupière de d'Avellino s'était mise à tressauter.

— Je vous ai cherché partout, Hugues et je serais allé jusqu'en Chine s'il avait fallu, ou dans les îles au nord du monde. Vous le savez aussi bien que moi, ce que je veux : venger Judith.

À ce nom, l'attention de Tancrède se fit plus vive. Il y avait donc une femme entre ces deux-là. Il remarqua le sursaut de son maître à l'énoncé du nom et la violence inhabituelle de sa réponse :

— Judith est morte et enterrée, d'Avellino ! Et rien ne la fera revivre. Nous nous sommes déjà affrontés en duel et je vous ai laissé pour mort. C'est fini. Vous entendez ? Fini !

Le tic s'accentua sur le visage du chevalier noir.

— Il ne fallait pas me laisser la vie sauve, alors. Quant à ma sœur, vous oubliez qu'on l'a jetée dans la fosse commune comme un paria.

— Pour mon malheur, je n'oublie rien. Pas plus l'amitié que j'ai eue pour vous que ma haine. Finissons-en. Si vous voulez vous battre encore, dites-le-moi.

— Le duel est déjà commencé.

— Que voulez-vous dire ?

— Vous le comprendrez bientôt.

Et sur ces énigmatiques paroles, Bartolomeo sortit de la pièce. Hugues allait s'élancer derrière lui, mais Gaetano, qui venait d'apparaître, l'interpella.

— Voulez-vous me suivre, messire ? Je vais vous montrer vos appartements puis vous conduirai à la prison où le maître capitaine vous attend.

Hugues évita le regard interrogateur de son protégé. Son visage était durci par la colère.

En sortant, ils se heurtèrent à un homme de haute taille vêtu d'un bliaud et d'un manteau de samit jaune, avec sur la poitrine un fermail byzantin orné de pierreries.

— Ah, Gaetano, te voilà ! fit-il en reconnaissant le page. Je voulais voir ton maître. Est-il là ?

— Non, comte de Marsico, il était fort pressé et vient de partir chez le roi.

— Je l'y verrai donc.

Le comte Sylvestre de Marsico allait faire demi-tour, mais Hugues s'était dressé en face de lui, lui barrant le passage.

— Où est-elle ? jeta-t-il d'une voix blanche.

— Pardon, messire, fit le comte en haussant les sourcils. Nous n'avons pas été présentés, je crois ?

— Messire est le sire Hugues de Tarse, intervint Gaetano, il est en affaires avec l'émir des émirs.

Le comte hocha la tête.

— Où est-elle ? répéta Hugues en haussant le ton.

— Mais de qui parlez-vous, enfin ?

— De votre promise, Eleonor de Fierville.

— De ma…

Le visage du comte changea. Il paraissait gêné soudain.

— Vous êtes de sa famille, peut-être ? Croyez que j'en suis désolé. Tout cela est un malentendu.

— Expliquez-vous !

— Cette affaire de mariage et d'alliance avec un fief normand ne me plaisait qu'à demi, commença le comte de Marsico.

— Vous préfériez sans doute agrandir vos fiefs en Italie, poursuivit Hugues à sa place, et c'est pour cette raison que vous avez épousé cette riche veuve calabraise. Je l'avais deviné. Ce n'est pas cela que je vous demande. Je veux savoir où est Eleonor de Fierville.

Le comte, qui s'attendait à quelque duel, parut presque soulagé :

— Mais elle est repartie chez elle, fit-il.

— Comment cela, repartie ? Vous avez envoyé des hommes pour la chercher à Syracuse.

— C'est vrai, mais alors, vous devez le savoir, j'étais en Italie avec le roi. J'ai ensuite chargé un de mes amis, à qui j'ai fait envoyer une grosse somme d'argent et des bijoux pour dédommager la demoiselle de Fierville, de lui trouver un bateau afin qu'elle puisse rentrer en Normandie.

— Un ami, dites-vous ?

Hugues avait pâli.

— Oui. Le sire Bartolomeo d'Avellino, reprit le comte. Il vous le dira lui-même. Je l'ai aperçu tout à l'heure. Il est au palais.

— Je vous crois, messire.

La voix d'Hugues s'était éteinte. Il avait enfin compris de quel duel parlait Bartolomeo. Ce dernier avait fait enlever Eleonor, la femme qu'il aimait, alors même qu'il était prisonnier de la Galca et de l'enquête qu'il devait mener. Écartelé entre le sort de Tancrède et celui de sa bien-aimée, une sourde douleur le tenailla. Quel terrible plan avait élaboré le chevalier noir pour venger la mort de sa sœur ? Judith... Elle arrivait encore à le blesser des années plus tard.

— Allons-y, messire, fit la petite voix du page. On nous attend.

Le comte de Marsico avait fait demi-tour sans que personne ne songe à le retenir.

38

— Gamaliel ! Gamaliel ! Réveille-toi !

L'homme s'assit sur sa couche. Théodora se tenait devant lui, elle paraissait affolée.

— Que se passe-t-il ?

— C'est à toi qu'il faut le demander, s'énerva la jeune femme qui venait d'apprendre par le caïd Pierre, le chef des eunuques, les meurtres de la salle du Trésor et le vol de la couronne. Où étais-tu la nuit dernière ? Où est-elle ?

— Mais de quoi parles-tu ? Et toi, où étais-tu ? répliqua Gamaliel, tout à fait éveillé maintenant. Tu n'étais pas dans tes appartements la nuit dernière.

— Comment ? Je n'étais pas… Mais où voulais-tu que je sois ? Je suis la maîtresse de ce harem, Gamaliel. Et s'occuper de toutes ces femmes est loin d'être simple. J'ai passé l'après-midi avec la nouvelle favorite, Rochésie. La petite est belle et vive, mais cela ne suffit pas. Je devais lui rappeler certains enseignements.

— Passe ces détails, veux-tu ? gronda Gamaliel. Si elle a partagé la couche du roi, cela n'explique pas que tu sois restée si longtemps absente. À moins que ce roi n'ait besoin de plusieurs femmes en même temps pour se prouver sa virilité ?

— Que vas-tu imaginer là ? fit-elle. Je n'ai jamais participé à ces sortes de jeux. Non, après, je suis allée voir sa rivale, Amina, l'ancienne maîtresse de Guillaume, pour lui expliquer comment regagner les bonnes grâces du roi. C'est tout, je te le jure. Tu es donc sorti de ta cachette. Tu sais que c'est dangereux et que tous te recherchent.

— Que croyais-tu ? Que j'allais resté enfermé à t'attendre ? Je ne suis plus un prisonnier, je ne serai plus jamais un prisonnier !

Théodora s'assit à ses côtés et demanda plus doucement :

— Est-ce toi qui as volé et tué, Gamaliel ?

— Mais enfin, de quoi parles-tu ?

— Ne me mens pas !

Elle s'était levée, les yeux brillants de colère, et Gamaliel la trouva encore plus belle ainsi. Le désir l'envahit, puis s'évanouit aussi vite qu'il était apparu. Il n'était plus un homme, songea-t-il alors qu'une nausée lui levait le cœur. Pourquoi n'était-il pas mort ? Comme dans un songe, il entendit sa maîtresse dire :

— On a volé le kamelaukion cette nuit, et tué trois gardes.

— Que t'importe tout ça, Théodora ?

— Crois-tu donc que je ne coure aucun risque en t'abritant dans cette chambre et en venant te voir chaque jour ?

— Pourquoi aurais-je volé cette couronne ?

— Pour te venger du mal qu'ils t'ont fait.

Le silence retomba. Gamaliel se leva et Théodora recula malgré elle en voyant l'expression terrible de son visage. Il l'attrapa aux épaules et la secoua avec violence.

— Je sais très exactement quel risque je te fais courir, Théodora. Je sais que tu peux me livrer quand tu veux. Qu'à cause de toi je peux mourir et que, malgré tout, je t'aimerai encore. N'as-tu pas compris qu'il est trop tard ? Que je suis déjà mort ?

— Gamaliel… essaya de protester Théodora.

— Quand ma vengeance sera accomplie, tu le sauras ! Pas avant ! Laisse-moi ! Et si tu veux me trahir, fais-le maintenant.

DE L'ENFER AU PARADIS !

39

Hugues était resté muet depuis leur rencontre avec le comte de Marsico et Tancrède se demandait comment venir en aide à Eleonor alors qu'ils étaient retenus à la Galca. Après avoir déposé leurs harnois dans l'un des appartements réservés aux invités, ils avaient traversé tout le palais, le jeune homme essayant en vain de mémoriser l'itinéraire complexe que suivait Gaetano. À voir la position du soleil dans le ciel, il songea que la journée était déjà très avancée. Ils arrivaient au pied d'une tour que Gaetano nomma la tour Grecque. Au rez-de-chaussée du bâtiment qui s'y accotait, des soldats en armes gardaient une petite porte de fer. Un officier à la longue cape galonnée d'argent, qui discutait non loin de là avec un sergent, héla le page.

— Te voilà enfin ! Crois-tu que je n'ai rien d'autre à faire qu'à t'attendre ?

Le frêle serviteur avala sa salive, mal à l'aise devant la face défigurée du guerrier et son terrible sourire.

— Pardon, maître capitaine, pardon ! geignit-il. Je vous présente les sires de Tarse et d'Anaor. L'émir des émirs m'a remis ceci pour vous.

L'officier arracha le message des mains du page, salua les deux hommes d'un bref coup de tête et lut les ordres de son beau-frère.

— Je suis à votre disposition, messires. Qu'attendez-vous de moi ?

— L'émir m'a déjà donné tous les détails sur l'affaire qui nous préoccupe, mais je vous demanderai de me la conter à nouveau. En attendant, j'aimerais visiter la geôle du fugitif.

— Bien, messire. Commençons donc par la visite de la prison.

Il se tourna vers Gaetano.

— Et toi, ne reste pas là à bayer aux corneilles ! Ton maître doit t'attendre.

Aussitôt, le page fila de toute la vitesse de ses courtes jambes.

— Suivez-moi.

Tancrède ne devait jamais oublier la prison royale. Étant dans l'enceinte du palais et de ses splendeurs, il avait imaginé que peut-être elle différait des autres. C'était le cas, mais pour le pire.

Une fois la porte franchie, il fut tout d'abord frappé par les relents d'urine, d'excréments, de sueur et de sang. Puis ce furent les bruits : des gémissements, des sanglots, des appels à l'aide, des cris. Il frissonna en suivant son maître et leur guide dans les corridors étroits et sombres sur lesquels s'ouvraient des dizaines de portes munies de guichets. Un gros rat passa entre leurs jambes que l'officier chassa d'un coup de pied rageur. Ils traversèrent une pièce dont la moitié formait une vaste cage au fond de laquelle étaient recroquevillés des êtres hirsutes et en haillons.

Puis ils poussèrent la porte de la salle des gardes où des soldats, sales et harassés, étaient affalés à boire et à jouer aux dés. Ils se dressèrent d'un bond à l'apparition du maître capitaine. Le lieu était aussi sinistre que le reste, la table et ses grossiers escabeaux, la vaisselle ébréchée dans laquelle des morceaux de graisse surnageaient au-dessus d'un bouillon grisâtre, les lits de camp où devait grouiller la vermine, le tout éclairé par la lueur parcimonieuse d'un soupirail.

— Où est le sergent ? gueula Simon.

— Dans la Salle, maître capitaine, répondit l'un des hommes.

De la façon dont le soldat avait prononcé ce nom, la Salle était un endroit à part.

— Suivez-moi ! ordonna Simon en les entraînant plus avant.

Il semblait connaître les lieux par cœur et malgré l'absence, ici et là, de torche, prenait sans hésitation les couloirs qui l'intéressaient. Les cris se faisaient de plus en plus aigus. Tancrède sentit son cœur cogner dans sa poitrine. Il pressentait ce vers quoi ils marchaient d'un bon pas mais se refusait à y penser.

Enfin, il sut ce qu'était la Salle, ou du moins le crut-il. Ils pénétrèrent dans une vaste pièce éclairée par des flambeaux. Des chaînes au mur, des braseros, partout de singuliers appareils de métal dont il ne voulait imaginer la fonction. Des hommes en tabliers de cuir souillés de taches brunâtres, leurs aides torse nu, ruisselants de sueur. Mais surtout, attachés aux parois, des détenus.

L'un d'eux, gémissant, ficelé sur une table, les yeux couverts d'un bandeau sanglant, des moignons à la place des mains. Un autre, le buste couvert de plaies et de brûlures, la tête sur la poitrine, inconscient. Un troisième, et c'était celui qui hurlait, subissait le supplice du feu. Le bourreau lui appliquait un fer rougi sur le torse.

— Ceci n'est pas la Salle, n'est-ce pas ? remarqua calmement Hugues. Et je ne vois là que des bourreaux et leurs aides, mais aucun sergent.

Le maître capitaine parut surpris. Il ne pouvait savoir que le Gréco-Syrien connaissait la prison mieux que lui-même.

Hugues insista :

— Je suppose que Maion de Bari vous a suggéré de nous faire passer par là ?

— Il m'a demandé de vous conduire ici, mais c'était pour que vous voyiez ces hommes. Celui-là…

Il montrait l'homme aux moignons.

— … c'est Robert de Loritello. Et celui-là…

Il désignait le détenu inconscient attaché au mur. Pendant un bref et terrible instant, Tancrède se demanda qui ils allaient découvrir là. Puis, il pensa à ce demi-frère inconnu qui, peut-être, gisait devant lui. Dans ce lieu d'enfer, toutes les horreurs devenaient possibles.

Simon saisit le supplicié par les cheveux et releva sa tête. Le visage était méconnaissable, couvert de sang et de croûtes séchées. À la place des yeux, il n'y avait plus que deux orbites noires.

— Un des chefs de la rébellion : Robert de Capoue. Capturé dans les Pouilles, ramené ici par notre roi. Il nous a suppliés de l'épargner et il gémissait comme un enfant quand on lui a crevé les yeux.

— Qui ne gémirait sous le fer du bourreau ? rétorqua Hugues d'un ton sec.

Le maître capitaine s'était tourné vers l'autre supplicié. Il fit signe à l'exécuteur de s'arrêter, celui-ci enfonça la pointe de sa lame dans le brasero et attendit, les bras croisés.

Le regard de Tancrède croisa celui du condamné qui hurla :

— Tuez-moi ! Par Dieu, messire, tuez-moi !

— Celui-là, c'était leur chef à tous. Geoffroi de Montescaglioso. Il finira les yeux crevés, lui aussi, et la langue coupée.

Le bourreau avait laissé le métal passer au rouge. Sur un geste de Simon, il le saisit de son gant de cuir puis se tourna lentement vers le condamné qui hurla.

Ce n'était pas tant l'odeur de chair brûlée que son impuissance à empêcher tout cela qui donna la nausée à Tancrède. Il se détourna et, plié en deux, vomit contre le mur.

La voix d'Hugues le ramena à lui.

— Venez, Tancrède ! Sortons d'ici.

Le jeune homme le suivit d'un pas mal assuré, se demandant quelles autres horreurs recelaient ces lieux. Ils descendirent quelques marches et arrivèrent bientôt à la Salle, une pièce glacée et humide où étaient déposés des cadavres serrés dans des linceuls souillés. Un sergent s'employait à noter dans son registre les noms des morts. Il suspendit son geste en voyant entrer Simon et le salua avec respect. Quelques instants plus tard, il leur ouvrait la porte de la cellule du mystérieux évadé.

40

Pendant qu'Hugues détaillait l'intérieur de la geôle : la civière et la lance que Simon avait donné ordre de laisser sur place, la tarentule dans sa toile, l'ouverture par laquelle s'était glissé le détenu, le dallage, le soupirail… le regard de Tancrède s'arrêta sur ce qu'il prit pour un dessin dissimulé par un tas de paille souillée.

Ce fut comme s'il avait entendu la question que lui posait si souvent son maître :

— *Qu'avez-vous vu ?*

C'était un jeu que tous deux pratiquaient depuis des années. Hugues, aux moments et dans les lieux les plus insolites – église, route, auberge –, faisait appel à la mémoire de son protégé, l'aiguillonnant avec des sujets aussi divers que la couleur d'une mosaïque, les boutons d'un vêtement, le nombre de soldats d'une patrouille, les canards posés au milieu d'un étang…

Tancrède se pencha, écarta la paille et découvrit des encoches dans la pierre. Il y en avait tant qu'il mit un moment à les compter. Si chacune représentait un jour, c'étaient des mois qui étaient couchés là. Il rejoignit son maître et lui glissa quelques mots à l'oreille, l'attirant de ce côté. Hugues hocha la tête et seul l'éclat de ses yeux fit comprendre à son protégé qu'il y avait là matière à réflexion.

Impassible, le maître capitaine les observait. Enfin, il remarqua :

— J'ai déjà fouillé cette pièce et je me suis fait expliquer l'existence de ce regard.

Avec la rigueur d'un soldat, il relata tout ce qu'il avait appris sur la présence d'une ouverture menant aux *qanats* du palais.

— Vous avez retrouvé le corps du geôlier ?

— Oui. Il a été tué d'un coup de poignard. Une arme arabe. Comme les autres.

— Pas si vite, voulez-vous ? fit Hugues d'une voix douce. Quel armement portent les geôliers de la prison royale ?

— Une lance, parfois un gourdin, toujours un poignard.

— De quel type ?

— Une lame arabe. Elles sont faites par un des forgerons de la Kalsa.

— Notre meurtrier a donc utilisé l'arme de sa victime. Je suppose que vous ne savez toujours pas qui il était ?

Simon, qui avait en vain étudié tous les registres et interrogé les geôliers, secoua la tête négativement.

— Vous avez eu, m'avez-vous dit, les plans des *qanats* ?

— Oui. Et j'ai aussitôt posté des gardes devant tous les regards ouvrant à l'intérieur du palais.

— Ces regards débouchent dans des canaux remplis d'eau ?

— Oui.

— Et ces canalisations se retrouvent partout dans le palais mais aussi, dites-moi si je me trompe, elles courent sur des lieues et des lieues et mènent en d'autres endroits, dans la campagne environnante et même jusqu'au port de la Cala. Les *muqannis* ont dû vous donner un relevé de ce réseau dans et en dehors de la Galca.

— C'est exact.

Tancrède se demanda où son maître voulait en venir puis la réponse lui apparut. Le condamné aurait pu s'enfuir, or il ne l'avait pas fait. À moins que les autres crimes ne soient pas de sa main.

— Il n'est pas tant important de savoir qui il est que de comprendre ce qu'il a fait et pourquoi. Maintenant, je voudrais voir les lieux des autres crimes. La salle d'audience et là où on a tué le *fityan*.

— C'était non loin du harem et du *tiraz*.

La voix de Simon s'était faite moins ferme. Cet homme allait-il oser lui commander de le conduire dans le harem du roi ?

— Mais je ne peux vous mener dans cette partie du palais, affirma-t-il. Vous êtes des étrangers…

— L'émir des émirs nous a donné un laissez-passer valable partout ?

— Oui, répondit Simon à contrecœur.

— Alors conduisez-nous là où je vous l'ordonne ! conclut Hugues avec autorité.

41

Quelques instants plus tard, alors qu'ils étaient dans la salle d'audience, Simon leur expliquait la mort du garde.

— Vous dites une lame effilée comme celle du premier meurtre ?

— Oui, messire.

— Et le message rédigé en arabe posé près du corps du garde. Je me demande où notre évadé a pu trouver une écritoire.

Simon réalisa qu'il n'avait jamais songé à cela.

— Continuez… Continuez.

Le maître capitaine semblait de plus en plus dépassé par l'étrange clairvoyance du Gréco-Syrien. Arrivé dans le couloir menant au harem, il s'arrêta, montrant la position de l'eunuque au moment de la mort, décrivant sa blessure.

— Et là, il n'y avait aucun message ?

— Non.

— Vous souvenez-vous de cette phrase d'Événus citée par votre cher Aristote sur l'habitude ? demanda soudain Hugues en se tournant vers son protégé.

— *L'habitude est une seconde nature*, hasarda Tancrède qui, ces derniers temps, avait une fâcheuse tendance à oublier ses classiques.

— C'est bien cela. Il est singulier qu'il n'y ait pas eu de message sur ce corps. Continuons, voulez-vous ? Si mes souvenirs sont bons, en plus de leurs sabres, les *fityan* portent tous un trousseau de clés ouvrant, entre autres, le harem et le *tiraz*.

Pour le coup, le maître capitaine resta muet. Il était incapable de se rappeler si le trousseau était ou non à la ceinture du mort. Il n'y avait pas prêté attention.

— Qui est le chef des eunuques ?

— Le caïd Pierre.

— Allons le voir !

— Attendez-moi, messires. Je dois le faire prévenir.

Se rappelant la puissance de la caste des eunuques à l'intérieur du palais, Hugues acquiesça, pensant aussi que cela lui donnerait le temps de réfléchir. Il affichait une assurance qu'il n'avait pas. Le fait que les messages soient rédigés en arabe et, semblait-il, dus aux Assassins troublait son jugement, il le savait. Il encouragea Tancrède à s'asseoir sur le banc recouvert de coussins que lui désignait le soldat et regarda celui-ci s'éloigner.

La chaleur devenait moins lourde et, par les fenêtres, Tancrède voyait la lumière du soleil s'atténuer. Au moment où il allait demander son avis à son maître, un officier de la Légion s'approcha d'eux. C'était Mustapha, celui qui les avait conduits au palais.

— Messire de Tarse, messire d'Anaor, je vous salue. J'ai un message pour vous de l'émir Khalil.

Le Gréco-Syrien prit le vélin et remercia le soldat qui tourna les talons.

— Avant que vous me posiez des questions, Tancrède, sachez qu'hier au soir j'ai demandé à Khalil de m'aider à retrouver Eleonor. Khalil est un homme plein de ressource. Mais je n'espérais pas des nouvelles si tôt.

Les doigts d'Hugues froissaient le message et, dans son regard, l'inquiétude le disputait à la joie.

— Ouvrez-le ! Qu'attendez-vous ?

L'Oriental obéit et s'absorba dans l'écriture complexe de son ami.

À mon frère,

Ainsi que tu me l'as demandé, j'ai envoyé des gens sur la trace de la gazelle du désert.

À cet énoncé, un sourire éclaira le visage anxieux d'Hugues.

Puisque tu m'avais parlé du sire de Marsico, j'ai eu idée de chercher dans ses propriétés autour de Palerme. Je l'imaginais mal cachant dans son harem personnel une aristocrate normande. Grâce aux registres de la Dohana baronum, je savais qu'il avait une maison à Cefalù, à l'est de Palerme. La gazelle était là. Arrivée de jour, dans un chariot bâché, elle avait été vue au moment où elle en franchissait le seuil. Je croyais la chasse finie. Las, elle était repartie. Moyennant quelque menue monnaie, les serviteurs ont confié à mes gens que des chevaliers l'avaient emmenée, déguisée en homme. Ta gazelle étant escortée d'un chien comme nul n'en a jamais vu ici, heureusement tu me l'avais décrit, il a été repéré par un homme de la

Légion à une porte de Palerme ce matin. Il ne reste plus qu'à demander à notre ami le Chypriote de trouver ta gazelle dans notre cité. Ce que j'ai fait. Qu'Allah te protège, toi et les tiens. Ton frère Khalil.

— Le Chypriote, murmura-t-il.

Que de souvenirs l'assaillaient depuis qu'il était revenu en Sicile… Il se rappelait une nuit de pleine lune, des ruelles sombres, des appels à l'aide et l'éclat des lames… Hugues s'était battu jusqu'à ce que l'arrivée de la patrouille mette les derniers assaillants en fuite. Le miséreux qu'il avait sauvé de ses tortionnaires s'était jeté à ses pieds en lui disant que sa vie lui appartenait. Il venait de Chypre et se nommait Ibrahim.

— Alors ? s'impatienta Tancrède. Et Eleonor ?

— Elle est à Palerme, et Khalil est sur sa piste. Je n'ose croire que d'Avellino l'ait ramenée chez lui.

— Chez lui ?

— Il possède un palais fortifié au centre de Palerme.

Un sourire éclaira le visage du jeune homme. Longtemps, il avait espéré se faire aimer de la jolie Normande jusqu'au jour où il s'était aperçu que son maître et elle étaient follement épris. L'émoi qu'il ressentait s'était peu à peu transformé en franche amitié.

— Ayez confiance ! s'écria-t-il. Où qu'elle soit, même dans une forteresse, nous la libérerons bientôt. Mais qui est ce Chypriote dont vous parliez ?

— À l'époque où je l'ai connu, un pauvre diable en haillons. Je l'ai aidé à s'établir chez un marchand de tissus arménien. D'après Khalil, il est devenu à la fois l'incontournable fournisseur de la Cour et une redoutable crapule. Il sait tout, voit tout, et même les barons normands le ménagent. S'il se met à la recherche d'Eleonor, il la trouvera.

Le pas décidé du maître capitaine retentissait à nouveau sur le dallage. L'officier parut bientôt, escorté d'un personnage singulier.

42

Fils d'Esclavon, garçon intelligent et obstiné, Pierre avait été castré par sa famille le jour de ses six ans et confié aux eunuques du palais. Les années avaient passé et le jeune *fityan* était devenu le caïd Pierre, un personnage puissant, à la fois chef des eunuques et influent personnage politique. Au physique, il était gras et lourd et son corps était couvert de bijoux : un collier autour de son cou épais, des bagues à ses doigts boudinés, une ceinture rehaussée de pierreries autour de la taille et des bracelets à ses chevilles et à ses poignets. Tout cela faisait du bruit quand il se déplaçait, avertissant tout un chacun que le chef des eunuques arrivait. Comme les autres *fityan*, il était vêtu du traditionnel pantalon de soie jaune et d'un gilet brodé s'ouvrant sur son énorme ventre.

Hugues ne se rappela pas l'avoir déjà rencontré. L'homme était jeune et ne devait pas occuper une place aussi éminente quand il avait quitté la Sicile.

— Bonjour, messires, fit Pierre d'une voix qui aurait mieux convenu à un enfant qu'à un homme de sa corpulence et de son âge. Vous avez demandé à me voir.

Hugues s'était levé et le salua fort courtoisement, Tancrède fit de même. Après les présentations et salutations d'usage dont le caïd était friand, il les invita à le suivre.

— Nous serons mieux chez moi, dans le harem.

Quelques instants et quelques portes plus tard, les deux hommes et l'officier pénétraient dans l'enceinte du harem. En fait, un vaste corridor par où les serviteurs apportaient la nourriture aux femmes.

Tancrède, qui s'attendait à quelque vision de rêve, en fut pour ses frais. C'était un couloir comme les autres, et même plutôt moins beau que les autres avec ses murs blanchis à la chaux. Le caïd ouvrit une porte conduisant à ses appartements, puis s'affala en soupirant d'aise sur un amas de coussins.

— Prenez place, je vous prie, dit-il en désignant d'énormes poufs aux tissus bariolés.

Sur une table basse, dans une coupelle, étaient disposés des amandes et des pignons de pin que Tancrède regarda avec envie, songeant avec regret au fort lointain petit déjeuner préparé par Sélim.

Ils étaient à peine assis qu'une esclave apparut.

— Un peu de *zamù* vous plairait-il ? demanda le caïd.

— Volontiers, dit Hugues.

La femme réapparut bientôt et ce qu'elle apportait réjouit la vue de Tancrède qui réalisa soudain qu'il avait une faim de loup. Elle déposa devant eux des *foccacia cu'meuza* et des *stigghioli*, des pains fourrés de pancréas frit et des brochettes de tripes de cabri, servit l'alcool d'anis coupé d'eau fraîche à tout le monde, et ressortit aussi discrètement qu'elle était entrée.

— Allez, allez, servez-vous ! fit l'eunuque en dévorant l'une des brochettes qu'il arrosa copieusement de *zamù*.

— Je sais que l'heure du déjeuner est loin, s'excusa Pierre, mais j'ai toujours faim à cette heure-ci. Ce qui ne m'empêchera pas de manger à nouveau ce soir. Allez, faites-moi plaisir !

Tout en bénissant intérieurement les habitudes de leur hôte, Tancrède attrapa une brochette dégoulinante de graisse. L'odeur des *stigghioli* était nauséabonde, mais leur goût était délicieux. Hugues et Simon avaient saisi des pains fourrés.

Le caïd dégustait ces mets populaires avec vénération, les regardant du coin de l'œil. Enfin, il se lava les mains dans une vasque apportée par son esclave, la tendit à ses invités et demanda :

— Qu'attendez-vous de moi, messires ?

— On m'a parlé de vous, sire caïd, de votre discernement et de votre sagesse, répondit Hugues. C'est cela que j'attends.

Loin de songer qu'il y avait là quelque flatterie, le caïd se rengorgea et frotta avec satisfaction ses doigts boudinés l'un contre l'autre.

Le maître capitaine ne disait rien, trop heureux de ne plus être la cible des questions du redoutable Gréco-Syrien.

— Paix à son âme, poursuivit Hugues. Un eunuque a été tué qui était de votre famille, je crois ?

— Dieu est grand. Oui, c'était mon cousin Philippe.

La voix de Pierre tremblait.

— Vous avez vu le corps ?

Le caïd ne répondit pas. Il semblait plus touché qu'il ne voulait l'avouer par la mort horrible de son cousin.

— Pardonnez ces questions qui peuvent vous blesser, s'excusa Hugues, mais, grâce à vos réponses, j'espère retrouver le meurtrier et venger la mort de votre parent. Avez-vous remarqué s'il portait à sa ceinture son trousseau de clés ?

Le front du caïd se plissa sous l'effort.

— Non, vous avez raison, il ne l'avait pas… mais alors cela veut dire que le criminel possède les clés du harem !

À cette déclaration, le maître capitaine avait blêmi. Le *fityan* allait se lever avec difficulté, Hugues le retint d'un geste :

— Attendez ! J'ai encore besoin de vous. Je crois, maître capitaine, que vous m'avez dit avoir fouillé le harem et le *tiraz* ?

— Oui, déclara l'officier. Pas une pièce n'a été épargnée, pas un recoin, pas un coffre.

— Mais vous ne croyiez pas vraiment qu'il était là puisque vous n'aviez pas remarqué la disparition des clés ? Et sans doute n'avez-vous pas voulu effaroucher les femmes ? Avez-vous clairement demandé si l'une d'elles avait aperçu un étranger cette nuit-là ? Un homme en haillons, trempé et armé d'un khandjar ?

— Non, marmonna Simon, mal à l'aise.

— Si quelqu'un se cachait là, il aurait pu vous échapper ?

L'officier ne dit mot et son silence était un aveu.

— Caïd, quelles sont les courtisanes les plus influentes du harem ? Celles qui le dirigent ?

— Ce n'est pas la même chose, précisa Pierre. Les plus influentes actuellement, l'ancienne maîtresse du roi, Amina, et la nouvelle, une petite Esclavone rousse du nom de Rochésie… et celle qui le dirige : Théodora, bien sûr.

— Qui est Théodora ?

— La plus belle.

Alors qu'il disait ces mots, ses yeux brillaient. Il attrapa une poignée d'amandes qu'il croqua avant de continuer :

— Une courtisane d'origine byzantine, arrivée ici enfant. Mais en quoi cela vous intéresse-t-il ?

— Je veux que vous nous conduisiez au harem. Je veux les rencontrer toutes les trois.

— Mais je ne sais... commença à protester Simon.

— Préférez-vous que j'explique certains de vos oublis à votre beau-frère ?

L'officier baissa la tête.

— Allons-y, fit-il en aidant le gros homme à se redresser.

43

Dissimulé par les plis d'un burnous, Gaetano marchait du plus vite qu'il pouvait. S'absenter du service de Maion était toujours difficile. Mais il devait parler à son maître. Il se passait tant de choses !

Enfin, il frappa trois coups rapides à la porte d'une maison proche de la Galca. Un vieil homme vint le chercher, pour le conduire vers celui qui l'attendait, adossé à un amas de coussins. Le Chypriote fit signe au page de s'asseoir. Depuis le vol de la couronne, il était, comme lui, tendu et nerveux.

— Tu n'as pas été suivi ?

— Non, mon maître.

— Maion ne se doute de rien ?

— Je ne crois pas. Mais...

Un frisson parcourut l'enfant.

— Quoi ?

— J'ai peur, mon maître, bafouilla le page. S'il devinait... Et puis tous ces morts. Et si c'était moi le prochain ? Peut-être vaudrait-il mieux...

— Que tu me dises ce pour quoi je te paye grassement, petit, gronda le gros homme. Crois-tu que tu puisses te cacher dans un terrier comme un lapin ?

— Non, mon maître. Non.

Ibrahim jeta une pièce que le gamin attrapa au vol, mordit et dissimula dans la fente de sa ceinture.

— Allez, maintenant, je t'écoute.

— Le roi va partir demain pour le Parco Nuovo avec les barons, il ira ensuite s'établir à Maredolce jusqu'à ce que tout soit fini.

— Continue.

— Maion de Bari a confié l'enquête sur le vol de la couronne au sire de Tarse.

— Plutôt qu'à d'Avellino ?

— Oui.

Et l'enfant raconta les démêlés de l'émir avec le duc Ruggero Sinibaldo et ce qu'il avait saisi de l'algarade entre d'Avellino et Hugues de Tarse.

— Et après ?

— L'émir les a logés au palais. Ils ont rencontré le sire de Marsico, et le sire de Tarse lui a demandé où était Eleonor de Fierville.

— Continue.

— Je les ai ensuite accompagnés jusqu'à la prison où le maître capitaine les attendait.

— Étonnant que l'émir fasse confiance à un étranger plutôt qu'à d'Avellino, réfléchit tout haut le marchand. Car enfin, l'émir ne connaît pas Hugues de Tarse ?

— Non, mon maître, de cela je suis sûr. Mais je ne crois pas qu'il ait davantage confiance en lui que dans le chevalier, observa le gamin. L'émir des émirs ne fait confiance à personne qu'à lui-même et à son jeu d'eschets.

Le Chypriote, qui retrouvait dans ce gamin perspicace l'enfant qu'il avait été, se retint d'approuver sa remarque et le chassa d'un geste.

— Retourne au palais, maintenant !

Une fois le page sorti, Ibrahim ferma les yeux. Depuis qu'il avait appris le retour d'Hugues, des sentiments troubles l'agitaient : culpabilité, angoisse... Il se demandait surtout comment manœuvrer pour sortir indemne d'une affaire qui prenait un tour qu'il n'avait pas prévu. Les assassinats n'étaient rien, le vol de la couronne, par contre, et ces messages...

À côté de cela, il avait une monnaie d'échange. La femme que recherchait Hugues de Tarse.

Un sourire apparut sur les lèvres épaisses du marchand de tissus. Peut-être tout n'était-il pas perdu ? Encore faudrait-il jouer habilement. Il appela son serviteur, demanda son écritoire et, choisissant sa plus belle plume, écrivit à Hugues de Tarse.

LES HOURIS
DU ROI GUILLAUME

44

En homme habitué à gérer les complexités des relations humaines, le caïd s'ingénia à les faire passer par des chemins détournés à l'intérieur du harem. Étroits corridors, portes entrouvertes, tentures, tout cela masquait un univers que Tancrède désespérait de découvrir.

Il aurait voulu, après l'horreur de la prison, trouver là une beauté qui le réconcilierait avec le monde des hommes. Pourtant, ce qu'il finit par apercevoir le laissa perplexe : dans une cour intérieure, surveillés par leurs mères, couraient des enfants, et plus loin, un maître de musique enseignait l'*oûd* et la vièle d'archet à des jeunes filles attentives. Ils croisèrent quelques eunuques qui les saluèrent avec respect, de vieilles femmes, des esclaves, mais aucune de ces houris dont il rêvait.

Enfin, le caïd Pierre souleva une lourde tenture, les faisant entrer dans une pièce aux murs épais dont la seule ouverture masquée d'un voile donnait sur un balcon de pierre sculptée. La lueur du soleil couchant filtrait à travers le voile, y allumant des reflets moirés.

— Vous serez plus tranquilles que dans mes appartements, murmura le caïd. Ici, une fois la porte fermée, personne ne peut nous écouter. C'est le lieu d'où je vois tout sans être vu.

Tancrède se demanda ce que le caïd voulait dire. Un courant d'air soulevait le voile. Il hésita à s'approcher.

— Il serait mieux, maître capitaine, que vous nous laissiez interroger ces femmes hors de votre présence, déclara Hugues.

Simon hocha la tête d'une façon toute militaire.

— Bien, fit-il.

— J'aurai besoin de vous ensuite.

— Le caïd n'aura qu'à me faire appeler, il sait où me trouver. À vous revoir, messire de Tarse. Messire d'Anaor.

Après les avoir salués, il sortit et Pierre remarqua de sa voix d'enfant :

— Je ne crois pas que vous vous soyez fait un ami, messire.

— *Qui cesse d'être ami ne l'a jamais été*, répliqua Hugues.

À cette phrase de Hiéron, le tyran de Syracuse, qu'il se souvenait d'avoir lue quelque part dans Aristote, Tancrède ne put s'empêcher de sourire. Il aimait quand son maître émaillait sa pensée de citations. Cela lui rappelait le temps insouciant de son enfance, mais c'était aussi le signe que le message de Khalil l'avait apaisé. Savoir que quelqu'un recherchait Eleonor lui redonnait la liberté d'esprit dont il avait besoin pour mener à bien son enquête.

— Voilà une phrase qui me plaît, dit l'eunuque, et que je citerai à l'occasion. Quelle courtisane désirez-vous interroger en premier, messire ?

— Rochésie. Que savent-elles au juste de ce qui s'est passé dans le palais ?

— En principe, messire, rien. En fait, quasiment tout. Du moins sur les premiers meurtres…

L'eunuque hésitait.

— Mais vous n'êtes pas sûr qu'elles soient au courant du vol du kamelaukion ?

L'eunuque soupira.

— Le harem est un univers compliqué, messire. Imaginez une tapisserie dont chaque brin de laine serait à la fois solidaire et ennemi de celui avec lequel il voisine. Du coup, le motif d'ensemble n'est jamais celui que l'on croit.

Comme Hugues se taisait, l'eunuque conclut :

— Je vais chercher Rochésie.

Une fois le *fityan* sorti, Tancrède s'approcha enfin du voilage dont le bruissement léger et la couleur orangée le fascinaient. Comme les voiles des anciens mythes, il semblait là pour masquer l'indicible, la beauté et le mystère aux yeux des mortels. Le balcon, d'où il apercevait les voûtes sculptées et les peintures du plafond qu'éclairaient les derniers rayons du soleil, surplombait une salle dont les hautes portes ouvraient sur un jardin.

Oubliant tout ce qui l'entourait, fasciné, Tancrède laissa le voile effleurer son visage. Combien de femmes y avait-il là ? Il n'aurait su le dire, deux cents… Trois cents…

Un bruit mouillé guida son regard vers une fontaine. L'eau qui s'en écoulait passait dans un bassin avant de gagner le jardin par une série de canaux où filaient des poissons aux reflets d'argent. Sur une île, au milieu de la pièce d'eau, poussaient des buissons de lauriers-roses.

Des mosaïques d'or et de pourpre, des colonnades ouvragées, de somptueux tapis et tentures attiraient l'œil, mais ce n'était rien en comparaison de ces bouquets de fleurs aux couleurs vives qu'étaient les femmes. Vêtues de soieries transparentes, parées de bijoux des chevilles jusqu'aux cheveux, chantant, dansant, elles riaient et discutaient comme des enfants libres et sans souci.

Il y avait là des Syriennes, des Chypriotes, de fières et grandes Éthiopiennes, des Byzantines, des Andalouses et, au milieu de ces chevelures brunes, de ces peaux mates, la blancheur et la blondeur d'une Esclavone, ces femmes slaves aux corps minces et souples comme ceux des damoiseaux.

— *Où les femmes sont si belles qu'on les enferme…*, murmura la voix moqueuse d'Hugues à son oreille. Encore un pan de votre prédiction qui se réalise. Je vous avais prévenu, les femmes orientales sont belles… parfois trop. Venez, mon ami, notre hôte ne va pas tarder.

Encore ébloui, déjà sous le charme d'un visage entrevu, d'un rire, d'un corps gracieux, d'une chevelure, Tancrède s'arracha à regret à la contemplation du harem et suivit son maître vers les banquettes de tissu.

Au même moment, le caïd entra, accompagné d'une femme à la chevelure flamboyante.

45

Au premier abord, Rochésie était si petite qu'on aurait dit une enfant. Elle marchait en faisant cliqueter les bijoux de ses chevilles. Nue jusqu'à la taille qu'elle avait très fine, ses seins ronds fièrement dressés, elle tenait en laisse un minuscule singe en gilet et culotte de soie qui jouait avec les boucles de sa longue chevelure.

— Voici Rochésie. Elle parle latin, messire.

— Le bonjour, Rochésie, assieds-toi, fit doucement Hugues.

— Le bonjour, messires, fit la jeune fille que les pirouettes de son animal favori semblaient davantage intéresser que la présence des étrangers. Sucre, sois gentil ! ordonna-t-elle en tirant sur la laisse.

Le singe sauta sur son épaule où il se nicha.

— Il est mignon, n'est-ce pas ? Il s'appelle Sucre.

— Quel âge as-tu ? demanda Hugues.

— Je ne sais, messire. Treize ou quatorze ans… ou plus.

— Tu es là depuis quand ?

— Depuis quelques mois, messire.

Elle se tourna vers le caïd Pierre qui précisa :

— Elle est là depuis six mois.

— Ma famille et moi étions sur le marché aux esclaves. Un émir m'a achetée en présent pour le roi.

— Six mois. Et qu'as-tu fait pendant tout ce temps ?

— Oh, cela a passé vite, messire ! J'ai appris le latin, la danse, la musique. Et Théodora m'a enseigné d'autres arts.

— C'est Théodora qui t'a formée ?

— Oui. Elle dirige le harem et s'occupe de notre éducation et de bien d'autres choses encore. Elle est sévère parfois, mais juste. Vous savez, messire, plaida la petite, on est comme des soldats ou des moines.

Tancrède songea qu'il n'avait jamais vu d'aussi joli soldat ni d'aussi joli moine. Il s'obligeait à regarder le singe qui jouait avec ses boucles rousses pour ne pas fixer le bout pointu de ses seins.

— Elle est comment, Théodora ?

— Belle !

Le mot avait jailli spontanément. Un peu de rouge monta à ses joues.

— Les autres ne l'aiment pas, mais moi je la trouve si… si…

Elle ne trouvait pas ses mots et conclut :

— Je voudrais devenir comme elle plus tard.

— La nuit où l'eunuque Philippe a été tué, où étais-tu, Rochésie ?

Au souvenir de cet événement qui lui avait donné des cauchemars, la petite eut une grimace effrayée, la faisant plus que jamais ressembler à une enfant.

— Je dormais, messire. J'aime dormir. Je dors beaucoup. Parfois, Théodora me dit que je dors trop. Ici, au palais, j'ai un joli lit tout plein de coussins et des draps si doux et légers que même quand il fait chaud, je ne les sens pas sur ma peau. Et puis, Sucre reste tout près de moi.

— Tu n'as rien vu d'anormal ?

— Non, messire. Qu'aurais-je dû voir ?

— Rien. As-tu entendu l'orage la nuit dernière ?

— Euh, non, messire. J'étais avec le roi.

— Merci, Rochésie.

Il fit signe au caïd que l'entretien était fini.

— Je veux voir Amina.

L'eunuque demanda à la jolie rousse de le suivre.

— Au revoir, messires. Viens, Sucre !

La porte se referma.

— Pourquoi aller si vite ? demanda Tancrède en revenant vers Hugues.

— Ce n'est qu'une enfant insouciante. Et elle est ici depuis trop peu de temps.

Après un bref moment d'incompréhension, le visage du jeune homme s'éclaira :

— Les traces sur le mur de la prison.

— Continuez ! l'encouragea Hugues.

— Si l'homme de la prison est le même que celui venu au harem, il n'aurait pu connaître la petite Rochésie.

— Vous progressez, fit Hugues. Vous n'aurez bientôt plus besoin de moi.

— J'aurai toujours besoin de vous, protesta Tancrède. Même si l'on imagine que notre mystérieux évadé n'a pas indiqué tous les jours, il était là depuis au moins six mois.

Il se tut puis ajouta :

— Et si c'était quelqu'un de sa famille ? Un père ou un frère ?

— Les Esclavons ne sont pas conduits à la prison royale et notre fugitif est un homme de guerre.

Des coups discrets retentirent à la porte.

Le caïd revenait, accompagné d'une Orientale vêtue de longs voiles de couleur, des rubans dans ses cheveux dénoués, des mules serties de pierreries aux pieds : Amina, l'ancienne favorite de Guillaume Ier.

Ronde et de petite taille, parfumée d'ambre et de musc, les yeux noirs, le visage large, les lèvres pleines, Amina ne retenait pas l'attention au premier regard comme Rochésie. C'était en la voyant bouger qu'on percevait ce qui devait séduire ses amants. Cette sensualité molle et enveloppante qui vous faisait comprendre que cette femme-là n'avait de force que pour la volupté.

— Je vous présente Amina, fit le caïd. Désirez-vous que je vous laisse seuls avec elle, messires ? Elle parle l'arabe et le latin.

— Non, restez, je vous en prie. Nous parlerons arabe.

Très à l'aise, malgré la présence d'étrangers, la femme s'était assise sur des coussins en face d'eux, étalant ses longs voiles autour d'elle, mettant en valeur l'opulence de son buste et la finesse de ses chevilles.

— Pierre m'a dit que vous étiez des amis de l'émir des émirs.

— Quelque chose comme ça, Amina, éluda Hugues. En vérité, j'aimerais que tu répondes à mes questions.

— Je me garderai de déplaire à l'émir ou à vous, messire, fit la courtisane avec un sourire qui découvrit des dents d'une blancheur éclatante.

Elle devait sourire ainsi à tous ses amants.

— Depuis combien de temps vis-tu au harem ?

— Je ne sais…

Elle fit mine de réfléchir :

— Quatre ans, je crois.

— J'aimerais que tu me parles de ta vie ces derniers jours.

La jeune femme arrangea la ceinture dorée qui maintenait les plis de ses voiles. Puis, d'un air provocant, demanda :

— Que voulez-vous savoir au juste, messire ? L'heure à laquelle je me déshabille pour prendre mon bain ? Celle où je brosse mes cheveux ? Où les eunuques massent mon corps pour rendre ma peau douce et parfumée ?

— Rien de tout cela, répondit Hugues. Es-tu au courant des meurtres du palais ?

— Je… Oui, bien sûr.

Un court instant désarçonnée, Amina se reprit.

— Tout le monde est au courant. Mais je ne sais rien.

— Je crois au contraire que tu sais bien des choses et que nous allons les découvrir ensemble. Connaissais-tu Philippe, l'eunuque qu'on a assassiné ?

— Oui. (À nouveau un sourire éblouissant.) Ce n'est pas parce que c'était un cousin de Pierre, mais je l'aimais bien.

— Il possédait les clés du *tiraz* ?

— Oui, il nous y conduisait parfois.

— Tu travailles à l'atelier de tissage ?

— Pas souvent. Le roi préférait que je m'occupe de lui. Il m'emmenait au palais de Maredolce, nous partions sur des bateaux avec des musiciens… Il m'offrait des fleurs et des bijoux, des robes de soie, des mules brodées de pierreries comme celles que j'ai aux pieds, elles sont jolies, n'est-ce pas ?

— Continue.

— Il était si généreux…

La jeune femme s'interrompit.

À la voir ainsi, jouant avec ses bagues et ses bracelets, la lèvre boudeuse, Tancrède se dit qu'elle songeait davantage au désavœu du roi qu'à l'eunuque assassiné.

— Le roi s'est éloigné de toi, m'a-t-on dit. Il en a choisi une autre, plus jeune, jeta le Gréco-Syrien.

La repartie était si brutale que cela fit réagir Amina, ce qu'espérait Hugues.

— Justement elle est trop jeune, elle a encore du lait au coin des lèvres et ne sait pas ce qu'est l'amour. Il me reviendra !

— Reparlons de Philippe, si tu le veux bien. Il faut que tu m'aides à trouver son meurtrier. Savais-tu qu'on lui avait volé les clés du harem ?

Elle secoua la tête.

— Je n'ai pas envie de parler de ça, messire, geignit-elle, vaguement effrayée par le tour que prenait la conversation. Je ne sais rien, je vous dis.

En cet instant, tout dans son attitude indiquait qu'elle mentait. Amina n'avait ni l'habileté ni la prudence de certaines courtisanes. Très à l'aise sur le terrain de la séduction, le reste ne l'intéressait guère, et cet homme aux questions si directes et au regard trop perspicace sur lequel ses tentatives de charme restaient sans effet la mettait mal à l'aise.

— Tes envies sont bien mon dernier souci, Amina. Veux-tu finir dans une geôle de la prison royale ? Faut-il que j'appelle le maître capitaine ?

La jeune femme blêmit et lança un coup d'œil implorant au caïd qui resta impassible.

— Mais pourquoi dites-vous ça, messire ? balbutia-t-elle d'une voix plaintive. Je n'ai rien fait. Je vous le jure.

— Je ne t'ai pas encore accusée, Amina. As-tu vu quelqu'un dans les couloirs cette nuit-là ?

La femme hésita.

— De quoi ou de qui as-tu peur ? continua Hugues. Ne sais-tu pas que rien n'est pire que les tourments de la prison royale et les mains des bourreaux ?

Elle restait muette, mais, à son regard affolé, Hugues sentit que ses dernières résistances cédaient.

— Où étais-tu le soir du meurtre ? Ne lasse pas ma patience.

— Dans mon appartement, jeta Amina. Je n'arrivais pas à dormir, il faisait très chaud et je savais que le roi allait revenir.

— Comment savais-tu qu'il revenait ?

— Nous le savions toutes, messire.

— Donc, tu ne dormais pas. Qu'as-tu vu ou entendu ?

Elle avait commencé à parler et les paroles sont comme l'eau vive, une fois qu'elles ont trouvé leur chemin, rien ne peut les arrêter. Elle continua :

— J'étais si nerveuse que je suis sortie de mes appartements pour marcher dans la grande salle. C'est parce que le dallage était humide que je l'ai vu.

— Humide ?

— Oui, j'ai failli tomber.

— Et qui as-tu vu ?

— Une ombre, messire. Une silhouette.

— D'homme ou de femme ?

— J'étais trop loin.

— Amina !

— D'homme, messire, d'homme. Mais très maigre, presque squelettique et à demi nu.

— Crois-tu qu'il t'ait vue ?

— Comme moi. Mal. Cela a été si rapide ! Je ne saurais le décrire.

— Je suis sûr que ta curiosité a été plus forte que ta crainte. Tu as dû chercher à savoir où cette créature se rendait ? Recevoir un homme au harem est puni de mort, je crois ?

Le caïd hocha la tête. Amina avala péniblement sa salive. Ce qu'elle avait à révéler devait être difficile. Elle essaya une nouvelle fois d'attirer l'attention de l'eunuque, mais celui-ci n'avait pas dévié son regard.

— Alors ? s'impatienta Hugues. Où allait cet homme ?

— Ne dites jamais que je vous en ai parlé, mais il m'a semblé, semblé seulement, qu'il entrait dans les appartements de Théodora.

— Théodora… Qu'as-tu fait ensuite ? Es-tu restée là à voir s'il allait ressortir ?

— Non, messire, j'ai pris peur et je suis retournée dans mes appartements.

— Maintenant, dis-moi, sais-tu qu'on a volé le roi la nuit dernière ?

La femme baissa la tête en signe d'acquiescement. Hugues se tourna à nouveau vers le caïd Pierre.

— Quand le roi est arrivé hier, j'imagine qu'il est venu au harem ?

— Oui, après ses entretiens avec l'émir des émirs et la reine, et il a demandé Théodora.

— C'est sa favorite ?

— Elle l'a été, mais depuis, elle est mieux que ça. Elle est sa confidente, celle qui comprend ses désirs et les réalise.

— Continuez.

— Elle était souffrante, mais avait fait préparer le bain du roi.

— De quoi souffrait-elle ?

— Je ne sais pas.

— Et quand le roi est arrivé, vous n'êtes pas allé la chercher ?

— Si, mais je ne l'ai pas trouvée.

— Elle n'était pas dans sa chambre ?

— Non, j'ai pensé qu'elle était allée voir le mire.

— C'était le cas ?

— Non, elle n'y était pas non plus, mais elle est apparue quand le roi Guillaume a eu fini son bain et elle lui a amené Rochésie.

Le Gréco-Syrien se tourna à nouveau vers la courtisane.

— Que s'est-il passé la nuit dernière, Amina ? Dormais-tu ?

— Non, pas plus qu'avant ; il y avait cet orage et j'étais en colère contre cette gamine qui m'avait volé l'amour du roi… et contre Théodora.

— Tu as vu Théodora, cette nuit-là ?

— C'est elle qui est venue pour me dire que tout ça n'était qu'une passade. Nous avons parlé longtemps.

— Lui as-tu avoué que tu avais vu un homme entrer chez elle, la nuit du meurtre de Philippe ?

— Non. Peut-être l'aurais-je fait plus tard… Je ne sais pas. Théodora est plus intelligente que moi.

— Merci, Amina.

— C'est fini ? Je peux retourner au harem ? demanda la courtisane, craignant encore qu'Hugues ne l'envoie en prison.

— Oui, si j'ai besoin, je te ferai chercher.

Le caïd raccompagna la courtisane dont les jambes tremblaient sous elle.

— Par Dieu, Hugues, vous avez été rude ! s'écria Tancrède. Cela étant, à l'écouter, je me demande si le fait de posséder un harem est si enviable.

— Je voulais l'effrayer et le temps nous manque. Je suis sûr que dans l'écheveau que nous devons démêler, la mort de l'eunuque Philippe est importante. Pourquoi a-t-il été tué cette nuit-là et par qui ? Pourquoi le meurtrier a-t-il trouvé refuge chez l'« intelligente » et « belle » Théodora ? C'est à nous de le découvrir.

Un grattement à la porte. Une esclave entra, munie d'un flambeau. Elle alluma tous les candélabres de la pièce puis ressortit.

Tancrède réalisa que la lueur orangée avait déserté le voile, la nuit venait et, avec elle, d'autres lumières. Il s'approcha du balcon. En contrebas, des eunuques fermaient les baies. Les femmes se dispersaient. Une torche éclairait un banc de pierre où jouait un musicien.

Le silence retomba entre eux. Tancrède hésita, puis posa la question qui occupait son esprit depuis les révélations faites par son maître à l'émir des émirs.

— Pourquoi ne m'avez-vous jamais parlé de votre frère Richard ni de ces terribles Assassins ?

— Il y a tant de choses que je ne vous ai pas racontées, Tancrède. Par manque de temps, par pudeur, parce que votre éducation m'importait plus que le reste. Pour Richard, sans doute parce que c'est resté quelque chose de trop douloureux. Quant aux Assassins… Il m'a fallu traverser un pays où jamais aucun chrétien n'avait mis les pieds. Une contrée rude et sauvage, peuplée de gens plus rudes encore. Alamut était un nid d'aigle perché sur une crête au cœur des monts d'Elbourz. Un château protégé par une dizaine de forteresses surveillant des cols et des vallées, toutes aux mains des serviteurs du Vieux de la

Montagne. Des lieux imprenables même par des armées puissantes. Mais jamais je n'aurais pu imaginer ce qui m'attendait là-bas… ni quel homme était le Vieux.

— Et Richard ?

— Quand je suis revenu à Ispahan, il était mort des suites de ses blessures. Et le calife Al-Rachid aussi, égorgé par la dague d'un *fidâ'î*.

Hugues s'interrompit. Des pas résonnaient et Tancrède jura intérieurement. Pourtant, à peine la porte s'ouvrit-elle qu'il oublia les Assassins et le reste. L'eunuque s'était effacé pour laisser passer une femme. Le jeune Normand comprit pourquoi Rochésie avait si spontanément évoqué la beauté de Théodora.

LE CHOIX DE THÉODORA

46

Dame Elvire avait annoncé à Eleonor que le sire d'Avellino désirait dîner avec elle. Une fois le soir venu, Eleonor, qui s'était changée et avait revêtu une robe de drap vert, enferma Tara dans sa chambre et suivit la gouvernante jusqu'à une vaste salle au milieu de laquelle était dressée une table.

Les volets étaient fermés à cause de la chaleur et la pièce, très sombre, était éclairée par des dizaines de bougies et de torches. Les flammes se reflétaient dans une luxueuse vaisselle d'or et d'argent. Des coupelles de fruits et des fleurs décoraient la table ainsi qu'une nappe de brocart d'un jaune très pâle.

— Asseyez-vous, damoiselle, mon maître arrive, fit Elvire en écartant le fauteuil afin qu'Eleonor y prenne place.

La jeune Normande obéit et n'eut pas longtemps à attendre. D'Avellino paraissait tout à la fois fatigué et content de lui, et c'est d'un ton enjoué qu'il lui souhaita le bonsoir.

— Que vous semble votre nouvelle demeure, damoiselle de Fierville ?

— Elle est différente de tout ce que je connais, messire. Ici, tout est plus doux, avec un souci de beauté qui n'a rien à voir avec celui de nos rudes contrées normandes. Je comprends que vous soyez attaché à ce palais. Quant à ma chambre, je l'ai trouvée très belle, et je vous en remercie.

Ce qu'Eleonor ne dit pas, c'est qu'elle avait trouvé qu'il planait sur le palais une ambiance sinistre. Heureusement le vieux Gautier, son serviteur, l'avait rejointe un peu après midi. À peu près dessoûlé – il n'avait pas bu depuis Cefalù et Marco lui avait fait comprendre que le vin n'était pas une boisson pour lui –, il avait repris du service, ce qui consistait à discuter avec sa maîtresse et à se promener avec Tara.

La demeure sentait le renfermé, et en certains endroits, les recoins étaient pleins de poussière et de toiles d'araignées comme si elle avait été longtemps inhabitée. Des meubles et tapisseries semblaient là depuis peu. Trop neufs, trop brillants. Avec ça, dame Elvire l'espionnait quand ce n'était pas ce Marco qu'elle trouvait plus inquiétant encore avec son long visage et ses yeux glacés.

— Avez-vous vu le jardin ?

— Oui, c'est même le premier endroit que j'ai visité. Il a le charme des lieux abandonnés. Je n'aurais pas cru qu'autant de plantes et d'arbres arriveraient à pousser entre ces hauts murs.

Et il était vrai que jamais elle n'avait vu un tel fouillis végétal. On était loin des prairies et des bois de son enfance, des champs cernés de haies, ou même de l'ordonnance des jardins de simples du monastère voisin du château familial.

Ici poussaient des palmiers où s'accrochaient les lianes exubérantes des jasmins, là un oranger disputait la place à un citronnier. Ailleurs, c'étaient des buissons de myrtes, des touffes de lavande et des rosiers. Le tout plus entremêlé que les fils d'une tapisserie. Dans les parties les plus ombragées, des fougères développaient leurs frondes sur d'épais tapis vert tendre. Le soleil ne perçait que difficilement et il faisait une agréable fraîcheur, renforcée par l'eau des fontaines et des bassins. Les feuillages formaient un dôme au travers duquel passaient de minces rais de lumière. Les plantes étaient si serrées que le chemin qui serpentait entre elles disparaissait presque.

Au bout de cette sente recouverte de sable blanc, Eleonor avait découvert, dissimulée dans un écrin de lierre, une statue de femme. Le sculpteur s'était attaché à faire sortir du marbre la beauté du corps et du visage, mais surtout l'air sauvage et fier de celle qui avait été son modèle.

— C'est ainsi que je l'aime. Mon serviteur ne s'occupe que de maintenir l'allée en bon état et de veiller à ce qu'un peu de lumière touche les bassins. Pour le reste, la nature fait son ouvrage.

— Quel dommage pourtant que toutes ces plantes cachent la statue au fond du jardin !

Le chevalier noir ne parut pas avoir entendu sa dernière remarque.

— Vous avez mis une bien jolie robe, damoiselle, et ce pendentif…

Il s'interrompit, le visage songeur. Eleonor rougit, cachant le cadeau d'Hugues au creux de sa paume.

— Je crois l'avoir déjà vu.

— Je ne pense pas, protesta Eleonor, de plus en plus rouge.

— Mais si, insista le chevalier. Il me rappelle… Cela me reviendra. Mangeons, voulez-vous ?

Un serviteur entra, précédé par dame Elvire. Et ce fut un défilé de plats sucrés et salés, doux et piquants comme jamais Eleonor n'en avait mangé. Agneau badigeonné de miel, servi avec des amandes et des olives, poissons au piment, aubergines et fèves en purée à l'huile d'olive…

Comme à bord de l'esnèque, Eleonor, oubliant les mises en garde d'Hugues, se laissa prendre au charme du chevalier qui était un hôte charmant, attentif et cultivé. Il lui décrivit Palerme, lui vanta la beauté du palais royal, les charmes du *tiraz*, la douceur du palais de Maredolce, l'intelligence et les talents de son futur époux. Eleonor se prenait à rêver, s'imaginant à la Cour, aux côtés du roi normand avec son mari.

— C'est celui que portait Hugues de Tarse. Il lui venait de sa mère et il disait qu'il ne s'en séparerait jamais, déclara abruptement le chevalier. Je comprends mieux le trouble que vous avez éprouvé quand nous l'avons croisé dans Palerme. Mais pardonnez-moi, tout ceci ne me regarde en rien.

Eleonor se trouva incapable d'articuler un mot. Qu'aurait-elle pu dire qui n'aurait trahi leur amour ?

— Vous devez vous demander comment je connais ce pendentif ?

— Je ne me demande rien, bégaya la jeune femme.

— Le sire de Tarse ne vous a pas dit que plus que frères d'armes, nous étions frères de sang ?

— Non.

— « À la vie, à la mort » était notre serment. Et puis, il devait…

Comme s'il éprouvait une soudaine et terrible douleur, il porta la main à son cœur, le visage très pâle.

— Cela ne va pas, messire ?

— Si, si, souffla-t-il.

— Qu'alliez-vous dire ?

— Rien.

Il regarda la table encore chargée de mets, les coupes pleines.

— Mais je manque à tous mes devoirs, vous n'avez presque rien mangé, damoiselle. Sans doute préférez-vous que nous passions aux douceurs ?

Il frappa dans ses mains.

Blanc-manger au miel, confit de pétales de rose, salade d'orange à la cannelle et aux amandes se succédèrent. Dame Elvire avait disparu, remplacée par Marco qui leur servit un vin coupé d'eau fraîche. Le cœur n'y était plus. Eleonor gardait le silence et Bartolomeo, le visage sombre, ne ressemblait plus à l'hôte joyeux qu'il était au début du repas. Soudain, il parut se décider.

— Marco, allez allumer chez demoiselle Judith ! ordonna-t-il.

L'homme s'inclina sans mot dire et sortit. Un moment passa, on entendit des pas dans l'escalier.

— Tout est prêt, messire.

— Venez ! fit d'Avellino. Vous allez comprendre.

Il se leva si brusquement que sa chaise tomba.

Quelques instants plus tard, il poussait la porte de la chambre voisine de celle d'Eleonor.

— Entrez, je vous en prie, fit-il en se rangeant pour la laisser passer.

Eleonor s'avança et se sentit aussitôt prise à la gorge par l'odeur trop sucrée de l'essence de rose. La lumière des candélabres éclairait un lit immense entouré de colonnes de bois sculpté. Il était paré de fourrures, d'oreillers et de draps de soie. Dans un angle, elle aperçut une baignoire de bois recouverte d'un linge d'une blancheur immaculée. Sur un coffre étaient posés un miroir d'argent, une brosse à cheveux à manche d'ivoire, un peigne et un long voile blanc… Des églantines, des roses de Damas et des feuilles de menthe étaient disposées dans une corbeille au pied du lit.

— Tout est resté tel qu'elle l'a laissé, murmura d'Avellino. Il y a seize ans.

— Seize ans ! Vous voulez dire…

Elle hésitait sur le choix des mots. Était-ce là la chambre de la sœur morte dont le chevalier lui avait parlé ? Mais dans ce cas, pourquoi la garder ainsi ? Pourquoi renouveler ces fleurs et allumer ces bougies ? Pourquoi continuer à faire ce lit comme si l'on attendait son retour ou qu'on la révérait comme une idole païenne ?

Le chevalier n'avait rien ajouté. Un mur de mosaïque occupait le fond de la pièce. Eleonor s'approcha. Une petite lampe à huile luisait dans une alcôve, sa clarté donnant un étrange relief au portrait de femme qui était dessiné là. Hautes pommettes, sourire énigmatique et chevelure pâle, elle ressemblait à celle du jardin.

L'artiste avait placé des reflets d'or et d'émeraude dans ses yeux et quand Eleonor bougea, elle eut l'impression désagréable que le regard la suivait. Elle se tourna vers d'Avellino et fut surprise par l'expression de son visage. Souffrance ou fascination, elle n'aurait su dire quel sentiment l'emportait sur l'autre. Les mots s'étranglèrent dans sa gorge.

— C'est Judith, finit par murmurer le chevalier. Ma sœur bien-aimée. Morte il y a seize ans. Elle devait épouser mon frère de sang, Hugues de Tarse. Venez.

Il la saisit avec brutalité par le poignet et l'entraîna vers le couloir, refermant derrière lui.

Quelques instants plus tard, Eleonor était à nouveau dans sa chambre. Elle se jeta tout habillée sur son lit, incapable de rassembler ses idées et encore plus de dormir. Une vague nausée lui soulevait le cœur, le visage de mosaïque l'obsédait et les paroles de Bartolomeo résonnaient sous son crâne : « Elle devait épouser Hugues de Tarse. »

Que s'était-il passé seize ans auparavant ? Pourquoi Hugues ne lui avait-il jamais parlé de Judith, lui qui s'était tant confié ? L'avait-il aimée ?

47

Marco entra dans la chambre de Judith, se perdant un moment dans la contemplation de son portrait avant de vérifier que tout était en ordre. Il détestait qu'un autre que son maître pénètre ici. Retirant une fleur fanée, arrangeant les plis du voile sur le coffre, tirant sur la courtepointe, il s'activa, répétant les gestes de chaque jour.

Depuis la mort de la damoiselle, alors que le reste du palais s'ensevelissait dans la poussière et l'oubli, que d'Avellino cherchait Hugues de Tarse en Sicile d'abord, puis en Italie du Sud et jusqu'en Normandie, c'est lui qui avait veillé sur la chambre et entretenu l'allée menant à la statue et au mausolée. À plusieurs reprises, il avait empêché son maître de se suicider, lui insufflant ce désir de vengeance qui les maintenait en vie.

Car Marco ne faisait qu'un avec Bartolomeo.

Les parents de d'Avellino étaient morts jeunes et c'était à Marco, le parent pauvre, le lointain cousin, ancien soldat d'élite, qu'était échu le rôle d'élever le frère et la sœur. Il était devenu leur père, leur esclave, leur âme damnée. Grâce à leur fortune, ils avaient vécu des années heureuses dans ce magnifique palais dont les hauts murs les avaient protégés de la folie du monde.

Il y avait tant de souvenirs ! Les enfants s'étaient transformés en adultes aux corps parfaits, aux visages arrogants de beauté. Parfois, quand ils s'enfermaient dans cette chambre pendant de longues heures pour des jeux qui n'étaient plus ceux de l'enfance, il les observait caché par une tenture, dissimulé derrière une porte. De quel droit aurait-il empêché le frère et la sœur de se donner l'un à l'autre ?

Tout en surveillant leurs ébats, il se disait qu'ainsi leur vie à tous trois ne changerait jamais, que personne ne les lui enlèverait. Ils n'avaient qu'à s'aimer et lui à les protéger. De plus, Marco, qui n'avait connu que des putains à soldats, s'était juré qu'aucun autre homme ne porterait la main sur le corps que Judith exhibait avec fierté. Elle aimait qu'il la lave comme quand elle était petite, et parfois elle guidait sa main vers ses seins dressés ou ses cuisses et éclatait de rire en le voyant rougir. Une enfant, son enfant.

C'est alors qu'Hugues de Tarse était apparu. Bartolomeo s'en était entiché jusqu'à échanger son sang avec lui, à délaisser sa maison et à partir au-delà des mers jusqu'en Orient. Marco n'avait jamais aimé Hugues. Il détestait son regard, son calme, la perspicacité de ses jugements, la façon dont son maître et bientôt sa maîtresse le regardaient.

Au début, cela avait été un jeu entre le frère et la sœur, chacun aiguillonnant l'autre, attirant leur invité à tour de rôle avant de se retrouver pour des étreintes passionnées. Après leur retour d'Orient, pourtant, tout avait changé. Judith en avait voulu à son frère de sa longue absence. Et les regards songeurs qu'elle portait sur Hugues n'étaient plus les mêmes. Elle se troublait devant l'Oriental qui, lui-même, était devenu plus assidu, proposant des chevauchées jusqu'au palais de Maredolce ou dans le Parco Nuovo, offrant des cadeaux, dînant presque chaque soir avec eux. Grâce à son influence, le frère et la sœur avaient été présentés à Roger II. Au grand déplaisir de Marco, leur univers protégé s'était lentement délité.

Bartolomeo passait de longues heures en salle d'armes avec Hugues. Judith devenait silencieuse et se refusait obstinément à son frère. Cela avait duré un moment ainsi, et puis un soir, Judith avait demandé à Bartolomeo de la rejoindre.

Marco s'en souvenait encore. Le jeune homme souriait en montant les marches quatre à quatre. Depuis un mois, sa sœur lui interdisait sa porte et il n'osait enfreindre son commandement… Il chantonnait quand elle lui avait ouvert, s'apprêtant à la prendre dans ses bras, mais s'était arrêté net en voyant son air sévère.

— Cesse, veux-tu ? J'ai à te parler, avait-elle dit.

Son expression décidée n'augurait rien de bon. D'Avellino avait obéi, se demandant avec inquiétude ce que sa sœur et amante lui réservait.

— J'aime Hugues de Tarse.

Marco, qui avait collé son oreille à la porte, avait juré.

— Et il m'aime, avait poursuivi Judith. Nous allons nous marier et j'irai vivre dans son palais.

Pendant un court instant, le chevalier était resté muet, songeant même qu'elle plaisantait. Leur liaison ne pouvait s'achever ainsi.

— Tu as bien compris, mon cher frère, je vais te quitter.

— Tu ne peux pas me faire ça ! s'écria d'Avellino. Tu mens ! Ce n'est pas possible. Je te l'interdis !

— Tu me l'interdis ?

Judith avait giflé son frère, qui se jeta sur elle. Ils roulaient à terre, poussant des hurlements de rage. Au début, Marco avait cru que ce n'était qu'une joute amoureuse qui finirait par une étreinte passionnée mais, rapidement, il avait compris qu'il n'en était rien. Quand il avait fait irruption dans la chambre pour les séparer, Judith, armée d'un couteau, allait frapper son frère. Le lendemain, Judith avait disparu et Bartolomeo, fou de douleur, hurlait comme un animal blessé.

Le soir même, Hugues s'était présenté à la porte du palais pour demander la main de Judith à son ami. Bartolomeo n'avait pas voulu le recevoir, mais lui avait fait remettre un message pour sa sœur. Une journée était encore passée, une journée que d'Avellino vécut comme un enfer, refusant de s'alimenter, brisant tout ce qu'il pouvait dans la maison, allant jusqu'à se frapper le crâne contre les murs pour arrêter de penser à celle qu'il imaginait dans les bras de son meilleur ami. Enfin, Judith revint accompagnée d'Hugues de Tarse. Celui-ci avait attendu dans la rue pendant que la jeune femme marchait dans le jardin au côté de son frère.

— Je connais Hugues mieux que toi, avait conclu Bartolomeo. Il est des choses qu'il ne saurait supporter. L'une d'elles étant d'apprendre que sa future épousée couche avec son propre frère.

— Tu ne ferais pas cela !

— Crois-tu ?

— Je te haïrais jusqu'à la fin de mes jours !

— Que crois-tu que je choisisse entre ta haine et ton indifférence ? Tu n'as pas le choix, tu es à moi, corps et âme, et cela depuis le jour de ta naissance.

Judith s'était enfuie, le laissant indécis. Le lendemain, il avait appris qu'Hugues avait emmené sa sœur. On murmurait déjà que le mariage aurait lieu dans les jardins de Maredolce et que le roi offrirait de somptueux présents aux jeunes époux.

Comprenant qu'il avait tout perdu, et déterminé à les tuer, Bartolomeo avait décidé de se lancer à leur recherche. Il n'eut pas à le faire car deux jours plus tard, ce fut Hugues lui-même qui lui ramena sa sœur. Il était livide et dans ses yeux brillait une lueur de folie. Poussant Judith en larmes dans les bras de son frère, il avait jeté :

— Je te rends ta… sœur.

Il avait hésité sur ce dernier mot et d'Avellino avait compris qu'il savait tout. Le lendemain, Bartolomeo trouvait sa sœur pendue à l'un des arbres du jardin.

La nouvelle s'était ébruitée, et il avait dû se résoudre à laisser les hommes du roi jeter son corps à la fosse commune. La nuit suivante, il était parti l'exhumer avec Marco afin de la mettre à l'abri dans le mausolée familial, au fond du jardin. Puis il avait commandé une statue à l'effigie de celle qu'il aimait toujours aussi passionnément. Bientôt, le lierre masqua l'ouverture de la grotte. Marco y entretenait la flamme d'une lampe à huile. Sa petite Judith avait toujours eu peur du noir.

Un bruit de sanglots dans la chambre à côté ramena l'homme à la réalité. C'était cette Eleonor de Fierville qu'il avait détestée dès qu'il l'avait vue. Il se souvenait de la joie de son maître quand il avait appris qu'Hugues la cherchait dans toute la Sicile…

— Je l'ai senti pendant la traversée, lui avait-il dit. Il avait une façon de la regarder et surtout de l'éviter qui ne lui ressemblait guère.

… De ses éclats de rire quand le comte de Marsico lui avait écrit cette lettre d'Italie avec laquelle il expédiait de quoi dédommager la damoiselle et la renvoyer vers la Normandie.

Au début, il n'avait pas compris pourquoi Bartolomeo se réjouissait de l'amour qu'Hugues portait à cette créature, mais quand son maître lui avait dit : « Prépare la chambre à côté de celle de Judith. Je vais la chercher », tout s'était éclairé.

Dans la pièce à côté, les sanglots redoublaient. Eleonor ne se tourmenterait plus longtemps, songea-t-il en refermant la porte à clé. La vengeance était si proche qu'il en avait le vertige. Seize ans de haine, seize ans à attendre cet instant-là.

Tout était dit. Bientôt, Hugues souffrirait comme ils avaient souffert… Et Judith serait vengée.

48

Il avait fallu qu'Hugues décoche un coup de coude à son protégé pour qu'il s'arrache à la contemplation de la femme qui venait d'entrer.

Parfumée, vêtue d'une longue robe de soie jaune d'or qui soulignait plus qu'elle ne dissimulait ses formes somptueuses, des perles piquées dans sa chevelure brune, Théodora avait l'air d'une reine. Elle s'assit, très droite. Si elle était inquiète, rien sur son visage hiératique ni dans ses yeux cernés de khôl ne le montrait. On l'avait appelée, elle était venue, voilà tout.

— Mon nom est Hugues de Tarse, se présenta le Gréco-Syrien, et voici Tancrède d'Anaor. Nous sommes ici sur requête de l'émir des émirs.

Théodora se contenta d'incliner la tête avec grâce. Ses bras étaient recouverts de bracelets scintillant d'or et de pierreries, et ses pieds étaient chaussés de mules brodées. Sous l'ombre de ses longs cils recourbés, son regard était voilé et lointain, ce qui la rendait plus attirante encore.

Tancrède pensa que jamais de sa vie il n'avait vu une femme si belle. La robe de soie jaune découvrait des épaules aux courbes douces qui appelaient la caresse, la taille était si fine qu'il eût pu l'encercler de ses mains… Il la fixait avec tant d'intensité qu'il eut l'impression, pendant un infime moment, qu'elle en avait pris conscience et qu'elle l'avait regardé à son tour. Pourtant, rien dans son attitude n'avait changé, sauf peut-être la position de ses mains gracieusement posées sur ses genoux.

— Je ne vous apprendrai rien en vous disant la juste colère de votre roi et de l'émir des émirs. Des hommes ont été tués à l'intérieur du palais, et nous n'aurons de cesse que les coupables…, et ceux qui les ont aidés, soient châtiés.

Il avait appuyé sur ces derniers mots, espérant une réaction qui ne vint pas. Comprenant que l'intimidation ne marcherait pas avec une telle femme, il attaqua :

— La nuit où l'eunuque Philippe a été tué, un homme a été vu dans le harem. Le saviez-vous ?

— Qui vous a dit cela ?

Sa voix était aussi troublante que son corps. Rauque, profonde, elle fit courir un frisson sur la nuque de Tancrède.

— Je n'aime pas qu'on réponde à mes questions par d'autres questions, rétorqua Hugues.

La courtisane s'excusa :

— Pardonnez-moi, messire, je ne songeais pas à vous déplaire. Je demandais cela car certaines femmes ici sont de caractère fantasque. Elles s'ennuient et, comme des enfants, inventent des histoires pour se distraire. Elles aperçoivent des djinns ou des démons, là où il n'y a que la silhouette courbée d'un serviteur ou les plis d'une tenture.

— Hélas, cette nuit-là, c'est la lame d'un couteau que Philippe a rencontrée. Et le témoignage qui m'a été fait n'avait rien de fantasque.

— Si vous le dites, messire.

Venant d'une autre, la réponse aurait pu paraître insolente. Venant de Théodora, elle n'était qu'une constatation.

— Vous connaissiez bien Philippe ?

— Je connais tous ceux qui de près ou de loin s'occupent du harem.

— Le soir de sa mort, s'est-il passé quelque chose dont vous avez envie de m'entretenir ?

— Rien dont je me souvienne.

Tancrède sentait la tension monter entre la courtisane et son maître. Questions et réponses se succédaient.

— Pourtant, sans doute alors que vous dormiez déjà, un homme est entré dans vos appartements, accusa soudain Hugues.

La femme resta impassible, seul un tressaillement imperceptible de ses paupières fardées trahit sa surprise.

— Un homme… Je ne vois pas de quoi vous voulez parler, messire. Peut-être y a-t-il quelque confusion dans l'esprit de celui ou de celle qui vous a fait cette révélation.

— Pourquoi une confusion ?

— Il m'arrive de recevoir des eunuques ou des serviteurs pour leur donner des instructions. Le harem est parfois difficile à gérer, n'est-ce pas, cher Pierre ?

Elle s'était tournée vers le caïd qui s'empressa d'acquiescer.

— Vous recevez toute la nuit, ma dame ?

— Non, bien sûr.

— Revenons à cette nuit-là, voulez-vous ?

Hugues marqua une pause. Un courant d'air souleva le voile.

— Il faisait très chaud. Tout le monde dormait dans le palais. Philippe se rendait au harem. A-t-il entendu un bruit ? A-t-il vu le visage de son assaillant ? A-t-il compris qu'il allait mourir au moment où le poignard se plantait dans sa chair ?

La Byzantine avait pâli. Le caïd Pierre, mal à l'aise, s'agita sur son siège.

— Le meurtrier lui a dérobé son trousseau de clés et a pénétré dans le harem, continua Hugues, imperturbable. Il y a là une étrange coïncidence, ne trouvez-vous pas, dame Théodora ? Entre le fait qu'on ait tué pour entrer dans le harem et cette visite d'un homme à vos appartements ! Sans être devin, on peut relier tout cela et penser qu'il s'agit de la même personne.

— Je ne vous comprends pas, messire, répliqua la Byzantine. Mais j'ai peur qu'il n'y ait là quelque vengeance personnelle. Je n'ai pas que des amies au sein du harem. Si vous me disiez qui a porté ces accusations, je pourrais faire des réponses plus pertinentes.

— Je ne vous dirai pas son nom, Théodora.

— Croyez-vous que je sois incapable de le deviner ? Malgré toute la discrétion de Pierre, je sais que vous avez reçu Rochésie, puis Amina. Ce n'est pas cette enfant, donc... Pourquoi accorderiez-vous plus de crédit à Amina qu'à moi-même ? s'insurgea soudain la courtisane qui avait rapidement repris le dessus. C'est ma parole contre la sienne.

— Je n'ai pas l'impression que vous compreniez bien ce que vous risquez. Il suffira d'un mot de l'émir pour que vous soyez jetée en prison sans jugement. Une fois là... Je ne sais si vous avez idée de ce qui s'y passe.

En cet instant, Théodora songea à Gamaliel. Oui, grâce à son amant, elle savait ce qui s'y passait et elle venait de répondre en pensée à la question qui la torturait depuis qu'il s'était réfugié près d'elle. Que choisirait-elle ? La trahison ou cette vie de luxe dans les ors et la soie ? Elle n'avait plus besoin de son miroir pour guider sa conduite.

— Je ne risque pas grand-chose, messire, répliqua-t-elle avec un mélange de fierté et de lassitude. Je ne suis rien et ne possède rien.

Elle semblait soudain tellement inaccessible qu'Hugues se tut. Il était à la fois sûr qu'elle lui cachait quelque chose et qu'elle ne parlerait pas. Elle était d'une autre race qu'Amina ou Rochésie et il ne put s'empêcher de l'admirer.

D'autres qu'Hugues l'auraient peut-être fait avouer par la force, lui se tourna vers l'eunuque.

— Caïd Pierre ! Dites au maître capitaine du palais que je désire le voir, voulez-vous ? Qu'il vienne avec des hommes armés. Quant à vous, je vous prierai de rassembler tous vos eunuques. Nous allons fouiller le harem.

49

Malgré l'heure avancée, la fouille avait commencé et elle ne ressemblait en rien à la précédente. Simon, désireux de faire oublier ses erreurs, avait choisi avec soin ses officiers, de vieux militaires que les rires et les moqueries des courtisanes ne troublaient pas et qui avançaient en ligne, armés comme pour la guerre, munis de torches. La chasse au fauve était ouverte. L'homme qu'on traquait était un meurtrier, ils devaient le débusquer et le capturer, vivant si possible.

Hugues, Simon et le caïd Pierre dirigeaient les opérations, faisaient, malgré les protestations des femmes, ouvrir les coffres, repousser les tentures et les coussins, retourner les matelas. Théodora, bien qu'ayant demandé à les accompagner, avait dû rester sous la surveillance de Tancrède.

Le jeune homme, mal à l'aise, essayait de se persuader qu'elle était coupable et, qui sait ? dangereuse. Le silence lui pesait, alors il se mit à marcher de long en large sans la quitter des yeux.

— Je ne suis qu'une favorite, messire d'Anaor, pas une criminelle, remarqua-t-elle en arrangeant les plis de sa robe.

— Oui, ma dame, je le sais, fit-il, troublé qu'elle s'adresse à lui.

— Où est votre fief Anaor ? C'est un nom que je ne connais pas.

— En plein cœur du royaume de Sicile, au-dessus du Val di Noto, ma dame.

Elle réfléchit, puis secoua la tête. Tancrède se détendit un peu. Depuis qu'ils étaient seuls, des émotions transparaissaient sur son beau visage, elle devenait plus humaine, plus accessible aussi. Elle confessa, non sans mélancolie :

— Savez-vous que je ne connais de la Sicile que les demeures du roi ? Le harem n'a pas de secret pour moi, bien sûr, ni le palais de Maredolce, pour le reste… La Sicile est-elle belle, messire ?

— Je ne la connais guère, ma dame, avoua-t-il, je n'y suis que depuis peu, mais oui, je le crois. Syracuse est une cité magnifique et apercevoir notre Mongibello, l'Etna, crachant ses flammes, est inoubliable. Oui, la Sicile est belle. Mais d'où venez-vous, ma dame ?

La courtisane ne parut pas l'avoir entendu, elle murmura :

— J'ai vécu dans une cage toute ma vie. Comme ces oiseaux que l'on enferme pour mieux pouvoir les contempler. J'aurais dû me tuer alors ou essayer de m'enfuir, mais je ne l'ai pas fait.

Tancrède entendit fuser des ordres dans la grande salle, en contrebas. Il s'approcha du balcon, maintint d'une main les plis du rideau et laissa passer Théodora qui l'avait suivi. Ses yeux croisèrent un instant ceux du jeune homme qui se demanda comment son maître pouvait rester insensible à tant de charme. Ils s'accoudèrent à la rambarde de pierre et leurs regards plongèrent vers le harem.

Ce qu'ils apercevaient était bien différent de la vision qu'en avait eue le jeune Normand quelques heures auparavant.

Les énormes lustres, recouverts de bougies, avaient été allumés. Dans le jardin, les lueurs de dizaines de torches allaient et venaient. Dans un angle de la salle, toutes les esclaves, ainsi que quelques courtisanes avec leurs enfants, étaient rassemblées sous la garde d'eunuques. On entendait des murmures, des protestations et les pleurs des petits que ce déploiement de force effrayait.

Théodora se pencha davantage. La lumière des lustres ruissela sur elle, faisant scintiller ses bijoux et l'or de sa robe. De là, elle voyait tout, et tous la voyaient. Une femme la désigna du doigt, puis une autre, une jeune esclave se glissa discrètement dans les rangs de ses compagnes et réussit à échapper à la surveillance de l'eunuque.

— Je n'étais qu'une enfant quand on m'a amenée ici, reprit la Byzantine. Si, au moins, les Normands avaient demandé une rançon… ma famille l'aurait payée et je serais rentrée chez moi, à Byzance. Mais ils ne l'ont pas fait. Et je suis devenue celle que vous voyez aujourd'hui. Croyez-vous qu'en d'autres temps vous m'auriez aimée, sire d'Anaor ?

Elle l'avait frôlé. Ils étaient si proches, épaule contre épaule, qu'il sentait la chaleur de son corps contre le sien. Les mots s'étranglèrent dans sa gorge. Il se recula d'un pas.

— Pourquoi n'avez-vous pas voulu vous confier à mon maître, ma dame ? demanda-t-il après avoir recouvré un semblant de calme.

— Vous croyez donc, vous aussi, que j'ai quelque chose à cacher, messire ?

— Je ne sais, ma dame. J'espère de tout cœur que vous êtes sincère et que je pourrai bientôt vous rendre votre liberté.

— Ma liberté ? Personne ne me la rendra, messire, sauf moi-même.

— Pardon, ma dame, s'excusa-t-il, réalisant qu'il ne pourrait lui rendre que la possibilité d'aller et venir dans le harem.

Dans la salle en bas, le silence revenait. Les soldats commençaient à fouiller les appartements. Bientôt, ils visiteraient les réserves et les cuisines.

— Sire d'Anaor, déclara soudain la Byzantine, je vous crois homme d'honneur. Pourriez-vous m'accorder une faveur ?

— Oui, ma dame.

Elle hésita, arrangea ses boucles brunes, les plis de sa robe et les colliers qu'elle portait au cou.

— Promettez-moi de dire à Gamaliel que je l'aimais !

— Mais, je ne sais pas qui est Gamaliel… commença le jeune homme, interloqué.

Il n'eut pas le temps d'achever sa phrase, la Byzantine s'était jetée dans le vide.

Son corps tomba comme une pierre avant de s'écraser quelques toises plus bas en touchant le dallage. Des hurlements stridents retentirent, puis ce fut le silence. Incapable de bouger, la gorge serrée, Tancrède fixait le morceau de tissu jaune pâle qui était resté entre ses doigts.

UNE LUEUR DANS LA NUIT

50

Comme dans un rêve, Tancrède entendit la voix d'Hugues. Elle venait de très loin puis, tout d'un coup, il prit conscience qu'il était devant lui.

— Secouez-vous ! ordonna son maître. Et dites-moi ce qui s'est passé. Comment a-t-elle pu vous échapper ?

— Je ne sais pas, confessa le jeune homme, désemparé. Elle me parlait de son enfance, de Byzance et puis, soudain… Jamais je n'aurais pu imaginer qu'elle allait faire ça. Je vous le jure… J'ai essayé de la retenir.

Hugues regarda le visage défait de son protégé et l'étoffe déchirée dans sa main.

— Venez ! lui intima-t-il avec rudesse. Nous n'avons pas encore trouvé la cachette de notre homme et le temps presse. Il faut poursuivre nos recherches. Vous allez nous aider.

Tancrède accepta d'un signe de tête, trop heureux de quitter les lieux.

Une fois dans les couloirs du rez-de-chaussée, le caïd Pierre les rejoignit. Il avait vu le cadavre de la courtisane et était livide.

— C'est moi qui avais appris à Théodora le vol de la couronne et les meurtres, messire, se confessa-t-il.

— Vous n'êtes pas responsable de ce gâchis, caïd, rétorqua Hugues. Et bien d'autres ont parlé puisque même Amina le savait.

La gorge serrée, le caïd acquiesça.

— Messires, messires ! les héla un garde qui accourait vers eux. Le maître capitaine désire vous voir.

Le soldat les guida vers les réserves et ils se trouvèrent nez à nez avec Simon qui en sortait, tenant par le cou une esclave aux yeux affolés.

— Je l'ai trouvée là-dedans. Elle se cachait.

— Où était-elle ? demanda Hugues.

Le maître capitaine, empoignant fermement la fille, les entraîna jusque dans une pièce où s'entassaient des paniers contenant du grain, des jarres et, sur une étagère, de petites cagettes de bois et des corbeilles, vides pour la plupart.

Il n'y avait qu'une mauvaise torche plantée dans le mur et Hugues en réclama une autre aux soldats qui les avaient suivis. Griffant et décochant des coups de pied, la petite, de plus en plus paniquée, poussa un gémissement inarticulé et essaya de fuir.

— Ah ! Ça, tu ne crois pas que tu vas t'en tirer si facilement ! gronda Simon en la giflant à la volée.

Hugues se tourna vers la fille qui sanglotait en reniflant.

— Calme-toi, petite ! Calme-toi ! Cela irait plus vite si tu nous disais de quoi il retourne. Quel est ton nom ?

— Elle ne vous répondra pas, messire, intervint le caïd. C'est l'esclave de Théodora et elle est muette.

— Nous nous débrouillerons donc sans elle, décida Hugues.

— Pas question. Viens par là, toi ! fit le maître capitaine en poussant la gamine avec rudesse devant lui.

— Où l'emmenez-vous ? demanda le Gréco-Syrien.

— Voir ce qui reste de sa maîtresse ! Qu'elle comprenne qu'elle n'a plus de protectrice et qu'elle a tout à gagner à nous obéir !

Hugues s'écarta à contrecœur pour les laisser passer. Un soldat revenait avec un nouveau flambeau.

— Éclairez-moi, voulez-vous ? ordonna-t-il à Tancrède. L'effroi de cette gamine nous apprend que nous ne sommes pas très loin du but.

Il commença à examiner les lieux et quand Simon revint, l'esclave en larmes devant lui, Hugues avait poussé l'étagère.

— Vous pouvez la lâcher, remarqua-t-il, elle n'a fait qu'une chose que vous enseignez chaque jour à vos hommes : obéir à son chef. Et son chef à elle, c'était Théodora !

Il se tourna vers la fille.

— Tu devais avertir l'homme que cachait ta maîtresse, n'est-ce pas ?

Malgré ses pleurs, l'esclave hocha la tête.

— Il se cache ici ?

Nouveaux hochements de tête. L'Oriental eut pitié de la petite dont le regard terrorisé allait du maître capitaine à lui.

— On ne te fera pas de mal. File maintenant ! Va rejoindre les autres et tiens-toi tranquille !

L'esclave ne se le fit pas dire deux fois et détala. Hugues écarta d'un geste la toile qui masquait l'ouverture d'un tunnel.

— À vous l'honneur, maître capitaine. Je ne sais si la bête est là, mais du moins avons-nous trouvé son terrier.

Le caïd avait l'air stupéfait. Le maître capitaine dégaina son sabre et passa devant eux, sa torche haut levée. Ils arrivèrent bientôt devant une porte close. Simon demanda qu'on lui apporte une hache. Quelques instants plus tard, ils pénétraient dans la chambre des amours interdites.

51

Sur le lit défait, quelques vêtements d'homme ; dans un plat, des restes de nourriture… Quelqu'un avait vécu là. Mais qui ? La fouille ne leur apprit pas grand-chose, si ce n'est que cette chambre devait avoir eu d'autres usages tout aussi secrets et que son existence était ancienne.

— Une chambre d'amour ? hasarda Hugues en se tournant vers le caïd.

— J'en ai bien peur, approuva Pierre. Une légende courait parmi nous concernant une pièce dont se serviraient les femmes pour accueillir leurs amants. On dit tant de choses dans le harem… Sur ce point, Théodora avait raison, je n'ai jamais cru que ce fût vrai.

— Des hommes arrivent donc à pénétrer à l'intérieur du harem ? s'étonna Simon.

— Ce n'est pas cela qui m'intrigue. Avec les complicités qu'il faut ou beaucoup d'argent, on entre partout. Non, c'est le fait que cet endroit soit resté secret.

— Il fallait que les favorites, ou du moins l'une d'elles, en soit l'organisatrice, reprit Hugues. Cela existait-il avant l'arrivée de Théodora ? En tout cas, elle était assez puissante et respectée pour l'avoir conservé. Ni les amants ni les courtisanes qui y avaient accès ne la trahiraient. Les autres ne pouvaient que rêver d'y pénétrer et essayer de lui complaire.

— Mieux vaut que tout cela ne vienne pas aux oreilles de notre roi, il serait furieux, conclut le caïd.

— Cela ne nous dit pas qui vivait là ni où il est parti, maugréa Simon. Ni où est la couronne. Il ne l'a tout de même pas prise avec lui.

— Je ne comptais pas la trouver ici, répondit Hugues. Mais la nuit n'est pas finie. Il faut aussi fouiller le palais. Je ne crois pas que notre homme soit bien loin.

L'Oriental se tourna vers le caïd.

— Vous allez devoir interroger à nouveau Amina et toutes les autres. Prenez un clerc avec vous et notez tout. Il faut trouver qui étaient les gens que fréquentait Théodora. Avait-elle un amant secret ?

— Avec l'assentiment du roi, qui trouvait là un moyen de s'assurer de la fidélité de ses barons, elle avait de nombreux amants, messire.

— C'est son amant de cœur qu'il faut trouver, mais peut-être était-il de ceux-là. Vous avez du travail, caïd Pierre.

Tancrède s'approcha de son maître.

— Tout a été si vite… je ne vous ai pas dit… Avant de se jeter dans le vide, Théodora a prononcé un nom… Gamaliel.

— N'a-t-elle rien dit d'autre ? demanda Hugues.

— Il fallait que je lui dise qu'elle l'aimait.

— Nous avançons. Voilà qui vous aidera dans vos recherches, caïd Pierre. Avait-elle aussi des amis parmi les eunuques ?

— Certainement, avoua le caïd, et moi, tout le premier. C'était une femme si charmante et… si persuasive. Et puis, elle était généreuse et distribuait facilement l'or et les bijoux que lui donnait le roi.

— Faites au mieux, alors. Je veux savoir qui est ce Gamaliel. Le maître capitaine et moi allons prévenir Maion de Bari.

— Mais vous pensez donc qu'il n'a pas quitté le palais ? demanda Pierre.

— Bien au contraire, je suis sûr qu'il va chercher à se venger.

Alors qu'Hugues, Tancrède et le maître capitaine avaient rejoint Maion de Bari, les trompes d'alerte résonnaient dans tout le palais, et les soldats de la Légion de repos dans la salle de garde enfilaient leurs cottes de mailles et saisissaient leurs lances.

52

Alerté par la muette, Gamaliel s'était enfui. Il s'était faufilé dans un conduit d'aération si étroit que ses hanches maigres en avaient raclé les parois. Le boyau ouvrait sur le jardin, il s'était laissé glisser au sommet de l'un des arbres, observant en silence les soldats qui couraient en tous sens à ses pieds.

Puis des hurlements avaient retenti dans le harem tout proche et le jardin s'était vidé. Gamaliel avait écarté les feuilles. De son observatoire, il avait aperçu la grande salle et failli lâcher prise. Les gens formaient un cercle autour d'une masse où le jaune pâle d'une robe se mêlait au sang et aux entrailles.

Même si Gamaliel n'avait pas reconnu son amante, il avait deviné que c'était elle qui gisait là sous les regards de la foule. Tout était donc fini. Après son fils, son aimée. Il ne restait plus que la mort. Partout.

La souffrance était devenue si intolérable qu'il s'était mordu le poing pour ne pas hurler. Combien de temps était-il resté ainsi, la raison vacillante, le corps agité de tremblements ? C'était le son des trompes qui l'avait ramené à lui. Ils le cherchaient.

Partout aux fenêtres du palais s'allumaient des lumières. La grande battue était commencée. Il avait saisi son coutel et l'avait glissé entre ses dents pour se hisser à nouveau vers le conduit d'aération.

53

Maion n'arrivait pas à dormir et quand Gaetano vint le prévenir qu'Hugues de Tarse, le sire d'Anaor et son beau-frère l'attendaient, il se leva aussitôt.

— Dis-leur que j'arrive ! s'écria-t-il en enfilant les mules et le burnous que le page lui avait tendus.

Quelques secondes plus tard, il rejoignait les trois hommes dans son bureau. Hugues, sans perdre de temps, lui exposa les faits. Simon lui demanda l'autorisation de fouiller le palais.

— Je ne crois pas que notre évadé essayera de fuir, ajouta Hugues. Je crois plutôt qu'il va se venger. Le roi est-il en sûreté ?

— Il n'y a pas de lieu mieux gardé que ses appartements, assura l'émir des émirs. Et bientôt, à moins qu'il ne change ses projets, il partira chasser avec ses barons.

Son regard se fixa sur son beau-frère.

— Va, va, et trouve-moi cet homme ! ordonna-t-il. Gaetano, viens prendre ceci (l'émir avait griffonné deux messages qu'il tendit au page) et porte-les au roi et à la reine !

Une fois Gaetano et le maître capitaine sortis, l'émir fit signe à Hugues de reprendre son récit où il l'avait interrompu. La sonnerie lugubre des trompes retentissait déjà dans tout le palais.

— Et la couronne ?

Rien ne servait de rappeler à Maion qu'il ne lui avait confié l'enquête que quelques heures auparavant, songea Hugues. Il ne serait satisfait qu'une fois le kamelaukion retrouvé et les assassins enchaînés.

— Il nous faut d'abord démêler l'écheveau dont vous m'avez gratifié, déclara Hugues. Dès le début, j'ai pensé que l'affaire était plus complexe qu'elle ne le paraissait. D'un côté, nous avions un évadé de la prison royale. De l'autre, trois meurtres commis la même nuit, l'un près de la salle d'audience, l'autre à la prison et enfin le dernier, près du harem. Sur l'un de ces cadavres seulement, nous avons trouvé un message. Deux jours plus tard, trois hommes de la Légion sont tués, on vole la couronne et on trouve le même message.

— Je sais tout cela, s'impatienta Maion.

— Il est pourtant nécessaire de récapituler les faits, sire émir. Imaginez ce fugitif qui, après avoir tué son geôlier, se glisse dans les *qanats*. Il y erre sans doute un moment avant de ressortir dans le palais. Maintenant, imaginez le même homme tuer le garde de la salle d'audience, lacérer le mantel puis, de sa plus belle plume, rédiger le message que nous avons lu, vous et moi.

— Non, réagit l'émir. Non. Cela ne va pas.

— C'est ce que je pense. Il paraît peu probable qu'un homme épuisé par la captivité, risquant d'un instant à l'autre d'être repris, tue ce garde, trouve de quoi écrire et s'acharne sur le manteau. Nous sommes donc devant une invraisemblable coïncidence : cette nuit-là, deux hommes, que rien ne reliait, ont frappé !

En bon orateur, Hugues laissa le temps à ses interlocuteurs d'assimiler cette idée.

— Nous avons donc d'un côté un fugitif et de l'autre un homme qui se réclame de la secte des Assassins. Mais revenons à notre évadé.

— Sauriez-vous enfin son nom ?

— Grâce au sire d'Anaor, à qui Théodora s'est confiée avant de se suicider, nous avons appris qu'il se nomme Gamaliel.

— Théodora, la Byzantine ? Suicidée ? s'écria l'émir à qui tous les événements de cette sombre affaire n'avaient pas encore été relatés.

— Oui, elle s'est jetée du balcon dans la grande salle. Je vous conterai bientôt son rôle.

— Théodora, répéta Maion que cette nouvelle avait ébranlé. Continuez, continuez.

— Tancrède, exposez à l'émir ce que vous avez trouvé dans la cellule de Gamaliel.

— Il y avait, dissimulés par la paillasse, des traits gravés sur le bas du mur, expliqua le jeune homme, je les ai comptés. Même si on imagine que notre homme n'a pas scrupuleusement noté chaque jour, cela faisait au moins six mois qu'il était prisonnier.

— Six mois… Mais qu'est-ce qui nous dit que ce n'est pas un autre qui a fait ces marques ?

— D'après les geôliers, cette salle était auparavant réservée aux gardes. C'était la première fois qu'on y enfermait un détenu.

— C'est vrai. (L'émir calcula.) Il aurait donc été emprisonné à la fin de l'hiver dernier.

Maion de Bari s'abîma dans une profonde réflexion. Comptait-il tous ceux qu'il avait condamnés et envoyés en prison ?

— Donc à peu près au même moment que Simon de Policastro et l'archidiacre de Catane, Asclettin, finit-il par dire.

— Pourquoi avez-vous fait enfermer l'archidiacre ? On m'a dit qu'il vous était dévoué.

— C'était le cas. Mais il n'y a pas que la trahison qui vous envoie en prison. La tiédeur peut parfois être cause de disgrâce. Revenons à ce Gamaliel, voulez-vous ? fit l'émir, qui, à l'évidence, ne tenait pas à en dire davantage. Il n'aurait donc tué que son geôlier et l'eunuque ?

— Oui, nous avons le témoignage d'une favorite qui dit avoir croisé cette nuit-là un homme dans les couloirs du harem. Un homme qui aurait rejoint les appartements de Théodora.

— Mais pourquoi le harem plutôt que d'essayer de s'enfuir ?

— Vous avez raison, émir. D'autant que les *qanats* auraient pu le conduire en dehors des murs de la ville ou vers le port. Mais non, Gamaliel avait une raison puissante de choisir le harem et cette raison, c'était la belle Théodora.

— Continuez !

— S'il y a une chose qui paraît sûre, c'est qu'un lien très fort unissait le fugitif à la belle Byzantine. Celle-ci, au risque de sa vie, lui a offert l'asile dans la chambre des amours interdites.

Comme l'émir fronçait les sourcils en signe d'incompréhension, Hugues lui expliqua ce qu'était ce lieu.

— Pourquoi mes hommes n'ont-ils pas découvert cette pièce ? C'est impensable, ils ont déjà fouillé le harem.

— Le problème, c'est que dès le début vous avez tous associé les meurtres des gardes à celui de l'eunuque. Et nul n'avait remarqué que le trousseau de clés menant au *tiraz* et au harem avait été volé.

— Les clés ! Faut-il donc tout leur dire ?

— Vos gens n'ont rien trouvé parce que le premier crime les préoccupait davantage.

— Ce sont des incapables ! maugréa l'émir.

— Revenons à la fouille de ce soir. Une esclave a averti notre homme de prendre la fuite. Et quand nous sommes entrés dans la cachette, elle était vide.

— Bien, bien, fit l'émir dont la colère contre ceux qui l'entouraient n'avait fait que croître. L'histoire de ce Gamaliel m'amusera sans doute quand nous aurons trouvé l'autre homme. L'Assassin, c'est celui-là que je veux, et la couronne.

Hugues songea que la rapidité de leur première révélation n'était pas, pour autant, le gage de leur sécurité, à Tancrède et à lui.

— Et n'oubliez pas, insista l'émir, que ce message vous accuse, vous, Hugues de Tarse.

— Que voulez-vous dire ?

— Il n'y a que peu de personnes qui connaissent les Assassins. Aucune qui les ait approchés. J'ai discuté avec Al-Idrisi, notre géographe. Il était, bien entendu, au courant de leur existence tout comme certains musulmans ou anciens croisés, d'Avellino aussi… Mais de vous à moi, lequel d'entre vous a le plus intérêt à ébranler le royaume et à se débarrasser du roi ?

Comme Hugues ne répondait pas, Maion continua, implacable :

— Vous ! Pour faire monter votre protégé sur le trône. Que pensez-vous de ce coup-ci, messire ?

L'émir semblait s'amuser à nouveau, il reprenait sa partie d'eschets et la tournure de ses réflexions inquiétait de plus en plus l'Oriental. D'autant que oui, pour l'instant, il était le coupable idéal.

Tancrède se tenait coi, inquiet du tour que prenait l'entretien.

— Je crois que le royaume de Sicile était ébranlé bien avant notre arrivée, messire, contre-attaqua Hugues. N'a-t-on pas déjà essayé de vous assassiner ? Vos ennemis sont nombreux et multiples. Et il n'est pas impossible que les Assassins se soient rangés à leurs côtés.

— Ces gens-là ne s'arrêtent jamais, n'est-ce pas ?

— Quand un *fidâ'î* échoue, le Vieux en envoie d'autres.

Les paroles d'Hugues faisaient écho aux plus terribles angoisses de l'émir.

— Quant aux éventuels prétendants au trône, poursuivit Hugues, ils sont nombreux, que ce soient les Loritello ou les de Lecce. Et si nous étions coupables, le sire d'Anaor et moi, dites-moi : pourquoi avons-nous suivi la Légion au lieu de nous enfuir ?

— Je n'ai pas encore la réponse à cette question. C'est sans doute à cause de cela, messire, que nous continuons à jouer cette partie. Qu'allez-vous faire, maintenant ?

— Étudier les registres que j'ai demandés qu'on porte dans mes appartements, ils me donneront peut-être la réponse que j'attends…

— Réfléchissez vite, messire, et n'oubliez pas que vous n'avez pas le droit de quitter la Galca.

— Je n'oublie pas que nous jouons une rude partie d'eschets et que nous ne sommes pas encore arrivés à la phase du *akhir ad-dusut*, le final.

— Pourtant, j'ai le sentiment que la mise à mort ne saurait tarder, prédit l'émir.

54

Incapable de dormir, Eleonor avait marché de long en large dans sa chambre avant de s'assoupir, épuisée, dans un siège placé devant la fenêtre. Elle ne sut jamais ce qui l'avait réveillée mais quand elle souleva les paupières, il faisait nuit noire et une lueur dansante brillait à travers les feuillages. Elle crut d'abord qu'elle rêvait puis comprit que quelqu'un revenait vers le palais avec une lanterne. Intriguée, elle se dressa et attendit. Elle ne vit pas les traits de celui qui entrait dans la bâtisse, mais peu après retentissait dans le couloir un pas qui ressemblait à celui de d'Avellino.

Le silence retomba. Pourquoi le chevalier serait-il allé dans le jardin à cette heure ? Pour contempler la statue de Judith alors que son portrait était dans une chambre voisine de la sienne ? À la fois pour penser à autre chose qu'à Hugues et pour en savoir plus sur son hôte, Eleonor décida d'aller voir de quoi il retournait.

Elle attendit longtemps afin d'être sûre que tout le monde dormait, glissa son poignard dans les plis de sa ceinture, fit signe au chien de rester tranquille et sortit, masquant de sa paume la flamme de sa lampe à huile.

Pas de bruit, le couloir était désert et aucune lumière ne filtrait sous la porte du chevalier noir. Elle se dirigea vers l'escalier qu'elle descendit lentement, s'arrêtant à chaque marche. Un instant plus tard, elle était dans l'antichambre et ouvrait l'une des portes menant au jardin. Même si tout semblait paisible, elle sentait les battements affolés de son cœur dans sa poitrine.

De nuit, le jardin lui parut immense et aussi impénétrable qu'une forêt. Tout était noir et plus lugubre encore que dans la journée. Elle faillit rebrousser chemin puis se remit en marche, les chaussons de tissu atténuant le bruit de ses pas sur le sable de l'allée. La végétation se referma sur elle. Seul le souffle frais du greco, cette brise du nord-est qui remplace le vent de terre, troublait le silence.

Après avoir longé les bassins, elle arriva enfin devant la statue de Judith. À la lueur de la lampe, la sculpture avait des allures d'idole païenne. De celles dont on a oublié le culte mais dont on pressent qu'il était effrayant.

Un froissement dans les buissons la fit se jeter au milieu du lierre. Elle se recroquevilla, masquant sa lampe du mieux qu'elle le pouvait. Le cri d'un oiseau de nuit retentit, puis plus rien. Pensant à tous les dangers qu'elle avait traversés pour arriver jusqu'en Sicile, elle s'en voulut de cette peur irraisonnée, ridicule, et allait se redresser quand un souffle glacé fit vaciller la flamme. Elle se tourna, le lierre masquait la bouche noire d'un tunnel.

« Voilà donc où allait le chevalier », songea-t-elle, excitée par sa découverte. Elle écarta le feuillage et avança. Elle n'avait pas fait trois pas que le sentiment d'angoisse revint.

Elle se trouvait à l'orée d'une grotte si profonde qu'elle n'en distinguait pas le bout. Au loin dansait une lueur ténue, irréelle. Elle leva son lumignon et se figea.

Ils étaient là, à la guetter, debout dans la pénombre. Des silhouettes inquiétantes et muettes. Elle esquissa un mouvement de fuite, puis se dit que cela ne servirait à rien. Ils la rattraperaient. Elle attendit, mais rien ne se passa. Ils n'avaient pas bougé.

Intriguée, elle avança d'un pas, puis d'un autre… et poussa un hurlement de terreur absolue.

JUDITH

55

— Notre seule chance est la passion de Maion pour les eschets, avait conclu Hugues en refermant la porte de leur appartement.

Le regard de Tancrède parcourut la vaste pièce aux lits garnis de coussins. Dans un angle se trouvait la table de travail avec les registres que son maître s'était fait apporter. Il alla à la fenêtre qu'il ouvrit, recherchant la fraîcheur vivifiante du greco.

— Dormez ! conseilla son maître. J'ai idée que la nuit va être courte. Vous me relaierez ensuite.

— Comme vous voulez, fit-il en se jetant tout habillé au milieu des coussins.

Et il s'assoupit avec cette facilité que lui enviait son maître.

Hugues ouvrit le premier registre. Celui des prisonniers de l'hiver précédent. C'était un document que personne n'avait encore consulté, le maître capitaine n'ayant pas songé à remonter si loin dans le temps. Il arriva bientôt à la page où figurait Simon de Policastro. Les noms défilaient. Ses yeux se brouillaient parfois, ses idées aussi.

La pensée qu'Eleonor était en danger ne le quittait pas. La savoir entre les mains de d'Avellino le rendait fou. Devait-il voir un signe dans le fait que les deux seules femmes qu'il ait vraiment aimées aient été captives de Bartolomeo ? Hugues n'aurait jamais pensé revivre un jour les affres de l'amour. Et pourtant, Eleonor... La passion qu'elle lui inspirait était d'autant plus violente que, depuis leur rencontre à Barfleur, elle n'avait été accompagnée que d'interdit et de frustration. Tout d'abord promise à un autre, désormais prisonnière de son pire ennemi... Était-il écrit quelque part que l'amour ne devait lui apporter que souffrance ?

Il soupira, essayant de revenir à la double enquête qu'il devait mener et au registre placé devant lui. Ce qui le souciait le plus était la présence des Assassins. Il n'était pas impossible qu'ils soient en Sicile. Le Vieux était prêt à tout pour accroître son pouvoir et avait même déjà essayé de s'en prendre aux Templiers. Il n'hésitait pas à monnayer fort cher les services de ses *fidâ'î*, concluant parfois de surprenantes alliances avec des sultans et parfois même des chrétiens.

Par contre, il voyait mal le pourquoi de cette affaire. Guillaume Ier venait de remporter une éclatante victoire en Italie, mais en même temps laissait se réduire l'empire qu'avait bâti son père Roger II et n'avait visiblement aucun désir d'expansion en Orient. Y avait-il quelque lien entre le Vieux de la Montagne et un puissant baron normand ? L'un d'eux arrivait peut-être d'Orient ou y avait des intérêts que contrecarrait la politique de Guillaume Ier. Tout cela demandait du temps, et il n'en avait pas.

Son regard se fixa à nouveau sur le registre, un nom était apparu, celui de l'archidiacre de Catane, Asclettin. Il fallait en finir avec le fugitif. Même si les soldats du roi ne l'avaient pas encore trouvé, savoir qui il était serait déjà une première victoire. Son instinct lui disait que Gamaliel était l'un des compagnons de l'archidiacre. Suffisamment proche du pouvoir pour côtoyer Théodora, suffisamment puissant pour lui plaire. Sur la page figurait une longue liste de seigneurs et de chevaliers jetés en prison au même moment. Hugues ne put s'empêcher de maudire sa malchance, ces hommes-là n'étaient inscrits que par les initiales de leurs prénoms suivies des noms de leurs fiefs dans les Pouilles ou en Sicile. Ainsi se suivaient les noms de F.G. di Cervinara, G. di Foggia, R. di Avelario et de bien d'autres. Et les lettres G étaient nombreuses. Gamaliel se dérobait à nouveau.

Un grattement à la porte interrompit les réflexions de l'Oriental. Alors qu'il se levait, un pli apparut sous le vantail. Quand il ouvrit, le couloir était désert.

Pensif, il retourna à sa table et s'absorba dans la lecture du mystérieux message.

Je n'ai pas oublié ce que je vous dois, messire. J'ai retrouvé qui vous savez. Le temps presse. Le danger est grand. Il faut que je vous voie. Celui qui vous a porté ce message vous attend aux écuries avec vos montures. Il vous conduira à moi.

Aucune signature n'était nécessaire, Hugues était sûr que ce message-là venait du Chypriote. Que devait-il faire ? Abandonner les recherches qu'il menait ici et voler au secours d'Eleonor ? Il savait que s'il faisait cela malgré l'interdiction de quitter la Galca, ils auraient la Légion aux trousses et Maion les condamnerait à mort.

Un courant d'air éteignit sa bougie, plongeant la pièce dans l'obscurité. Il avait mal refermé la porte et elle s'était rouverte. Il allait se lever quand il entendit un bruit. Il s'immobilisa et posa la main sur la garde de son poignard quand le bruit se répéta. Plus rien, le silence était retombé. Pourtant il était sûr de ne pas avoir rêvé.

Il traversa la pièce et se glissa dehors, les torches étaient éteintes et seule la clarté de la lune qui pénétrait par les hautes fenêtres éclairait le dallage. Dans cette lumière diffuse, il lui sembla discerner une masse sombre. Il s'approcha et découvrit les corps inanimés des gardes. La porte de l'appartement de Maion était entrouverte.

56

Gamaliel s'était arrêté, le cœur battant. Au milieu d'un grand lit aux montants de bois sculpté, protégé par des tentures, dormait l'émir des émirs. Trop énervé pour réussir à trouver le sommeil, Maion avait bu une des potions de Grimoald à base de pavot d'Orient et s'était enfin laissé couler dans un bienheureux oubli.

Gamaliel s'approcha pour mieux voir le visage de celui qu'il s'était juré de tuer, celui qui, sans raison, avait condamné son ami Asclettin et tant d'autres, celui par qui était morte son amante…

Le souffle de l'émir soulevait les draps, une de ses mains ornées de bagues pendait dans le vide.

Gamaliel n'entendit pas le bruit de course dans le couloir. Il leva son arme, et bascula en avant, entraîné par Hugues. Les deux hommes roulèrent à terre, étroitement enlacés.

Maion de Bari se réveilla en hurlant et appela : « À la garde ! », faisant accourir Tancrède. Au milieu de la chambre, bousculant les poufs, déchirant les tentures, Gamaliel et Hugues se battaient.

Le fugitif avait une force de possédé. Esquivant, plongeant, frappant avec une énergie si désespérée et tant de violence que le Gréco-Syrien avait du mal à contenir ses assauts. Plus le temps passait, plus les forces d'Hugues s'épuisaient et l'ardeur de son adversaire se renforçait. Le khandjar de Gamaliel était partout. Tancrède regardait son maître avec inquiétude quand Simon et des gardes de la Légion arabe entrèrent.

Maion, rassuré par cette irruption, leur fit signe de ne pas intervenir et un cercle se forma autour des combattants. La pièce résonnait de leurs cris de rage et de leurs halètements. Soudain, la lame de Gamaliel décrivit un arc rouge sur le flanc de l'Oriental qui recula d'un bond. Gamaliel chargea alors si violemment qu'il renversa Hugues. Tancrède sentit son cœur bondir dans sa poitrine, une lueur d'excitation s'alluma dans le regard de Maion de Bari… Hugues tenait bon, mais ses forces l'abandonnaient, la lame se rapprochait de sa gorge… Alors, oubliant les préceptes chevaleresques qu'il avait enseignés à son protégé, il décocha un violent coup de genou entre les cuisses de Gamaliel et réussit à se dégager.

Tancrède se jeta sur le fugitif et saisit le poignet qui tenait l'arme, forçant Gamaliel à ouvrir les doigts.

— Relève-toi, ordonna Hugues qui le menaçait maintenant de son épée. Gamaliel ! Lève-toi. Tout est fini.

À l'appel de son nom, le fugitif obéit. Il était décharné et livide. Son regard allait de Maion de Bari à celui qui l'avait vaincu.

L'émir des émirs s'approcha pour voir son visage et parut dépité de ne pas le reconnaître.

— Quel est ton nom ? demanda-t-il.

La silhouette maigre s'était redressée, Gamaliel paraissait soudain grandi et l'on devinait quel homme il avait dû être.

— Un des vassaux de ton roi, lâcha-t-il, le souffle court. Un fidèle serviteur. Tu en as trop jeté en prison pour te souvenir de chacun d'entre nous, mais on finira par te tuer, prédit Gamaliel en lui crachant à la face.

— Emmenez-le ! ordonna Maion avec mépris.

— Vous ne m'empêcherez pas de rejoindre ceux que j'aime ! hurla Gamaliel.

Et, avant que quiconque ait pu faire un geste, il se jeta sur la lame avec laquelle Hugues le tenait toujours en respect. Une grimace de douleur le défigura. Il tomba à genoux, tenant le fer qui l'avait transpercé.

Stupéfait, Hugues regarda le corps de son tragique ennemi basculer alors que Tancrède se précipitait pour murmurer à l'oreille du mourant :

— Théodora m'a fait promettre de vous dire qu'elle vous aimait.

Les yeux de Gamaliel s'agrandirent, il eut un dernier soubresaut. Il était mort.

L'alerte sonnait toujours. Alors que le plus grand désordre régnait encore dans les appartements de l'émir et que Tancrède aidait son maître à nouer un tissu autour de son torse pour arrêter le sang, le silence se fit.

Un lévrier à la robe couleur de miel entra dans la pièce, puis des pages qui s'écartèrent pour laisser passer la reine.

Un mantel de velours pourpre retenu par un fermail byzantin dissimulait la chainse de toile blanche qu'elle portait au lit. Ses cheveux d'un noir profond étaient retenus en un chignon sévère, accentuant l'air de grâce hautaine de son visage. Son regard effleura l'assistance, s'arrêta sur Tancrède et Hugues, puis se tourna vers Maion qui s'inclina très bas.

— Ma reine !

— On vous assassine, m'a-t-on dit ?

— Grâce aux sires d'Anaor et de Tarse, ici présents, la bête est morte, ma reine, répondit l'émir en désignant le cadavre.

La reine Marguerite n'accorda aucune attention à la dépouille de Gamaliel. Elle s'était approchée de Tancrède qui s'inclina à son tour. Elle l'examina lentement, passant de sa figure aux traits réguliers à ses yeux verts qu'ombraient de longs cils avant de jeter un regard appréciateur sur sa haute stature et sa taille mince.

— On m'avait dit que vous étiez beau, sire d'Anaor, lança-t-elle, on m'a menti !

Encore sous le choc de ce qui venait de se passer, Tancrède ne dit mot.

— Vous êtes mieux que cela, poursuivit-elle. Et vaillant aussi, si j'en crois mon cher Maion. Mettriez-vous votre épée au service de mon roi… et au mien ?

— À votre service, ma reine, répondit-il en s'inclinant à nouveau.

Marguerite s'était déjà détournée, et à présent regardait Hugues qui achevait d'enfiler sa chainse.

— Je me demandais quel homme vous étiez, sire de Tarse. Ancien compagnon d'armes du duc de Pouilles et de Georges d'Antioche, apprécié de mon beau-père Roger II… Serez-vous le fidèle vassal de mon époux Guillaume ?

S'inclinant devant la reine malgré la douleur qu'il ressentait au côté, Hugues, pour réponse, cita Sénèque :

— *La prospérité demande la fidélité, l'adversité l'exige*, ma reine.

Un mince sourire flotta sur les lèvres de la reine dont le philosophe romain était l'auteur préféré. Elle s'adressa à l'émir :

— Quand le roi sera au Parco Nuovo, venez me voir, mon ami. Nous avons à parler tous deux.

Elle ressortit comme elle était entrée, suivie de ses gens et de son lévrier à la robe couleur de miel.

— Voilà les présentations faites, messires, déclara l'émir des émirs. La reine semble vous trouver plus à son goût que votre demi-frère, sire d'Anaor. Il faut avouer qu'il est fort laid et presque contrefait.

Il s'approcha du cadavre de Gamaliel qu'il poussa du bout de sa babouche. Une tache rouge allait s'élargissant sur le dallage.

— *Le cadavre d'un ennemi sent toujours bon*, fit-il en paraphrasant Vitellius.

— C'est singulier de penser que nous ne saurons peut-être jamais son nom, remarqua Hugues, qui ne pouvait s'empêcher d'éprouver de la sympathie pour Gamaliel.

— Qu'importe ! fit l'émir en haussant les épaules. Puisqu'il est mort.

57

L'aube allait pointer et, dans la cour intérieure, l'agitation était à son comble. Les hennissements des destriers couvraient le brouhaha des voix et les aboiements des chiens. Le roi Guillaume partait à la chasse.

Pleins d'ardeur, chevaliers et seigneurs se plaçaient derrière lui, bannières et gonfanons rangés derrière l'étendard aux lions pourpre et or du royaume de Sicile. Des groupes se formaient, on s'apostrophait joyeusement. Les veneurs, munis des cors et des couteaux à dépecer, les braies recouvertes de houseaux de cuir, montaient en selle sur leurs solides roussins. À quelques pas de là, des valets retenaient les longes d'une meute de chiens.

Immobile et droit sur sa selle, reconnaissable de loin à sa longue cape de samit vermeil que surmontaient ses cheveux d'un roux flamboyant, le roi leva la main.

Les sonneries des trompes des hérauts retentirent, la troupe s'ébranla. À l'arrière venaient les dames, celles qui savaient chevaucher sur des palefrois, les autres, comme la petite Rochésie, dans des voitures bâchées. L'homme qui avait attendu Hugues et Tancrède aux écuries se glissa avec eux parmi les cavaliers qui fermaient le convoi.

Ils passèrent les portes sous les vivats des gens de la Galca qui acclamaient le roi. Puis les destriers prirent le galop dans les rues du Qasr de Palerme. Trois cavaliers quittèrent le cortège, ralentissant l'allure jusqu'à s'arrêter sur une placette voisine.

— Personne n'est à nos trousses, remarqua Hugues de Tarse.

— Nous sommes presque arrivés, messire, la maison de mon maître est proche.

Hugues hésitait à donner le signal du départ. Sentant son regard sur lui, Tancrède déclara :

— Je sais ce que nous risquons. Mais même si Maion lance la Légion à notre poursuite, je ne regretterai jamais de vous avoir accompagné. Allons ! Nous sommes attendus.

Hugues lui étreignit l'épaule, un pâle sourire sur les lèvres. Il avait perdu beaucoup de sang et la blessure infligée par Gamaliel le faisait terriblement souffrir.

— Merci.

Ils repartirent. Et à quelques toises de là, leur guide sauta de cheval pour frapper à une porte.

— Je vais garder vos montures, fit-il.

58

Au palais, Gaetano, qui était venu les chercher, s'aperçut que leur harnois avait disparu de leur chambre. Il fila aux écuries, puis, constatant que les « buveurs de vent » n'étaient plus dans leurs stalles, il courut annoncer la disparition de ses invités à son maître. Furieux, l'émir des émirs convoqua aussitôt le maître capitaine.

— Trouve-les ! Tu entends ? Et ramène-les-moi !

Maion était blanc de colère. Il sortait d'un entretien avec la reine, et il avait bien senti que le jeune d'Anaor et son maître ne lui déplaisaient pas, ce qui l'avait profondément agacé, car il était fort jaloux d'elle et craignait plus que tout de perdre la complicité qui les liait. Apprendre de plus qu'Hugues et Tancrède avaient osé enfreindre ses ordres le mettait en rage.

— Les palefreniers disent qu'ils sont partis avec la chasse du roi, déclara Simon qui s'était renseigné.

— Trouve-les ! Ou par Dieu tout-puissant, même si tu es mon beau-frère, tu pourriras dans une geôle ! Et prends la Légion avec toi !

59

Quand Eleonor rouvrit les yeux, sa lampe s'était éteinte, et seule une lueur diffuse éclairait le fond de la caverne. Un frisson la prit au souvenir de ce qu'elle avait vu, elle ferma les paupières, comprimant sa poitrine de ses bras, essayant de recouvrer un calme qui ne venait pas.

Des cadavres, debout, appuyés contre les parois de la grotte, dans des postures grotesques. Des cadavres comme jamais de sa vie elle n'en avait vu. Deux hommes et une femme, la peau noirâtre et parcheminée, leurs mains aux ongles démesurés sortant des manches de leurs habits neufs. Des têtes hideuses aux orbites vides.

Rassemblant son courage, elle se redressa et, prenant soin de rester au milieu de l'allée, les yeux fixés sur la lueur, avança jusqu'au fond de la grotte.

Un mort gisait en travers du chemin et son crâne avait roulé sur le sol. De longs poils de barbe entouraient le puits noir de sa bouche, une mousse grise dévorait ses restes. Eleonor étouffa un cri.

Et puis soudain, elle la vit.

Judith.

Vêtue comme une reine d'une longue robe de satin doré, une écharpe pourpre autour de son cou noirâtre, des perles dans sa chevelure couleur de cendre, elle était recroquevillée sur un fauteuil, ses mains desséchées sagement croisées sur ses genoux. À ses pieds, dans une corbeille doublée de tissu, étaient posées des offrandes : colliers, bracelets, pierres précieuses, monnaies d'or, statuette d'ivoire, casque orné de pierreries…

Eleonor n'arrivait pas à détourner son regard du visage convulsé ni de cette bouche tordue par la douleur qui semblait rire atrocement. Elle était si bouleversée qu'elle n'entendit pas les pas derrière elle.

— Ainsi, vous êtes venue jusqu'ici, tonna la voix de d'Avellino.

Le chevalier l'agrippa par le bras et l'entraîna jusqu'à l'une des parois d'où pendait une chaîne.

— Que faites-vous ? Lâchez-moi ! s'écria-t-elle en se débattant.

Le chevalier la frappa d'un coup sec entre les deux yeux. Le corps de la jeune femme s'affaissa. D'Avellino glissa l'une de ses chevilles dans l'anneau de fer qu'il referma et dont il empocha la clé.

Quand Eleonor revint à elle, une sourde douleur lui taraudant le crâne, Bartolomeo était toujours là, debout devant la dépouille de sa sœur qu'il regardait fixement.

Enfin, il se tourna vers la jeune Normande.

— Le jour va bientôt se lever, mais je vous laisse de la lumière, le mausolée de ma famille est plus sombre qu'une bouche d'enfer.

— Votre famille ? balbutia Eleonor.

— Oui, mon père, ma mère, mon oncle et, vous l'avez reconnue, ma belle Judith. Quant à celui qui est tombé en travers du chemin, c'était un vieux serviteur, mais il n'a pas eu les mêmes soins que les autres.

— Que voulez-vous dire ? Et que leur avez-vous fait pour qu'ils restent ainsi ?

— C'est vrai que vous n'avez jamais dû voir de momies. C'est une coutume dans notre famille. On arrache les entrailles du mort, on le laisse sécher sur une claie pendant toute une année, puis on le trempe dans un mélange de chaux vive, de vinaigre et d'herbes aromatiques. Une fois sec, on le revêt de ses plus beaux atours afin que la famille puisse lui rendre visite. Pour ma sœur, cela a été plus compliqué… Mais vous voyez, elle est là. Toujours aussi belle.

Se pouvait-il, songea la jeune femme avec un hoquet d'horreur, qu'il ne voie pas cette monstruosité ? Qu'il contemple encore le visage de celle qu'elle était seize ans auparavant ? Était-il devenu fou ?

— Comment est-elle morte ? souffla Eleonor.

— Hugues de Tarse l'a tuée.

— Ce n'est pas possible… Hugues… Non, vous mentez. Pas Hugues !

Il avait tourné les talons. Elle tira sur sa chaîne.

— Où allez-vous ? cria-t-elle. Vous n'allez pas me laisser ici ? Je vous en prie ! Ne faites pas cela !

Mais le chevalier était déjà parti et il n'y avait plus autour d'elle que les silhouettes difformes des momies et le visage terrifiant de Judith.

Eleonor ferma les yeux, essayant de maîtriser la terreur qui montait en elle.

LE DERNIER DUEL

60

Leur guide avait à peine introduit Hugues et Tancrède dans la cour intérieure de la maison du Chypriote qu'un vieil homme en burnous rayé les mena vers la salle où attendait son maître. L'antre du marchand était sombre et surchargé de tissus qui ne voyaient jamais la lumière. Au milieu de ce fatras, Ibrahim était tapi, les yeux mi-clos, semblable à une araignée au centre de sa toile. Pourtant, quand il aperçut Hugues de Tarse, il se fit aider par son serviteur et se leva, non sans difficultés, pour s'incliner devant lui.

— Assieds-toi ! ordonna celui-ci, ayant peine à reconnaître dans cet homme bouffi le garçon maigre et affamé qu'il avait sauvé jadis.

— J'ai changé, messire, constata le marchand de tissus, mais pas vous.

— Allons droit au but, Ibrahim, qu'as-tu à m'apprendre ?

Ibrahim aurait bien voulu s'expliquer avant de parler de la damoiselle de Fierville, mais aucune formulation ne lui paraissait satisfaisante.

— Par Allah ! fit-il. Je suis si content de vous revoir, messire. Cela fait si longtemps !

— Je suis content, moi aussi, Ibrahim. Mais parle, je t'en conjure ! Où est Eleonor de Fierville ?

Le Chypriote hésita à nouveau, puis il aperçut la tache de sang qui s'élargissait sur la chainse d'Hugues.

— Mais vous êtes blessé ! s'exclama-t-il.

— Oublie cela, tu as écrit toi-même que le temps pressait, alors, va, je t'écoute.

Ibrahim n'hésita plus.

— Elle est dans le palais de d'Avellino.

— Tu en es sûr ?

— Les gamins qui me renseignent ne l'ont pas tant repérée elle que son chien, une bête aussi haute qu'un poulain, m'ont-ils dit, mais avec un corps et une tête de loup.

— Sais-tu qui habite le palais ?

— Peu de monde en vérité, messire. Un valet, dame Elvire, Marco et d'Avellino.

— Aucun garde ?

— Non, aucun. Dès que j'ai su que la demoiselle y était, j'ai envoyé un homme à moi, Raoul, un Esclavon, pour surveiller l'endroit. Il est solide et, le cas échéant, pourra vous prêter main-forte.

— Il est toujours là-bas ?

— Oui. Il a escaladé le haut mur et s'est mis en poste. D'après lui, la demoiselle est logée au premier étage, près de la chambre de d'Avellino. Le valet, Elvire et Marco dans les communs avec le vieux serviteur de la jeune femme. Mais il y a eu du remue-ménage cette nuit, et Raoul m'a dit qu'il n'était pas impossible que le chevalier quitte son palais au matin. C'est pourquoi je vous ai dit que le temps pressait.

— Tu sembles bien au fait de tout ce qui concerne d'Avellino, Ibrahim, remarqua Hugues. L'aurais-tu revu après mon départ ?

— C'est lui, pour mon malheur, qui est venu me voir, messire. Je suis…

Le Chypriote hésita.

— … Je suis en affaires avec lui.

— Quand je l'ai connu, il ne s'occupait que de dépenser la fortune de sa famille. Quelles sortes d'affaires ?

— Il est proche du pouvoir. Enfin, il le paraît, tout du moins. Il a ses entrées au palais et chez l'émir des émirs, comme vous vous en êtes aperçu.

— C'est vrai… Et cela m'a étonné. Le d'Avellino que je connaissais ne songeait pas à tout cela.

— C'est un homme mystérieux, messire, et dont je ne comprends pas les desseins. Tantôt il est au côté de Maion de Bari, tantôt…

Le Chypriote baissa la voix comme si on pouvait l'entendre.

— Tantôt il donne de l'argent aux barons rebelles et protège en secret le jeune de Lecce, celui qui pourrait succéder à Guillaume Ier si le roi venait à disparaître.

— Quel est le lien avec toi ?

— Les renseignements…

Le marchand se troubla sous le regard de celui qui lui avait sauvé la vie.

— Je vends des soieries et des damas, messire… mais je vends aussi tout ce qui se dit tout bas et se murmure, s'écrit en secret, se passe dans l'ombre, en cachette… Messire, si grâce à vous je sors du guêpier où je me suis fourré, je jure de vous aider et de ne jamais plus toucher à rien d'autre qu'à mes coupons de tissus.

— Tu parles de m'aider à sauver Eleonor ?

— Pas seulement, messire, je parle de l'enquête que vous menez au palais pour le compte de l'émir des émirs.

Quelque chose dans l'agencement des mots que venait de prononcer Ibrahim, ou dans ces mots eux-mêmes, éclaira soudain Hugues. Alors que le marchand continuait à parler, coupant son discours d'invocations à Allah, l'Oriental comprit enfin le ou plutôt les pourquoi du vol de la couronne et s'étonna de n'avoir pas saisi plus tôt la machination qui se tramait derrière.

Puis le marchand ajouta, cette fois sans plus une once d'équivoque :

— Il fallait des renseignements précis à celui qui s'est introduit dans la salle du Trésor, comme les tours de garde et bien d'autres choses encore que seul pouvait fournir quelqu'un… comme moi, acheva le Chypriote.

— Prépare-toi à nous accompagner chez d'Avellino, Ibrahim. Et envoie un messager prévenir le duc Ruggero Sinibaldo, qu'il nous rejoigne avec des hommes sûrs.

— Mais je ne bouge jamais de chez moi, messire ! s'inquiéta le gros homme. Je ne peux pas, je…

Le regard terrible d'Hugues le dissuada de poursuivre. Il tira sur un cordon pour appeler son serviteur.

— Fais préparer ma voiture !

Bien que surpris par cette demande inhabituelle, la voiture n'étant pas sortie depuis des années, l'homme hocha la tête et fila vers l'auberge voisine qui gardait leurs chevaux.

— Ton homme, l'Esclavon, est là-bas, m'as-tu dit ?

— Oui, messire.

— Tu nous rejoindras avec ta voiture et tu attendras que l'on t'ouvre les portes pour entrer. Si jamais les choses tournaient mal, alors, mon ami, tu n'auras plus qu'à gagner l'al-Andalus pour sauver ta peau !

61

L'aube pointait quand Hugues de Tarse sonna à la poterne du palais d'Avellino. Ces murs immenses et noirs lui rappelaient tant de souvenirs… Une partie de lui-même était morte ici, qu'il n'aurait jamais pensé possible de ranimer. Pourtant, Eleonor de Fierville se trouvait derrière ces sinistres pierres, si proche sans doute que le cœur de l'Oriental battait plus fort qu'il ne l'avait fait depuis plus de seize années.

Le silence avait répondu à l'appel de la cloche et, pendant un instant, Hugues crut qu'il était arrivé trop tard. Il imagina le palais vide, d'Avellino loin de Palerme, et Eleonor… Il ferma les yeux, à la fois sous le coup de l'angoisse et de la douleur dans son flanc.

Le guichet s'ouvrit enfin en grinçant, laissant apparaître la figure de Marco.

— Que voulez-vous ? fit celui-ci d'un ton revêche.

— Ton maître le sait, Marco. Ouvre ! ordonna Hugues.

Le guichet se referma, les pas s'éloignèrent. Un moment passa.

Le soleil s'accrochait aux faîtes des toits et commençait à s'enfoncer dans l'ombre dense des ruelles, chassant la fraîcheur de la nuit.

La poterne s'ouvrit. Marco lui fit signe de le suivre. Hugues franchit le seuil et pénétra dans la cour.

« Le palais n'a pas changé », songea-t-il avant de remarquer les lézardes qui couraient sur la façade, les tuiles cassées, les dalles ébréchées et la mousse qui rampait partout. Passé une première porte, il se retrouva dans l'antichambre, cette vaste salle d'où partait l'escalier qui menait à l'étage. De là, il apercevait le jardin. Il était devenu si sauvage que l'ordonnance et les tracés de jadis avaient disparu.

Les souvenirs l'assaillaient. Les odeurs, les lumières, les couleurs de ces lieux lui rappelaient le passé. Alors qu'il ne voulait penser qu'à Eleonor, c'est Judith qui l'attendait là, et son image qui l'envahissait malgré lui. Non qu'il la revoie telle qu'elle avait été, tout cela était trop ancien. C'était plutôt une douleur sourde, des mots insupportables, des gestes irréparables. Qui a dit que la souffrance s'efface avec le temps ?

Il se força à songer à la vie, à Eleonor.

D'Avellino le rejoignit bientôt. Apparemment, pour lui aussi, la nuit avait été courte. Une barbe bleue mangeait ses joues maigres et ses traits étaient tirés. Ils s'affrontèrent du regard. Ils n'avaient plus à simuler maintenant. Si Maion avait été là, il aurait assisté à l'*akhir ad-dusut*, le final, la mise à mort.

— Je t'attendais, fit d'Avellino dont les paupières s'étaient mises à tressauter. Mais qu'as-tu fait de ton protégé ?

Le chevalier avait utilisé le tutoiement de leur ancienne amitié.

— Je l'ai laissé au palais royal, mentit Hugues. Où est-elle ? Où est Eleonor de Fierville ?

— J'ai appris que tu la cherchais. Après Syracuse, tu as suivi bien des pistes, mais aucune n'était la bonne. Marsico l'avait mise à l'abri non loin de Palerme, dans l'une de ses demeures de Cefalù.

— Cesse ce jeu, veux-tu ? J'ai vu le sire de Marsico qui m'a dit ton rôle dans cette affaire. Pourquoi t'en prendre à Eleonor ?

— Je vais te conter tout cela, mais viens, nous serons mieux assis à l'étage, fit-il en tournant les talons.

Hugues hésita, songeant que, pour l'instant, tant que Bartolomeo gardait Eleonor en otage, c'est lui qui menait le jeu. Comme s'il avait deviné les pensées qui l'agitaient, le chevalier ajouta sans se retourner :

— Tu sais bien que sans mon aide, tu ne la retrouveras pas. Alors suis-moi, et je te promets qu'ensuite je te conduirai à elle.

— Je sais ce que vaut ta parole, répliqua Hugues en gravissant les marches.

— Et moi la tienne ! Mais c'est tout ce que j'ai à t'offrir.

Hugues savait que la chambre de Judith était là-haut. Mais c'était aussi là que le Chypriote disait qu'on avait enfermé Eleonor. Une fois sur le palier, un bruit sourd attira son attention : grattements contre le bois, halètements, grognements.

— C'est cette sale bête ! gronda d'Avellino. Elle est enfermée à double tour mais, depuis une heure, elle s'acharne contre la porte comme si elle pouvait en venir à bout.

Tara, le grand chien d'Eleonor. S'il voulait sortir, c'est que la jeune femme n'était pas avec lui.

— Viens ! fit d'Avellino en s'effaçant pour le laisser passer.

— Passe d'abord ! fit Hugues dont la méfiance n'était pas apaisée.

— Que crains-tu ? Nous avons tant à nous dire. Je ne veux pas, comme autrefois, gâcher mon plaisir en allant trop vite. Imagine, Hugues, toutes ces années passées à te chercher… et à inventer la meilleure façon de te faire souffrir.

— Tu es fou, d'Avellino !

Les tics sur le visage du chevalier noir s'étaient amplifiés, déformant ses traits réguliers.

— Peut-être, mais qu'importe ! fit-il en s'asseyant sur un des fauteuils. La raison, la folie… Le monde n'est que question de point de vue, et le mien, fol ou non, en vaut bien d'autres et me convient. Tu sais, le plus drôle, c'est toi qui m'as montré le chemin.

— Que veux-tu dire ?

— En tombant amoureux de cette femme.

— Que vas-tu inventer là ? Nous avons appris, Tancrède et moi, que le sire de Marsico en avait épousé une autre, nous voulions la prévenir et l'aider à trouver un bateau pour rentrer chez elle.

— N'essaye pas de me mentir pour la sauver, Hugues. Et laisse-moi poursuivre mon histoire.

Les yeux d'Hugues s'étaient posés sur le portrait de mosaïque. Tout d'un coup il revit Judith telle qu'elle avait été, provocante et belle. Au début, comprenant qu'elle se jouait de lui, il s'était méfié puis, alors qu'il revenait d'Orient, peut-être parce qu'il avait failli mourir et qu'il avait besoin de croire en l'amour, il lui avait avoué sa passion. Mais quelque chose dans la façon dont elle parlait de son frère, dans la trop grande intimité qu'elle avait avec lui, avait éveillé sa jalousie. La nuit où ils s'étaient donnés l'un à l'autre, elle s'était confiée, expliquant que l'amour qu'elle portait à Bartolomeo était différent de celui qu'elle éprouvait pour lui. Tout à son récit, elle ne s'était pas rendu compte de la violence qu'elle faisait lever en lui. Fou de douleur, il avait failli la tuer et, le soir même, l'avait ramenée au palais d'Avellino…

— Bien que j'aie fini par apprendre la raison de ton départ, dit d'Avellino, pendant des années, je t'ai cherché en vain. Et puis un jour, j'ai su que tu avais rencontré l'abbé du Mont-Saint-Michel. Je suis donc parti vers la Normandie et j'ai fini par te retrouver. Là-bas, j'hésitais entre t'éliminer purement et simplement

– j'avais même payé des gens pour t'exécuter – ou te ramener en Sicile. Le problème a été résolu quand j'ai su que tu t'apprêtais à embarquer à Barfleur avec ton protégé. La suite, tu la connais, j'ai rencontré la demoiselle de Fierville. Et là, alors que je ne cessais de t'observer, j'ai compris à ta façon de l'éviter que tu étais tombé amoureux. À l'escale de La Rochelle, je vous ai laissés, passant par voie de terre pour arriver ici avant vous. Lorsque j'ai su que tu la recherchais en Sicile, j'ai été fou de joie – tu vois, toujours la folie… Et quand mon ami de Marsico m'a prié de prendre soin d'elle, tu imagines mon bonheur.

— Où est-elle ? demanda Hugues dont l'angoisse avait grandi au fur et à mesure du récit.

— Ici, rassure-toi. Nous avons même dîné ensemble, parlé du pendentif de ta mère…

Ainsi Eleonor ne l'avait pas oublié, songea Hugues. Bartolomeo fronça les sourcils et jeta avec fureur :

— Comment oses-tu penser à une autre dans la chambre de celle que tu as assassinée ?

— Tu sais bien que je ne l'ai pas tuée. Tu es le seul responsable de sa mort, Bartolomeo. Tu…

Hugues n'acheva pas sa phrase. D'Avellino avait hoché la tête, il sentit comme un souffle, puis ce fut le trou noir.

62

Tancrède avait attrapé la corde que lui avait lancée Raoul, l'homme du Chypriote, et s'était hissé près de lui sur le faîte du mur. D'un côté ils voyaient la ruelle en contrebas et de l'autre un jardin si touffu que seul le premier étage du palais d'Avellino restait visible.

— Vous avez aperçu mon maître ?

— Il est dans le palais, répondit Raoul.

Tancrède n'aimait guère le plan qu'avait imaginé Hugues. Entrer seul était, à son avis, une pure folie. Quant à lui, il devait surveiller le palais avec l'Esclavon et ne pénétrer dans les lieux qu'en compagnie des hommes du duc.

À contrecœur, Tancrède s'installa le plus confortablement qu'il le put, essayant de calquer son attitude sur celle, attentive et patiente, de l'Esclavon. Il avait à peine réussi à se convaincre du bien-fondé des conseils de son maître qu'un bruit de cavalcade retentit. Tout joyeux, il allait dérouler la corde pour se laisser glisser dans la ruelle quand Raoul lui fit signe de se dissimuler. Ceux qui arrivaient là n'étaient autres que les hommes de la Légion qui, de toute évidence, quadrillaient Palerme.

Le temps passa, les cavaliers étaient repartis, mais le choc des sabots de leurs destriers résonnaient encore dans les ruelles avoisinantes. Enfin une voiture bâchée apparut, qui se rangea au début de la ruelle. Ibrahim était là. Il ne restait plus qu'à attendre Ruggero.

Soudain, un cri strident retentit. Tancrède se dressa aussitôt.

— Lance la corde ! ordonna-t-il à l'Esclavon. J'y vais. Et si le duc arrive, ouvre-lui ce satané portail !

Quelques secondes plus tard, il traversait le jardin en courant en direction du palais.

63

Quand Eleonor avait entendu des pas, elle avait cru que d'Avellino était de retour et avait rouvert les yeux. Mais c'est Marco qu'elle avait vu apparaître, portant sur son dos une silhouette inerte qui ressemblait…

Un cri lui avait échappé.

Marco jeta le corps sur le sol. C'était bien Hugues, les yeux clos, le visage en sang. Eleonor tira sur ses chaînes comme une possédée.

— Tu vas te calmer ! gronda l'homme. Ou faut-il que je te règle ton compte, à toi aussi ?

Il avait fait le geste de lui trancher la gorge. Elle avala sa salive et se tut. L'homme retourna à sa besogne, il redressa Hugues, lui attacha les poignets et le laissa affaissé contre la paroi, le corps maintenu par des fers.

— Sois patiente ! fit Marco en s'approchant d'elle. Tu n'en as plus pour longtemps. Et lui non plus.

Il repartit et Eleonor appela doucement :

— Hugues ! Hugues ! Revenez à vous, je vous en prie !

Mais rien n'y fit, l'Oriental restait inerte. Elle ferma les yeux, puis les rouvrit. Des pas dans l'allée… Désespérée, elle s'acharna sur l'anneau qui enserrait sa cheville.

64

Quand Hugues reprit connaissance, la première chose qu'il vit était une silhouette monstrueuse aux cheveux couleur de cendre, tassée sur un fauteuil. Du sang lui coulait dans les yeux et c'est en essayant d'essuyer son visage qu'il s'aperçut que ses poignets étaient enchaînés. La lumière était si faible qu'il avait du mal à discerner ce qui l'entourait. D'autres silhouettes aussi grotesques que la première apparaissaient vaguement. Il revint à la forme assise devant lui. Elle portait une longue robe dorée…

Ce n'est pas Judith qu'il reconnut, mais sa robe. La même que celle qu'elle portait le jour où il l'avait raccompagnée chez son frère. Encore engourdi, l'Oriental se crut un instant passé à l'ubac du monde, sur le versant des morts.

— Hugues ! Hugues !

Cette voix qu'il identifia aussitôt le ramena brusquement chez les vivants. Il tira sur ses fers.

— Où êtes-vous ? Eleonor, où êtes-vous ?

Il n'apercevait que l'ovale blanc d'un visage masqué par le corps de Judith. C'est une autre voix qui lui répondit.

— Ne sommes-nous pas bien ici, tous les trois, comme par le passé ?

— Tous les trois ? répliqua Hugues à d'Avellino.

— Tu ne reconnais pas notre belle Judith avec sa longue chevelure ? Je lui ai fait tailler la même robe que le jour où tu l'as tuée.

Hugues n'arrivait pas encore à croire que le cadavre noirâtre et desséché qui était en face de lui était le corps de la femme qu'il avait aimée.

— Le corps de Judith a été jeté à la fosse commune, protesta-t-il.

— Crois-tu que je l'y aurais laissé pourrir ? La nuit même, Marco et moi sommes allés la chercher. Il a fallu la nettoyer. Ma pauvre sœur. Tout ça à cause de toi. Mais tu vois, elle est aussi belle qu'avant.

— C'est finalement bien au-delà de la folie que tu es rendu, Bartolomeo, lâcha Hugues avec effarement.

Il ne savait plus que dire. Après la mort de Judith, d'Avellino était venu le voir pour le provoquer en duel. Il l'avait laissé blessé, mais vivant, pensant que chacun soignerait ses plaies comme il le pourrait. Les années avaient passé et jamais il n'aurait pu imaginer ce que le drame qu'ils avaient vécu ferait sur l'esprit malade de Bartolomeo.

— Libère-moi et battons-nous ! jeta-t-il.

— Tu es trop habile à l'épée, mon ami, je ne commettrai pas deux fois la même erreur.

— Je te laisse le choix des armes ! insista Hugues qui brûlait qu'on lui ôte ces attaches.

— Mon arme, c'est elle ! rétorqua d'Avellino en désignant Eleonor. C'est elle qui te tuera.

Eleonor, horrifiée, suivait en silence l'échange entre les deux hommes. Puis soudain, à quelques pas d'elle, près du cadavre de Judith, elle aperçut la garde de son poignard. Quand Bartolomeo l'avait assommée, il était tombé sans qu'il le remarque. Elle s'agenouilla, tendant sa chaîne au maximum, mais ses doigts n'arrivèrent qu'à l'effleurer. Elle se redressa au son de la voix d'Hugues.

— Cesse tout cela, d'Avellino ! grondait l'Oriental. Au nom de ce qui nous liait.

— Rien ne nous liait, je n'aurais jamais dû te rencontrer, maudit ! s'écria le chevalier.

Hugues se tut. Il fallait réfléchir vite. Il ne parviendrait pas à se libérer et la seule solution était de gagner du temps jusqu'à ce que Tancrède et le duc arrivent.

— Pourquoi as-tu volé la couronne ? demanda-t-il soudain.

D'Avellino le regarda, décontenancé, puis répondit :

— Tu te souviens, quand Roger II a donné ordre qu'on jette le corps de Judith au charnier ?

— Oui. J'ai essayé de l'en dissuader. Je crois qu'il aurait fini par céder, mais les religieux ne voulaient pas d'elle en terre consacrée. Alors…

— Ce jour-là, je l'ai maudit, lui et les siens, tous les siens. Et j'ai juré de me venger.

— Roger II est mort, Bartolomeo.

— Mais pas son fils Guillaume. Il m'a fallu bien du temps et de l'argent aussi.

— Tu as donc dépensé toute ta fortune pour lui nuire.

— Et pour te retrouver. Tu te souviens de cette phrase de Publilius Syrus avec laquelle tu n'étais pas d'accord ? *Tirer vengeance d'un ennemi, c'est renaître…* Je voulais renaître, alors qu'importait que mon palais tombe en ruine.

— Revenons à la couronne.

— Il me fallait un moyen pour effrayer Maion de Bari, déstabiliser Guillaume malgré ses victoires italiennes et t'accuser, toi. Alors je me suis rappelé ton récit sur le Vieux de la Montagne. Te souviens-tu dans quel état tu étais quand ces Bédouins t'ont ramené à Ispahan ? Tu avais les fièvres et tu délirais, j'ai cru que tu allais mourir.

Bien malgré lui, Hugues revécut ce qui s'était passé là-bas, dans le fortin d'Alamut.

Il se souvenait de Muhammad, le Vieux de la Montagne. Il venait de succéder à son père Buzurg Umîd et ne songeait qu'à égaler les prouesses sanglantes de son géniteur. Hugues était le premier chrétien à oser franchir les portes d'Alamut, pour cela Muhammad lui laissa la vie.

La respiration d'Hugues s'accéléra.

Cela avait été un voyage en Enfer. Quelque chose qui avait souillé son âme, y laissant des traces indélébiles. On l'avait drogué, humilié. On lui avait montré le paradis des *fidâ'î*, puis, devant lui, plusieurs hommes s'étaient « dévoués », accomplissant sans broncher les désirs les plus terribles de leur maître, s'entre-tuant et se mutilant sous ses yeux. Enfin, le Vieux l'avait chassé sans rien d'autre sur le dos que ses vêtements en haillons. Si les Bédouins ne l'avaient pas trouvé, il serait mort.

— J'étais sûr que ce message troublerait ton jugement. Je ne savais pas ce que tu avais enduré, mais la seule évocation du Vieux faisait de toi un autre homme.

— C'est toi qui as tué les gardes ?

— Le premier, c'était Marco. Rappelle-toi comme il dépeçait le gibier quand nous allions chasser au Parco Nuovo.

— Les autres, c'était toi ! Il fallait quelqu'un de jeune et d'entraîné pour arriver à tuer des hommes de la Légion. Et tu as toujours été meilleur à frapper dans le dos qu'à affronter les yeux dans les yeux. Où est la couronne ?

— Mais à côté de toi. Je l'ai offerte à Judith.

Hugues regarda le panier où scintillaient les offrandes et reconnut le casque cuivré et les longs pendentifs du kamelaukion.

D'Avellino se fatiguait, de grosses gouttes de sueur ruisselaient sur son visage.

— Il faut en finir.

Il regarda Eleonor d'un air songeur avant de sortir son poignard.

Hugues chercha désespérément comment détourner son attention.

— Si Judith t'aimait, pourquoi s'est-elle pendue ? demanda-t-il.

D'Avellino se tourna vers lui et le frappa.

65

Après avoir traversé le jardin, Tancrède avait pénétré dans le palais, l'épée haute. Aucun bruit. Tout semblait désert. L'antichambre était vide et les autres pièces aussi. Il grimpa l'escalier quatre à quatre et se trouva face à une femme qui poussa un hurlement en le voyant. Tancrède bondit et la jeta au sol, l'attachant avec sa ceinture avant de lui glisser dans la bouche un morceau déchiré de sa jupe.

Il s'immobilisa. Des chocs sourds retentissaient contre la porte voisine. Son maître était-il prisonnier là-dedans ? Il regarda autour de lui, cherchant quelque chaise pour défoncer la porte de chêne, et aperçut un trousseau de clés à la ceinture de la femme.

Il les essaya toutes avec fébrilité et enfin, quand il réussit à ouvrir, il se trouva repoussé si brutalement qu'il ne comprit ce qui lui était arrivé qu'en voyant le grand chien filer vers l'escalier, le nez au sol.

Le jeune homme se redressa en maugréant et partit derrière lui. L'animal disparaissait déjà dans les feuillages, il accéléra.

De l'autre côté du palais, des coups avaient retenti contre le portail. L'Esclavon se laissa glisser dans le jardin pour ouvrir la lourde porte et laisser passer les chevaliers en armes que commandait le duc Ruggero.

66

Une balafre sanglante marquait le visage d'Hugues, qui avait perdu connaissance. D'Avellino s'apprêtait à frapper à nouveau quand des aboiements attirèrent son attention.

— Tara ! s'écria Eleonor.

Le chien s'était immobilisé devant Marco qui gardait l'entrée de la grotte. Le poil hérissé, les crocs découverts, il grondait avec fureur. Puis soudain, il bondit. L'homme aux cheveux blancs bascula sous son poids et ils roulèrent à terre. Marco poussa un cri déchirant, l'avant-bras déchiqueté par les crocs du molosse. Enfin, l'homme frappa au jugé, arrachant un glapissement de douleur au chien. Marco frappa encore et Tara recula avant de s'affaler en gémissant. Au même moment, Tancrède arriva. Marco, un bras inerte le long du torse, se dissimula derrière une saillie.

Tancrède avança d'un pas et dut attendre que ses yeux s'habituent à l'obscurité. Des silhouettes se dressaient sur le côté. Il leva son épée et les chargea, mettant plusieurs secondes avant de se rendre compte qu'il s'acharnait sur des cadavres.

Un bruit derrière lui l'avertit : Marco s'apprêtait à le frapper dans le dos. Il lui trancha la main d'un coup d'épée et repartit, laissant l'homme s'effondrer en hurlant.

D'Avellino l'attendait, campé devant le corps de sa sœur. D'un coup d'œil, Tancrède aperçut son maître enchaîné au mur, le visage et le corps en sang, et Eleonor derrière lui.

Avec un hurlement de dément, Bartolomeo fonça sur lui, l'épée haute. Le jeune homme esquiva et frappa dans le vide. Les deux adversaires se faisaient face, se tournant autour. Puis d'Avellino chargea encore et Tancrède esquiva à nouveau. Le chevalier noir frappait sans relâche, l'aiguillonnant afin de l'épuiser. Pendant un moment, ce ne fut que coups d'estoc, halètements et cris de rage. Les deux hommes étaient de force égale.

Son épée bien en main, Tancrède encaissait toujours. Plus rien n'existait que cet ennemi qui l'assaillait et cette lame qui dansait sous ses yeux. Il bondit en arrière, mais trop tard, d'Avellino l'avait touché. Il porta la main à son épaule en grimaçant et, malgré la douleur, plongea sous la garde de son adversaire et le blessa au jarret. D'Avellino poussa un hurlement inhumain et décrivit des moulinets avec son arme puis, les yeux exorbités, la bouche déformée par un cri de haine, il attaqua si violemment que Tancrède ne put éviter la lame qui lui taillada le bras.

Ils s'observaient, ruisselants de sang. L'un d'eux allait mourir, Tancrède le sentait au tréfonds de lui-même… mais ce ne pouvait être lui. Il chargea… et n'esquiva pas assez vite. D'un revers de lame, d'Avellino lui avait arraché son épée. Tancrède voulut saisir son coutel mais s'aperçut qu'il ne l'avait plus.

Les yeux fous, le chevalier noir essayait de l'achever. En reculant, Tancrède trébucha sur une des momies et s'affala aux pieds d'Eleonor. Elle lui criait quelque chose qu'il ne comprenait pas. Puis soudain, alors que d'Avellino se jetait sur lui, il sentit le poignard de la jeune femme qui gisait sous ses doigts. Il le saisit et Bartolomeo s'empala dessus avec un cri de rage. Ses yeux s'agrandirent, une mousse rosâtre lui monta aux lèvres.

Des hommes envahissaient la caverne, la voix du duc Ruggero donnait des ordres. Le corps de d'Avellino s'était affaissé sur Tancrède, qui perdit connaissance.

ÉPILOGUE

— Paix et salut sur toi, Tancrède d'Anaor ! déclara Hugues de Tarse en regardant son protégé.

— Paix et salut sur toi, répétèrent les autres convives.

Ils étaient attablés chez l'émir Khalil avec Eleonor. Le duc s'était joint à eux ainsi que le Chypriote.

— Il a fallu toute l'influence de la reine sur l'émir des émirs pour que Maion renonce à vous châtier d'une façon ou d'une autre, remarqua le duc Ruggero. Mais enfin, que vous reprochait-il ? Vous aviez rendu la couronne, trouvé l'assassin.

— D'avoir gagné la partie, mon ami, d'avoir gagné la partie ! répliqua Hugues. L'émir des émirs est un mauvais perdant.

Le duc éclata de rire. Le repas reprit son cours. Le cuisinier de Khalil s'était surpassé, cependant, ni Hugues ni Eleonor ne mangeaient grand-chose. Les doigts enlacés, ils se regardaient.

— Vous savez qu'on a pendu Marco ce matin ? reprit le duc en dévorant à belles dents le morceau d'agneau que venait de lui servir Sélim. Il était pourtant plus mort que vif.

— Ce n'est que justice, remarqua Tancrède en jetant un os à Tara.

Le grand chien l'attrapa en poussant un grognement de plaisir et se glissa sous la table pour le déchiqueter. Le corps enserré de bandages, il se remettait très vite de ses blessures.

— Quant au roi Guillaume, poursuivit le duc, j'ai appris qu'il avait donné ordre qu'on mure la grotte et ses sinistres habitants et qu'on rase le palais d'Avellino jusqu'à la dernière pierre !

À cette nouvelle, le Chypriote, qui mangeait en silence, leva la tête. Tout était donc fini et bien fini. D'Avellino était mort et lui était sauf. Bien sûr, il avait dû confier quelques secrets à l'émir des émirs, mais il l'avait fait si habilement… que Maion de Bari avait loué ses services, signant au passage quelques commandes supplémentaires pour habiller les courtisanes du harem.

Il ne tiendrait pas la promesse faite à Hugues, mais celui-ci ne semblait guère s'en soucier. Les yeux dans ceux d'Eleonor, il offrait à tous un visage inédit, intouchable, si loin des préoccupations de ce monde que c'en était presque gênant.

C'était aussi ce que ressentait Tancrède. C'est à peine s'il reconnaissait son maître, son presque père. Sans doute parce qu'il le voyait vraiment pour la première fois.

Pendant des années, il avait pris, avec cet égoïsme insouciant qu'ont les enfants, tout ce qu'Hugues lui donnait et puis, d'un seul coup – était-ce la révélation de ses propres origines, les dangers qu'ils avaient traversés ou la passion de son maître pour Eleonor ? –, il regardait son bienfaiteur d'un œil nouveau. En lui sauvant la vie, Tancrède avait l'impression qu'autre chose s'était passé, qu'il avait changé lui aussi, franchi une étape, tourné une page. Et c'est le cœur autant dilaté que serré qu'il comprenait qu'un nouveau pan de sa vie se présentait à lui. En sauvant Hugues, il l'avait libéré de son serment. Il l'avait rendu à *sa* vie. Ne sachant s'il en était heureux ou triste, Tancrède comprit qu'il devait s'affranchir de la protection et de l'enseignement du Gréco-Syrien, et qu'il lui restait à prouver au monde et à lui-même qui il était vraiment.

— Je partirai demain matin pour Anaor, lâcha-t-il d'une voix altérée par l'émotion. Il est temps que je rentre chez moi.

Hugues de Tarse tourna son visage vers lui. Il ne dit mot, mais son regard approuva.

Quand les convives allèrent se coucher, l'aube pointait. Pourtant, Tancrède se rendit aux écuries. Dans une stalle, Obeya l'attendait. Il la caressa puis la détacha. Quelques instants plus tard, il sautait en selle et partait sans se retourner, laissant la Conca de Oro et Palerme derrière lui.

Après quatre jours de chevauchée, alors qu'il traversait les plaines noyées de brume et battues par les vents du centre de la Sicile, il aperçut au loin une crête surmontée d'un château. Un doigt de lumière en éclairait la tour, un torrent courait à son pied.

Au lieu de talonner Obeya, Tancrède sauta à terre, attacha la longe à un arbuste et s'assit, les yeux fixés sur ce nouvel horizon.

L'émotion lui serrait la gorge.

Il était enfin chez lui. Il n'était plus un hors venu mais bien Tancrède d'Anaor, fils aîné de Roger, duc de Pouilles et d'Anouche.

Le soleil déclinait déjà lorsqu'il remonta en selle. L'aventure pouvait commencer.

ANNEXES

À L'USAGE DU LECTEUR

Assassin : viendrait de l'arabe *hachchâchîn*, « fumeurs de haschisch », ou serait dérivé de l'arabe *'asâs*, « fondement (de la foi) » : meurtrier avec préméditation.

Bliaud : tunique longue de laine ou de soie, aux manches courtes dans le Sud et longues dans le Nord, serrée à la taille par une ceinture. Habit de la noblesse ou des riches bourgeois.

Braies : caleçon plutôt long et collant au XIIe siècle, retenu à la taille par une courroie.

Broigne : justaucorps de grosse toile ou de cuir, ancêtre de la cotte de mailles, recouvert de pièces de métal.

Cadi : juge nommé et juriste en droit coranique.

Caïd : de l'arabe *qâ'id*, « chef ».

Calife : de l'arabe *khalifa*, « successeur » (du Prophète). Souverain musulman, chef suprême de la communauté musulmane, tant spirituel que temporel.

Canne persane : canne à sucre.

Chainse : équivalent de la chemise, tunique en toile ou en lin à manches fermées.

Chambre du sirocco : chambre typiquement sicilienne, présente dans les palais ou les résidences nobiliaires, protégée du vent chaud, utilisée en été.

Chausses : chaussettes en drap, tricot ou laine, parfois munies de semelles de cuir et maintenues par des lanières s'attachant au-dessous du genou. Le haut-de-chausses était l'équivalent de nos bas.

Courtepointe : couverture de lit piquée et rembourrée.

Dar al-Islam : territoire, domaine de l'islam (la paix). Il comprend les pays où la loi de l'islam est en vigueur en matière de culte et de protection des fidèles. Les autres territoires (où ne régnait pas l'islam) étaient considérés comme territoires de la guerre.

Dâr as-Sulh : la demeure du traité.

***Diwan* :** en latin *dohana*, d'où le mot français « douane ». Terme qui, chez les musulmans, indiquait à l'origine un bureau administratif. Il fut utilisé par la suite pour désigner une salle d'audience ou de réception.

***Diwan al-ma'mur* :** bureau de conservation des documents émis par la Dohana de secretis. Conserve les registres des serfs et l'assiette des impôts dus par chaque district.

Dohana : vient de *diwan*, douane.

Dohana de secretis : à l'origine *Diwan al-tahquiq*, département des finances confié à des Grecs ou des Arabes. Dans ce bureau des vérifications, en grec *sékréton*, on s'occupe des prestations dues par les féodaux au royaume (ce n'est pas sans rappeler l'Échiquier du royaume anglo-normand né vers 1100). De lui dépendent le Trésor, la Dohana baronum et le *Diwan al-ma'mur*.

Dohana baronum : bureau des barons, c'est-à-dire des fiefs enregistrés. En 1168, ce bureau effectuera la seconde révision de son Catalogue des barons.

Dromon : galère de combat d'origine byzantine naviguant à la fois à la rame et à la voile.

Émir : vient de l'arabe *amir*. Gouverneur, prince, dignitaire de haut rang.

Eschets : ancien nom du jeu d'échecs. Les pièces n'étaient pas toutes les mêmes que dans le jeu contemporain. Un éléphant remplaçant, par exemple, le fou, plus tardif.

Esclavons : Slaves. Vendus par les chrétiens au Xe siècle comme esclaves aux musulmans. La plupart se convertissent à la foi de leurs nouveaux maîtres et joueront un grand rôle dans le développement de la marine arabe. Un quartier de Palerme, non loin du port de la Cala, leur était réservé.

Esnèque : navire de guerre (ou long bateau, *langskip*, inspiré des premiers navires vikings). L'esnèque a une vingtaine de bancs de nage, elle utilise 40 rameurs et peut embarquer 60 à 90 hommes.

Exultet : chant liturgique ancien, écrit traditionnellement sur un rouleau de parchemin et proclamé durant la veillée pascale afin d'annoncer la résurrection du Christ.

***Ézan* :** appel à la prière du muezzin.

Favara : mot sicilien emprunté à l'arabe de Tunisie *fawwara*. Source, jet d'eau.

***Fidâ'î* :** en arabe, « celui qui se dévoue ». C'était le nom que portaient les Assassins choisis par le Vieux de la Montagne pour mener à bien ses missions suicides.

***Fityan* :** eunuque du palais. Les eunuques formaient chez les rois normands de Sicile, tout comme chez les musulmans, une caste puissante et fort attachée au pouvoir, à laquelle on ne dédaignait pas de confier de hautes fonctions : amiraux, hauts dignitaires de la cour, généraux.

***Foccacia cu' meuza* :** pains fourrés de pancréas frit. Pour les gens du peuple ou de la petite bourgeoisie de Palerme, les abats cuits dans la graisse étaient un mets de choix.

Gaiti : officiers de cour.

Galca : zone, dans la ville haute, cernée de remparts où se dressaient le palais royal et ses dépendances.

Guiterne : c'est l'ancêtre de la guitare. Venue d'Orient, la guiterne est représentée dans les enluminures dès le XIIe siècle. Généralement monté de cinq cordes (ou de cinq doubles cordes), son manche est court et muni de frettes. Elle peut être jouée avec un plectre (lamelle de bois, d'ivoire, d'écaille, etc.) qui sert à toucher les cordes de certains instruments de musique.

Hadith : de l'arabe *hadîth*, « conversations ». Actes et paroles attribués au Prophète par accumulation de mémoires successives et qui s'ajoutent au Coran à partir du VIIIe siècle.

Hammam : établissement, ou partie d'un palais, consacré aux bains de vapeur.

Haquenée : viendrait du vieux français pour désigner une jument qui va l'amble. Petit cheval ou jument que montaient les dames.

Harat : désigne un quartier urbain.

Harem : vient de l'arabe *haram*, « chose interdite et sacrée ». Désigne dans la civilisation musulmane l'appartement des femmes, interdit aux hommes. Par extension, le mot peut désigner l'ensemble des femmes d'un harem.

Houri : s'emploie au sens de « beauté céleste que le Coran promet au musulman fidèle dans le paradis d'Allah ». Par extension, se dit en Orient d'une femme très belle.

Imam : dignitaire religieux expert en droit coranique et directeur de la prière ou chef mystique caché ou « révélé » en qui s'incarne la pensée du Prophète.

Jannat al-'ard : le paradis.

Jihâd ou **djihad :** « Effort suprême ». Désigne l'effort de la propagation de la foi, par la force au besoin. Obligation rituelle de la « guerre sainte » pour le croyant.

Kalbide : dynastie musulmane régnant en Sicile au moment de l'arrivée des Normands.

Kamelaukion : couronne impériale portée depuis le VIe siècle par les empereurs byzantins. C'est une couronne à pendentifs, ornée de rangs de perles brodées et de pierreries serties sur une calotte d'argent doré. Celle des rois normands de Sicile, inspirée du modèle byzantin, a été réalisée dans les ateliers du palais royal. Trouvée dans le sarcophage de Constance d'Aragon, on l'a improprement nommée « couronne de Constance » (elle est visible à Palerme dans le Trésor de la cathédrale).

Khandjar : poignard oriental à la lame recourbée.

Logothète : porte-parole du roi. Il est chargé des audiences et de la réception des ambassadeurs.

Makhzan **:** de l'arabe *makh âzin*, « magasin royal ». Donnera le mot français « magasin ».

Mantel : manteau semi-circulaire comme une cape, attaché à l'épaule par une agrafe nommée tasseau.

Mire : dérivé du latin *medicus*, « médecin ». Nom du médecin au Moyen Âge et à la Renaissance.

More danico **:** à la « mode danoise ». Déclaration qui légitime la femme non épousée chrétiennement et ses enfants.

Moucharabieh : vient de l'arabe. Grillages de bois permettant de voir sans être vu. On y déposait une cruche d'eau pour la rafraîchir.

Muezzin : vient de l'arabe *mu'adhdin*, fonctionnaire religieux musulman, chargé d'annoncer du haut du minaret de la mosquée les cinq prières quotidiennes.

Muqannis **:** puisatiers organisés en corporation s'occupant de l'entretien des *qanats*.

Oûd : de l'arabe *al oud*, « le bois ». Sorte de luth arabe connu depuis le VIIe siècle, l'oûd demeure en Orient l'instrument emblématique de toute une culture savante et raffinée puisant son inspiration dans l'islam. Une caisse de résonance équipée d'un manche (touche) reçoit généralement onze cordes (cinq chœurs et une simple). Au Moyen Âge, il devient, via l'Espagne, un instrument très pratiqué en Europe.

Qanats **:** inventés sous l'empire achéménide de Cyrus et de Xerxès, ces canaux souterrains étaient dotés, à Palerme, de fonctions à la fois de drainage et de collecteur. Ils servaient à l'irrigation des cultures de la Conca de Oro mais aussi à l'approvisionnement en eau de la ville.

Qasr : du latin *castrum*, « ville forte ». Deviendra Cassaro.

Salamlik **:** aile de la maison traditionnellement réservée aux invités.

Sollazzo **:** mot italien, pl. *sollazzi*. Lieu d'agrément.

Souk : marché.

Stigghioli **:** brochettes de tripes de cabri.

Sukkar **:** mot arabe arrivé en français par l'italien : le sucre.

Tarin ou **tari :** monnaie d'or normande. La monnaie la plus courante étant de cuivre et se nommant le follis.

Tiraz **:** d'un mot persan signifiant « broderie ». Atelier d'État hérité des émirs fatimides comme on en connaissait à Cordoue ou à Bagdad, où les femmes s'affairaient au tissage d'étoffes de soie et à la confection de vêtements princiers. Les mêmes femmes se retrouvaient au harem royal.

Vièle d'archet : à distinguer de la vielle à roue (voir ci-dessous). C'est l'ancêtre le plus direct du violon. Nées au XIe siècle, les vièles deviennent les instruments artistiques par excellence. Les pièces de bois qui les constituent sont assemblées et collées ou creusées. Équipées de quatre ou cinq cordes accordées en quinte. Le musicien joue un bourdon sur une corde en même temps que la mélodie sur une autre corde. L'art du « viellator » était si raffiné que les musulmans ont créé le rabab arabo-andalou pour introduire l'usage de l'archet dans leurs palais, tandis que les chrétiens, redécouvrant les possibilités musicales des cordes pincées, adoptaient le luth et la guiterne.

Vielle à roue : à la fin du IXe siècle, l'instrument soutient le chant des chantres dans les églises. Sa caisse de résonance est équipée d'une roue actionnée par une manivelle. Autour de cette roue (archet circulaire), des cordes chantent lorsque celles-ci touchent la roue en mouvement. Un clavier intervient sur les cordes chanterelles et permet de jouer une mélodie tandis que d'autres cordes libres donnent un ou plusieurs sons continus (bourdons).

***Zamù* :** mot sicilien emprunté à l'arabe de Tunisie. Alcool d'anis qu'on ajoute à de l'eau en été et qui rappelle le raki grec.

Quartiers, fleuves et rivières de Palerme

Giudecca : quartier juif sous les Normands, anciennement nommé *Harat al-Yahud* par les musulmans.

Haddadin : quartier des forgerons.

Harat al-Saqalibah : quartier des Esclavons.

Kalsa : quartier musulman, anciennement nommé *Khalisah*, l'« Élue ».

Kemonia : torrent des orages.
Papireto : torrent de la Rutah.
Wadi Abbas : fleuve de l'Amiral au Moyen Âge, il est aujourd'hui nommé l'Oreto.

Les mesures médiévales

Lieue : mesure de distance, environ 4 kilomètres.
Toise : équivaut à 6 pieds, soit près de 2 mètres.
Aune : 1,188 mètre.
Coudée : distance séparant le coude de l'extrémité du médius, environ 50 centimètres.
Pied : mesure de longueur, 32,4 centimètres.
Pouce : ancienne mesure de longueur, 2,7 centimètres.

Les heures

Matines, ou vigiles : office dit vers 2 heures du matin au Moyen Âge.
Laudes : office dit avant l'aube.
Prime : office dit vers 7 heures du matin.
Tierce : office dit vers 9 heures du matin.
Sexte : sixième heure du jour, vers midi.
None : office dit vers 14 heures.
Vêpres : du latin *vespera*, « soir ». Office dit autrefois vers 17 heures.
Complies : office dit après les vêpres, vers 20 heures, c'est le dernier office.

ILS ONT VÉCU AU XIIE SIÈCLE, OU BIEN AVANT...

Adénolf : camérier palatin d'origine lombarde puis chambellan. Un des conseillers et familiers de Maion de Bari.

Adrien IV : Né vers 1100. Pape d'origine anglaise, issu d'une famille du Hertfordshire. Tout d'abord opposé à Guillaume Ier de Sicile, il finit par l'investir (à la suite du concordat signé le 18 juin 1156) du royaume de Sicile, du duché d'Apulie et de la principauté de Capoue. Il meurt à Anagni le 1er septembre 1159.

Al-Mu'min, Abd (1130-1184) : Puissant calife almohade, il fit ériger de nombreuses fortifications notamment à Séville et « fonda » celle du Djebel Tarik (Gibraltar) en 1160. En mai 1159, après avoir repris à Alphonse VII de Castille tous les territoires de l'al-Andalus, il se présente dans le golfe de Tunis et réduit la plupart des places normandes, anéantissant les restes de l'empire africain que s'était construit Roger II de Sicile.

Al-Idrisi, Abou Abdullah ibn Mohammed : né à Ceuta vers 1099, mort vers 1165. Descendant du Prophète, il fit ses études à Cordoue puis voyagea en Espagne, en Afrique du Nord, en Asie Mineure, avant de s'établir à la cour du roi normand Roger II de Sicile. Ce dernier le chargea de rédiger une description du monde d'après les observations d'un groupe d'explorateurs placés sous ses ordres. Son livre, *Délice de celui qui souhaite visiter les régions du monde ou Livre de Roger*, est un des plus importants travaux de la géographie médiévale.

Asclettin : nommé chancelier par Guillaume Ier, l'archidiacre de Catane sera jeté dans la prison royale sans jugement et emprisonné à vie.

Commène Manuel Ier (1118-1180) : empereur byzantin, il succède à son père Jean II Commène en 1143 et dominera la politique de l'empire d'Orient. Il épouse en 1146 Berthe de Salzbach, belle-sœur de l'empereur germanique Conrad III. Après maints démêlés avec les Normands de Sicile, il finit par signer un traité de paix de trente ans avec Guillaume Ier de Sicile et son chancelier Maion de Bari. Il meurt après trente-sept ans de règne, le 24 septembre 1180.

Geoffroi de Montescaglioso : chef de la rébellion normande à la fois en Sicile et dans les Pouilles où il possédait de nombreux fiefs, il finit par être capturé et jeté dans la prison royale. Il aura les yeux crevés comme la plupart des barons rebelles.

Georges d'Antioche : « Grand amiral » de la flotte sicilienne, paré du titre grec d'« archonte des archontes », du titre arabe d'« émir des émirs », il est dès 1132 le « premier sujet du royaume » de Roger II et a toute sa confiance. Il meurt en 1151.

Guillaume Ier, dit le Mauvais (vers 1120-1166) : il succède en 1154 à son père Roger II sur le trône de Sicile jusqu'en 1166, date de sa mort. Il perdra les conquêtes de son père sur les actuelles Tunisie, Libye et Algérie.

Henri II Plantagenêt (1133-1189) : Roi d'Angleterre, comte d'Anjou, duc de Normandie et d'Aquitaine. Il fait sa première expédition guerrière à l'âge de treize, quatorze ans. Il rencontre Aliénor d'Aquitaine alors qu'il n'a que dix-huit ans et l'épouse à Poitiers le 18 mai 1152. Il est roi d'Angleterre à vingt et un ans. Il aura huit enfants de son épouse : Guillaume, Henri, Mathilde, Richard, Geoffroi, Aliénor, Jeanne et Jean. À la suite de l'assassinat de Thomas Becket, il se soumet à une pénitence publique sur le parvis de la cathédrale d'Avranches. Au cours d'une vie parsemée de révoltes et de conquêtes, il affrontera ses propres fils dont Richard Cœur de Lion. Son dernier adversaire sera Philippe Auguste. Il mourra à Chinon à l'âge de cinquante-six ans.

Ja'far : émir kalbide.

Maion de Bari : né à Bari dans une famille de négociants en huile, après des études assez poussées, il gravit tous les échelons de l'administration. Roger II mettra ce grand commis à la tête de la chancellerie. Deux mois après sa mort, son fils Guillaume Ier le nommera « émir des émirs ». Lettré, intelligent, lucide, et impitoyable avec ses ennemis, il bénéficiera de l'appui de la reine Marguerite. On l'accusera d'ailleurs d'être son amant. Il mourra assassiné en 1161.

Marguerite de Navarre (1128-1183) : fille du roi de Navarre Garcia V Ramirez (1110-1150, roi en 1134) et de Marguerite de Laigle. Elle épouse Guillaume Ier en 1150 et lui donne un fils, Guillaume, qui régnera sous le nom de Guillaume II le Bon.

Matthieu d'Ajello : ancien notaire, originaire de Salerne. Fait partie du conseil de familiers de Maion de Bari.

Nicolas : logothète chargé des audiences royales et de la réception des ambassadeurs. Nicolas effectuera une mission en Calabre sous Maion de Bari.

Nûr al-Dîn (1118-1174) : fils de Zengi, il enleva Damas en 1154, réalisant l'unité de la Syrie du Nord.

Philippe de Mahdiyya : nommé à la tête de la flotte normande à la mort de l'amiral Georges d'Antioche. Il prendra la ville d'Annaba (Bône) en 1153 puis, à son retour, sera jugé pour apostasie et brûlé vif.

Pierre : eunuque et caïd, personnage influent de la Cour, il sera maître camérier du palais avant de devenir un des familiers du roi. Inquiet de la tournure que prend le royaume après la mort de Guillaume Ier, il prendra la fuite et gagnera l'Afrique.

Robert de Capoue : prince normand rebelle ayant conclu des alliances à la fois avec Byzance et avec l'empereur germanique, il fut capturé et envoyé à Palerme où on lui creva les yeux.

Robert de Loritello : fils de Robert de Conversano et d'une sœur du roi Roger II de Sicile, il disait s'être vu reconnaître roi par celui-ci sur son lit de mort. Il prend la tête de la révolte et malgré les assurances de Guillaume Ier de l'épargner il finira les yeux crevés comme les autres.

Robert de Sorrente : il s'empare de la principauté de Capoue, est capturé par Guillaume Ier, ramené à Palerme où on lui crèvera les yeux.

Roger II de Sicile (1095-1154) : comte de Sicile en 1105. En 1130, à la faveur d'un schisme, il obtient le titre de roi de Sicile du pape (ou antipape) Anaclet II. Titre royal confirmé en 1139 par le pape Innocent II. Titre reconnu comme légitime par la plupart des rois d'Occident. De sa première femme Elvire, fille d'Alphonse VI de Castille, il a cinq fils et une fille, de la seconde, Sybille de Bourgogne, aucune descendance, et de sa troisième et dernière femme, Béatrice de Réhel, une fille, Constance. En 1140, il établit une direction centralisée sur ses

États, inspirée des modèles grecs et arabes. Il rêve de conquérir l'Afrique. Il meurt en février 1154.

Roger, duc de Pouilles (1126-1148) : fils aîné de Roger II, il meurt le 2 mai 1148 à trente ans. Marié en 1140 à Élisabeth de Champagne, il n'aura pas d'autres héritiers que deux garçons issus d'une union *more danico* avec Bianca de Lecce. L'un d'eux, Tancrède, sera comte de Lecce et, pendant quatre ans, roi de Sicile.

Rosalie Sinibaldi (vers 1130-1160) : celle qui deviendra sainte Rosalie, la patronne de la Palerme contemporaine, aurait été la fille du duc Ruggero Sinibaldo di Quisquina e delle Rose et de Marie Guiscard, cousine du roi normand Roger II. Elle aurait eu comme prétendant Baudoin, le futur roi de Jérusalem. Elle aurait vécu à la Cour auprès de la reine Marguerite et aurait obtenu la permission de vivre en ermite sur le mont Quisquina. Ensuite elle décide de s'installer sur le mont Pellegrino où elle mourra le 4 septembre 1160.

Ruggero Sinibaldo di Quisquina e delle Rose : duc sicilien marié à Marie Guiscard. Il aurait eu une fille Rosalie (voir Rosalie Sinibaldi).

Simon : maître capitaine du palais normand et beau-frère de Maion de Bari.

Simon de Policastro : comptant parmi les fidèles de la Cour, il sera jeté en prison sans jugement.

Sylvestre de Marsico : comte normand, petit-fils de Roger Ier, son comté a été créé en 1150 aux confins de la Lucanie et de la Campanie. Fidèle vassal du roi Guillaume Ier.

Tancrède de Lecce : fils naturel de Roger, duc de Pouilles, et d'une fille du comte de Lecce, Bianca. La mort sans héritier de Guillaume II, fils de Guillaume Ier le Mauvais, le mettra sur le trône de Sicile en 1189 jusqu'à sa mort en 1194.

Vieux de la Montagne : sous ce vocable se cache le chef de la secte des Assassins. Le premier fut Hasan-i Sabbâh. Il vécut, lui et ses descendants, dans la forteresse d'Alamut dans le massif de l'Elbrouz. À l'époque qui nous intéresse, Buzurg Umîd vient de mourir, et son fils Muhammad lui succède, commençant son règne en 1138, avec l'assassinat d'un ancien ennemi de son père, le calife Al-Rachid que ses *fidâ'î* frapperont à Ispahan où il s'était réfugié.

Zengi (vers 1085-1146) : le Turc Zanki ben Ak-Sunkur, officier du sultan Malik Shâh, devient gouverneur de Mossoul en 1127 et s'installe à Alep l'année suivante. Réputé combattant du *djihâd*, il se heurtera aux Francs, détruira le comté d'Édesse en 1144 et mourra assassiné en 1146. Il est le père du célèbre Nûr al-Dîn.

Pour les plus curieux…

— *Arabesques. L'aventure de la langue arabe en Occident*. Henriette Walter, Bassam Baraké. Robert Laffont / Éditions du temps, 2006.
— *L'Échiquier de Charlemagne. Un jeu pour ne pas jouer*. Michel Pastoureau, Adam Biro, 1990.
— *Les Assassins. Terrorisme et politique dans l'Islam médiéval*. Bernard Lewis, Complexe, coll. « Historiques », 1984.
— *La Sicile islamique*. Aziz Ahmad, Publisud, coll. « Espaces méditerranéens », 1990.
— *Palerme, 1070-1492. Mosaïque de peuples, nation rebelle : la naissance violente de l'identité sicilienne*. Publié sous la direction d'Henri Bresc et Geneviève Bresc-Bautier, Autrement, série « Mémoires », numéro 21, 1993.
— *L'Art arabo-normand. La culture islamique dans la Sicile médiévale*. Cycle international d'exposition Musée sans frontières, Édisud, coll. « L'art islamique en Méditerranée », 2004.
— *La Première Géographie de l'Occident*. Muhammad Idrisi, présentation par Henri Bresc et Annliese Nef, Flammarion, coll. « GF », 1999.

— *Les Villes normandes au Moyen Âge. Renaissance, essor, crise.* Actes du Colloque de Cerisy-la-Salle, 2003, édités par Pierre Bouet et François Neveux, Presses universitaires de Caen, 2006.
— *Histoire du Moyen Âge*, tome III : *XIIe-XIIIe siècles.* Robert Fossier et André Vauchez, Complexe, 2005.
— *Les Relations des pays d'Islam avec le monde latin, du milieu du Xe siècle au milieu du XIIIe siècle.* Robert Fossier, Jacques Marseille, Vuibert, coll. « Questions sur… », 2000.
— *L'Épopée de la science arabe.* Danielle Jacquart, Gallimard, coll. « Découvertes : sciences et techniques », 2005.
— *Les Latins en Orient, XIe-XVe siècle.* Michel Balard, PUF, coll. « Nouvelle Clio », 2006.
— *Roger II, un Normand en Méditerranée.* Pierre Aubé, Payot & Rivages, 2001.
— *Les Empires normands d'Orient, XIe-XIIIe siècles.* Pierre Aubé, Perrin, 1999.
— *L'Espagne et la Sicile musulmane aux XIe et XIIe siècles.* Textes présentés par Pierre Guichard, Presses universitaires de Lyon, coll. « Histoire et archéologie médiévales », 2000.
— *Italies normandes. XIe-XIIe.* Jean-Marie Martin, Hachette, coll. « La vie quotidienne », 1994.
— *Les Normands en Méditerranée aux XIe-XIIe siècles.* Actes du colloque de Cerisy-la-Salle, 1992. Publiés sous la direction de Pierre Bouet et François Neveux, Presses universitaires de Caen, 2001.
— *Les Explorateurs au Moyen Âge.* Jean-Paul Roux, Hachette, coll. « Pluriel », 1995.
— *La Normandie des ducs aux rois, Xe-XIIe siècle.* François Neveux, Ouest France, 1998.
— *L'Empire des Plantagenêt.* Martin Aurell, Perrin, coll. « Tempus », 2004.

Jacques Neirynck

Les enquêtes de Raoul Thibaut de Mézières

Dans le Paris de la Belle Époque, le bouillonnement culturel, scientifique et les innovations technologiques promettent un avenir prospère. Mais le climat politique est loin d'être aussi lumineux : royalistes, bonapartistes et anarchistes ourdissent contre la IIIe République, qui ne doit sa stabilité qu'à des hommes comme Raoul Thibaut de Mézières, agent spécial du président de la République. Chargé d'élucider les affaires sensibles qui menacent le régime, cet homme de l'ombre sait qu'il doit protéger l'intérêt public avant tout. Quitte à passer sous silence certaines vérités gênantes...

n°4045 – 6,90 €

GRANDS DÉTECTIVES, DES POLARS HORS LA LOI DU GENRE

Yves Josso

.es enquêtes de Clémence de Rosmadec

Étudiante dans un célèbre atelier de Montmartre, la jeune et pétillante Clémence de Rosmadec est une artiste prometteuse. S'échappant chaque été de la capitale, elle retourne dans le manoir familial de Pont-Aven, terre d'élection, en cette fin de XIXe siècle, d'une nouvelle génération de peintres qu'elle admire, à commencer par Paul Gauguin. Mais le milieu fermé des artistes se révèle aussi parfois dangereux et, pour certains, les meurtres sont comparables à de véritables chefs-d'oeuvre. Aidée de son excentrique famille, Clémence va conjuguer ses talents de peintre et sa soif de justice pour résoudre les crimes qui secouent le monde de l'art.

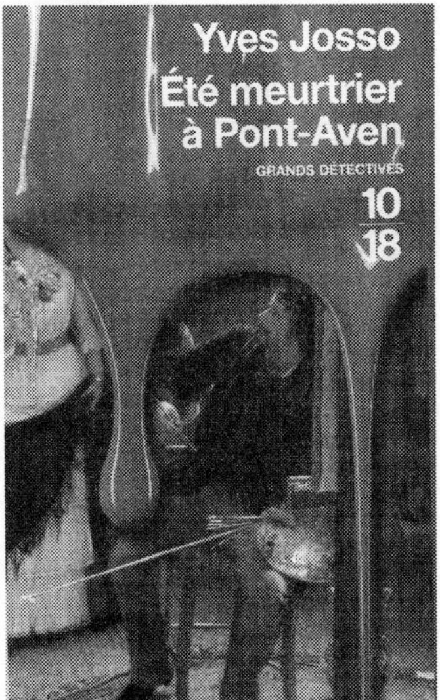

n°4020 – 7,80 €

Impression réalisée sur Presse Offset par

CPI
Brodard & Taupin

La Flèche (Sarthe), 44460
N° d'édition : 4014
Dépôt légal : décembre 2007
Imprimé en France